最好的夏天

Der große Sommer

艾瓦・亞倫茲 —— 著

1

我們四人當中,若說有誰真能去到里約熱內盧,那麼就非約翰莫屬了。打從一開始就很清楚。約翰擁有做這件事情所需要的一切,而且他還是我們當中的音樂家。要是有人辦得到,那個人一定是約翰。

那時我坐在約翰身旁。教室裡,敞開的窗戶傳來了墓園的鐘聲。河畔草坪的另一側,有房屋錯落,一架飛機橫越遠處霧濛濛的天際;燕子的叫聲劃破夏天的日光,現出淡淡的金黃,太陽像酸澀的檸檬片升起⋯⋯這時我想,我們應該待在外面,而不是在窗邊坐著。我看著河的彼岸,那裡有海,我們可以從那裡啟航去南美。上午九點半是最難熬的。才剛過兩小時,卻還有四個鐘頭。

約翰在他的筆記本上亂塗,上面是滿滿的「零」。打從一開始,他上拉丁文課的時候就這麼做。

「來,我們一起來寫世界上最長的數字。」

Der große Sommer

儘管這件事愚蠢至極,再怎麼說也有點酷。我們總是每人寫下十行。總是連在一起的三個零,接著又是三個零。我們所寫下的數字早已無人能命名。它有一千個零,幾乎是一整個學年那麼長。有時我們在下課時間傳閱那本筆記,其他人覺得我們很酷,這只因為他們不知道這些塗鴉代表的是愚蠢還是帥氣。

約翰拍拍我,搖頭示意我往外看。他這才察覺到鐘聲。起初,他並不知道那是死亡的喪鐘,我跟他解釋過後,他才明白。

「不過,那鐘聲聽來有自由之感。」他這麼說。

我覺得他說得對。

季波的聲音像陰沉的地毯,迴盪在整間教室。我喜歡季波與他的聲音,像令人安穩又帶點憂鬱的男低音。不過要是你不願意回神到重要的課堂試題上,他的聲音是可以催眠的。

「為何他要講這個?」我小聲地問約翰。「為什麼他不直接給試卷?他又不是笨蛋。」

約翰毫不在意地聳聳肩。

「不知道。也許是規定之類的。也許校規裡面有說,課堂試題要先解釋然後才能發回。」

最好的夏天

季波解釋錯誤之處。他詳細解釋了每個解錯題目的正解，然後將這些錯誤寫在黑板上。當他補上分數的時候，我的胃在翻攪──一位特優，四位優等，十六位良好，六位及格，兩位有待加強，兩位最差[1]。三十一位當中有四位。我知道那四位其中的一位是誰。無論如何不會是約翰。

季波其實叫做季剛肯伯格，但從來沒人這麼叫他。不過，「季波」這名字對這個男人來說也太短了。他身高兩公尺，體重一定有一百公斤。他應該要當拳擊手或摔角手的。無論如何都不該是個拉丁文教師。

約翰也不讓人叫他「約」。

「約翰。不是約，或者阿約什麼的，叫我約翰。」

下課時間，他對德路華這麼說，因為他在開學第一週的某一天就開始叫他「阿約」。他只需要說一次。他有時會用非常嚴肅的態度，嚇壞了每個人。從此以後，大家都叫他約翰。

「我一定考了六分。」

「亂講。」約翰說。

那是一種咒術。說出最嚴重的情況，看看事情能否有轉圜，讓五分甚至是四分神奇地出現。這是有可能的。

Der große Sommer　　4

「你還真的相信啊?」我說。這句話又像咒語。

我望向外面。看見燕子。晨光映在河邊柳樹長長的葉片上。湛藍,湛藍,湛藍。為何世間的美只能停在窗臺上?外面有著一切,我在裡面,什麼也沒有。

「亞伯特。」

終於!季波退還試卷給大家了。按姓名順序。得按照規矩來。至少他沒有用分數排序。大家都討厭那樣。當然那些書呆子除外。

「貝格曼。」

班上一陣嘈雜。不過內容很清楚。咦,你幾分?我三分。天啊,我就知道……其實題目一點也不難,不是嗎?我也覺得……

我什麼也沒說,望向窗外。有時我會聞到水的味道。那味道不像海邊的那樣鹹,但還是有著鹽的味道。

「畢希納。」

那是我。季波走到教室後面,來到我們這邊。他臉上沒什麼表情,把試卷交給我。

---

1 德國中小學的計分制並不使用百分制,而是一至六分的等級,一分為特優,兩分為優等,三分為良好,四分為及格,五分為有待加強,六分為不足。

「抱歉,畢希納。」他說,「我不明白。你的**翻譯**讀來很有文采,可惜跟拉丁文一點關係都沒有。」

「要是這件事很好笑就好了——但它並不。六分。五分可能還有機會說得過去,但是六分的話就⋯⋯我的數學不好,但我還勉強算得出平均值。數學五分,拉丁文五分。就這樣。」

我小心翼翼地把課堂試卷折成一架紙飛機,然後把尖端折下一小角。拉丁文的 *numquam* 是「無法改變」的意思,裡面包含了 *num* 這個字,也就是「雖然不如預期」。現在這些詞瞬間變得有點好笑。其實我一點也不想笑,卻忍不住笑了。

「Sorry。」

「沒事,我說過了,這樣很搭。」

約翰靠過來,用肩膀碰碰我。

「這樣很搭。」我鎮定地說。

「唉,被當了。」我說。

我把椅子拖到後面,讓它靠牆,然後在手中把玩紙飛機。

「你可以補考。」

我聳聳肩。

Der große Sommer

「你以為我可以在六個禮拜內補念三年的拉丁文嗎?我的數學反正就是爛。我說『爛』就是『爛』。距離表層一千公尺那麼爛。馬里亞納海溝。」

約翰不禁笑了。

「我可以幫你。」

「當然。你很清楚接下來有什麼事情絕對不會發生。那就是念書。」

季波又走到我們這邊來了。

「羅曼。」

他把試卷遞給約翰,然後微微點頭。約翰一手接過去,很快地用眼睛掃過分數——三分。他幾乎有些尷尬,用頭把試卷壓在桌上。我看著季波,這時他注意到我手中的紙飛機。我沒有把椅子拉回去坐好,反而輕輕地用手一揮,把紙飛機送到窗外。它以完美的迴旋飛翔,越過柳樹,碰到一根枝椏,然後滾落,直直地掉進水中。再見。

季波看著我,我深吸一口氣,然後他只說:「畢希納,你是不是問題還不夠多?」

他轉過身,走向前面的講臺。兩公尺與一百公斤重的拉丁文。我幫不了自己,這個男人說對了。

最好的夏天

2

這是一個寂靜的下午。我一如往常,去尋找那個墳墓。十月的太陽像朦朧火紅的團塊,射穿了晨霧。天氣寒冷。路邊的栗樹尚未完全變換顏色,但楓樹已經染上了繽紛的色澤。墓園圍牆邊的漆樹閃著紅光,彷彿正等待雪的來臨。大家應該都以為,墓園不會改變。那裡幾乎沒有事情發生,增加幾座墓碑,也許偶爾會舖上一條新的路。但其實這裡並不是永遠相同,或者只是我老是忘了墓碑的位置。我並不是每年都來。但我想,這樣的頻率應該夠了。只是我永遠沒辦法立刻找到那座墳墓。話說回來——為何要這樣做呢?如果我沒時間找,那麼也就沒必要來這裡了。也許這次我應該把號碼拍下來,或是在手機裡標註好位置,下次就可以用了。

墓園空無一人,卻滿是松鼠。也許對牠們來說,在這座城市,沒有其他地方比這裡更好的了。沒有汽車、沒有人,只有一個明亮的森林,全屬於牠們。那是一個天堂。松鼠在裡面也會悲傷嗎?牠們看來並非如此。

Der große Sommer

8

而我呢？不知道究竟是悲傷還是其他感覺，偶爾驅使我來到這裡，通常是在秋天。但，那是悲傷嗎？當我尋找墓碑時，有時不知道自己失去的究竟是什麼。不。根本不到一年，只有一個夏天，但那也許是生命中絕無僅有的一個夏天。我想每個人都有過那樣一個夏天；所有的事物在一夕之間改變。是的。也許不全然是悲傷，而更是一種對那個夏天的渴望——第一次發生的，那無法挽回、令人顫抖的美麗魔法。

在露天游泳池。幸好我的父母並不像約翰那樣放鬆。也許，連我那不甚關心子女的學校生活的父親，都悄悄地發現了今年我可能無法畢業。

「我們來想想。」他說。這樣完全無害。我父親總是喜歡想事情，而且想的永遠不是太實際的事。我的意思是，他還從我母親那邊拿零用錢！如果他想到了什麼事，那麼它也不意味著任何事。而要是換做媽媽開始想事情，接下來我就會有麻煩了。不過，目前為止，一切都沒事。

在下雨的日子，我有時喜歡去露天游泳池。在那裡，有整座泳池，萬事俱備。救生員甚至任由其中一人穿上蛙鞋，往五十公尺的深處游，或是兀自跳水；沒有比這樣更令人放鬆的事情了。夏日陽光熾熱，他有時會跟我打招呼。我覺得下雨天待在游泳池很

最好的夏天

酷，因為沒有人會這樣做。天空下起細微的毛毛雨，天氣並不冷。雨水輕柔地從草地遠處的白楊樹滴下。空氣中有青草的味道，萬籟俱寂。沒有風。在這樣的時刻，氣氛非常特別。

那有點像置身在另一座城市裡。又或者說，這樣一個開放之地，突然顯得有些神祕，彷彿它再也無法被其他人找到。

我在被雨淋溼的草地上赤足奔跑，來到跳水區。旁邊五十公尺深的水池裡，有幾個老人在泳道上游泳。沒有人被打擾。伴著雨水的空氣，淺灰色且寂靜，讓所有人都感到安詳。我認出一些人的面孔。也許他們每天都在這裡。那是一種怎樣的人生呢？每天都去游泳池。每天都游十次來回，然後回家。真要命，後來都變成這樣嗎？

我把我的毛巾擺在跳水臺底部，跟救生員點頭示意，接著爬上去。今天是七點五公尺，這有點像是在跟自己打賭。這個夏天，我要練習挑戰到十公尺。奇怪的是，最後三公尺怎麼練都不成功。我老是翻個倒栽蔥，愚蠢地從跳板上失足，臉朝下地跌進水裡，整天都額頭發紅。然後就會突然成功那麼一次。這就好比說，我向來怕大狗，直到有一次我出門回收廢報紙，被一隻大狗咬了；從那時起，所有的害怕都煙消雲散。也許有些真實發生的事情，從來都不如想像中的那麼嚴重；而我可以輕易想像一切，有時那正是問題所在。

Der große Sommer

我第一次嘗試五米跳水的過程很順暢,那時起我就一直去跳水。沒問題。現在我第一次登上七點五公尺高。樓梯的臺階粗糙、冰冷且潮溼。我打了個冷顫,然後往前一步,站在扶手的盡頭。距離邊緣一公尺。非常高。高得要命。其實我想來個後空翻看起來很帥,但那其實是最最簡單的跳水。其實什麼都不用做,只要你敢跳。後空翻看起來很帥,但那其實是最最簡單的跳水。其實什麼都不用做,只要你敢跳。後這裡……我往下看。天啊。差不多是四層樓高。就像一開始就想挑戰三連翻那樣——這是不行的。我甚至無法站到邊緣,而已經沒有退路了。我望向救生員,想知道他是否注意到我,但他正坐在遮陽傘底下讀報紙。

也許,就這樣直直往下跳?

「嘿,你不敢嗎?」

我實在太過驚嚇,整個人跳了起來。真沒想到下雨天還有人爬上跳板,來到我身後,我完全沒聽到她走過來的聲音。我轉過身去。她的年紀跟我差不多。泳裝亮綠。深色頭髮。漂亮,漂亮極了。

「我當然敢。」

笨蛋。笨蛋。笨蛋。為什麼我要這樣說?

「假如你害怕,我們就一起跳。」

「你曾經從這麼高的地方往下跳嗎?」

最好的夏天

我剛剛確實很害怕，但現在更害怕的是她優雅地讓自己從跳臺頂一躍而下，不管是潛跳入水或是翻滾幾圈再落下，而我只能一直站在上面像個⋯⋯像個⋯⋯。

她搖搖頭。

「不，我看見你站在那邊，於是在後面等，我想看是否真的可行。可是你卻沒跳。」

此刻，她的聲音中出現了笑意。我說不上來當中是否有諷刺的意思。

「我們可以一起跳。」

我遲疑地說。聽起來一定像個膽小鬼。

她簡短的說了個「好」，然後踩上跳板邊緣。好。現在我也要跳了。

「一。」我開始數。

「已經很高了。」她說。

她看向我。我忍不住笑了出來。我們兩個都怕得要命。

「好，我們數到五就跳。」

現在她也笑了。她的笑很快地使我安心下來，速度一如先前襲來的恐懼。我們掉頭走往樓梯的方向。然後她突然停下來。

「嗯，這樣不行，」她說，「這樣根本行不通的。來！」

Der große Sommer

12

她又掉頭,開始跑,接著直接跳了下去。那時我想,靠,於是連忙跟著跑,接著失控地跳進虛無的空氣裡,最後用瞥腳的方式落水,完全無法呼吸。我跳入深水之中,愈來愈深;當我正享受這樣的感覺時,手腳開始不聽使喚,浮出了水面。我把嗆住鼻子的水擤出來。此時,她同樣嘩地一聲浮出水面,然後擺擺頭,把頭髮拋向身後。

「我撞到腳了。」她笑著。

「我也是,撞到了肩膀。」我屏住呼吸說。「腓特烈。我的名字叫腓特烈。」

「我叫貝蒂。你的名字很酷耶,但也很老派,對吧?」

我們游到池畔。雨滴在水面上泛起陣陣漣漪。浴室一片死寂,彷彿一片透明光滑的布包覆著我們。販賣部的露臺上,收起的遮陽傘整整齊齊地排列,它們瘦削而紅,在陰雨中矗立,彷彿被人遺忘,正苦思冥想的士兵。打烊的販賣部看起來像在沉睡。有那麼一刻,一切都屬於我們。

「我有一對奇怪的父母。」從游泳池起身的時候,我這麼跟她說。

「這樣啊。」她說。

她有一雙綠色的眼睛。

最好的夏天

3

「回家」這件事情，有時就像從一個世界突然切換到另一個世界。每每我推開家門，必定會聽見某些聲響。那些聲音時而愉快，時而憤怒。其中一隻狗開始吠叫，或是我的其中一個姊妹在吹長笛，或是艾瑪在走廊一隅的某個老櫥櫃裡面開始裝設她的迷你工坊，發出敲敲打打的聲音。我們的房子太小了。六個小孩、兩隻狗，還有兩隻貓。對於房屋的窄仄，我的父母彷彿是有意識地澈底忽略。在推開門的這一刻，若你想成為這嘈雜斑斕的整體的一部分，那是多棒的事；而若你只想自己一個人，這又會是多麼可怕。

你會馬上被吸進家的情境之中。我的心還懸在那個安靜的露天游泳池裡面，以及在那兒下著的雨。我站在穿著亮綠泳裝的女孩旁。我得趕緊關上一扇門，就像進教堂那樣——噪音不屬於教堂。不過，我的小弟寇佳走過來牽住我的手，說：哥哥，別生氣，一起玩遊戲。在教堂內部，你看見自己如何逗小孩子們開心。而當他們在球場上快

Der große Sommer　　　　　　　　　　　　14

要進球又被淘汰時,你是如何安慰他們的?他們有兄弟姊妹嗎?

「你輸了!」

寇佳爆出勝利歡呼。他覺得自己真是個大贏家。驕傲與快樂都是真的,但他不知道我是故意讓他贏的。我撒了一個幸福的謊。儘管如此,那還是一場騙局,不是嗎?我終於回到自己的房間。

我的房間沒有像約翰那樣的機器。我有一臺唱機,外殼很醜,塑膠的部分漆了橘色;那是母親在我某次生日時送的。畢竟是來自她的禮物。這臺唱機足夠我在夜裡聽音樂,如果要開派對的話,音量就不夠了。約翰有擴大機,以及某種特殊的喇叭。他的唱機很重,銀灰色金屬製,看起來真的很貴;我的則相反。我還有一臺卡式錄音機,想錄卡帶的時候,我就得把錄音機放到床上去;因為機器的線不夠長。

打開唱機後我奔上床。我獨自擁有這個房間的時間並不長。床鋪的位置讓人可以望向窗外,外頭有一株洋槐。曾經,我從父親上千本藏書中找出其中一本,想查出究竟是哪種樹木,能讓如此甜美的香氣四溢。洋槐開花的時候,香氣馥郁,包羅萬象,而我卻一無所知。

窗戶始終是開的,雨還在下。突然間,房間裡的音樂不再搭調。

其實我曾經很喜歡這張唱片;它是我年幼時,母親曾聽過的音樂。老派流行歌。我

15

最好的夏天

聽到時不禁笑了,儘管如此,它往往會為我帶來家的感覺。而現在不知怎地,它聽來已經不搭了。我試著播放另一張唱片。並不是說我對紐奧良爵士[2]失去了興趣,或是不喜歡弟弟借我的那張傑叟羅圖樂團[3]唱片。它們只是全都不搭了。就像是那些樂音流瀉出來的東西早已與我無關。所有的一切⋯⋯看似不錯,卻徹底失去意義。我拿起那張流行唱片,像擲鐵餅般把它丟到窗外去。

我從床上爬起來。有話要說不是好事。

「媽媽說你不餓也得來吃。她有話要跟你說。」

寇佳沒把門帶上,就跑到餐廳,因為他想爭取在十秒之內跑回原地。這小鬼。

「老弟,我不餓啊。」

「你應該要過來一起吃晚餐。」

寇佳沒敲門就衝了進來。

「去找外公?」

我詫異極了。雖說我向來也沒想過之後會怎樣,但這個建議還是太令人驚訝了。餐桌上,大家忽然安靜起來,因為這件事情跟所有人都有關。這是我們家第一次有人不一起

Der große Sommer 16

去家族旅行。那個人就是我。

「這樣會很糟的啦!」

我的小妹露西,才八歲就絕頂聰明,所以老是惹惱同班同學。我常常覺得她很逗趣。對我的朋友而言,我家反正就是一個動物園。別人家才不像我們一樣,有那麼多的小孩。我認識的人當中,沒有一個有超過兩個以上的兄弟姊妹。

「這樣哪叫出門。」我說。六個星期!整個暑假都待在外公那邊。真的是失算。我很喜歡外婆,我真心覺得她很不可思議。可是我得老實說,我看到外公就害怕。

「這是出門沒錯啊。」母親答話。她的語調溫和,卻是個嚴格的人。「你不能重讀一次九年級。如果你補考沒過,你就不能畢業了。」

「我也可以在度假的時候讀書!」

「隨便你怎麼說,反正我是不會相信的。」

「媽媽,拜託!在外公那邊耶!我可以……我可以待在這裡,在這裡念書。這樣就

---

2 紐奧良爵士(New Orlean Jazz)為早期的爵士樂風格之一,發展於19－20世紀,最知名的樂手是路易斯・阿姆斯壯(Louis Armstrong)。
3 Jethro Tull,成立於1967年的英國前衛搖滾樂團。

「艾瑪在實習期間必須住在療養院的女生宿舍。你跟她兩個人在我們家待上六星期?不行。若你住在外公那邊,外婆也會在,她甚至會把樓上的房間騰出來給你專用。」

媽媽一句話也沒聽進去。

不會有人吵我。艾瑪也在這裡。我們兩個可以……」

真是太精彩了。那個男人,我用敬稱跟他說話直到十歲,現在還要我住在他家六星期。教授先生。我母親的繼父,家裡每個人都怕他。可能只有母親沒在怕。我的暑假就這樣泡湯了。

4

「你是笨還是怎樣？」

約翰開始尋開心。現在是七點一刻。天氣還很涼爽，我們站在電車轉乘站的一個電話亭中。我開始查電話簿。說起來你或許不信，這座城市居然有這麼多人姓安德斯。我沒答腔。約翰給自己捲了一根菸，然後在點菸的時候，輕輕地把門推開。

「你怎麼沒問她住哪？」

對，我怎麼沒問她住哪。

「不曉得。」

我該怎麼解釋呢？我根本不敢問她，否則就會顯示出對她有興趣。話說回來，這樣也沒錯，我是真的對她有興趣。為什麼我不敢讓她知道呢？也許是因為她沒問我住哪裡，所以我也不問她。這是怎麼一回事？因為害怕失望，所以不問？要是她根本也沒有喜歡誰呢？我的策略是對的。至少我知道她姓什麼。我們在游泳池大門分別時，我知道

19　最好的夏天

了她的姓氏。

「你們還要多久？」

有個女人不耐煩地一直敲門，好像深怕我們沒聽見她一樣。這女人穿著花枝招展的連衣裙。單單一件連衣裙，沒有上衣、也沒有褲襪或其他配件。要是我媽穿這種衣服上街，我就會把她殺了。要不就是我自殺，世界終結。

約翰把頭伸向外面。「尊敬的女士，」他異常禮貌地說，「請再給我們一分鐘，好嗎？」

約翰總是可以一臉無辜，讓每個人都相信他。他看起來就是個孩子。只是香菸比較煩人。女人又開始用力敲玻璃。

我大喊一聲：「我好了！」然後把整本電話簿姓安德斯的每一頁都撕下來。花枝招展的連身裙女士憤怒地朝我們大吼：「要是大家都這樣那還得了！」我們大笑著奔離現場。

要是在暑假來臨前的最後兩週都不用去上學，就再好不過了。反正所有事都一清二楚，那就是這段時間什麼也不會發生，只剩下在生物教室看電影，或是翹掉健行遠足的那一天。只有鐵血教師還在上課，比如說奧特女博士。稱呼她絕不能漏掉「博士」兩

Der große Sommer 20

字。在她的課堂上別想玩紙飛機了。並不是因為她會處罰，我不覺得奧特女博士有過斥責別人的舉動；但反正這些事情就是不會發生在她身上。就像忘了寫回家功課的機率少之又少那樣。她的風格就是盯著某個學生，然後疾言厲色地詢問一切是怎麼發生的。

「您生病了嗎？還是家裡發生什麼事？」

她竟然對九年級的學生使用敬稱。我想她真的是嚇到了，又不是發生了大地震之類的事情，居然有人會忘記寫作業！對這種不可能的舉止，她是真的不相信、真的很失望，心情跌到了谷底。她的世界裡沒有這種事。而她教的班級在第一週之後，也就不曾發生這樣的事了。好歹我在她的法語課堂上拿了一個四分，但是這也救不了我了。

在她的課堂上你別想打混，但今天我把電話簿撕下的黃頁都夾在法語課本中，開始細讀。

「你要打給上面每個人嗎？」

約翰在奧特女博士的課堂上也偷偷跟我說話。

「我在看誰住在游泳池附近。她是走路過去的。」

我對自己做的事情感到些許自豪。我的面前有一張城市地圖，那是我在爸爸書櫃裡找到的。

「也有可能她是搭街車過來的。」

最好的夏天

約翰對著我賊賊地笑。

「你讓我自己想啦。」我小聲噓他。不過我倒是真的沒想過這個可能。媽的。

「畢希納先生!」

我趕緊把法語課本闔上。

「要不要跟我們分享一下你的看法呢?」老師用法語問。

「奧特女博士,抱歉,不用。」

結果,奧特女博士用分數來表態。這次我被當了,其實不管我有沒有在她的課堂上說話,基本上都無所謂。我不知道為何我居然還在這裡,我不知道待在課堂上是在幹嘛;我為何不是在巴西,在里約熱內盧,在糖麵包山[4]腳下的一方綠地,置身山與海之間,空氣中瀰漫著音樂,而我卻不敢開口問她住哪邊。那音樂沒有來處。沒有樂團,沒有廣播與喇叭。它只是在空氣中,並圍繞著我,不管我去哪裡,而且旋律永遠搭調合拍。

約翰把一張紙條推過來。上面潦草地畫著一頂帽子以及一根閃爍的香菸。在我的眼中,約翰是很酷的樂手,卻是個糟糕的畫家。

帽子底下出現一句話:「山姆,我們得回到街上。」「今天下午再去露天泳池尋蹤?」

Der große Sommer 22

我忍不住微笑,然後回傳紙條給他:「不行,我得去外公家。」

「那你好好玩。」約翰用氣音說話,嘴唇一動也不動。

奧特女博士在臺上講解法語未來第二式。

我會愛過。我會愛過。

未來一片光明。

4 糖麵包山是巴西里約熱內盧市濱海的一處山峰,形狀如麵包頭,為該市重要地標。

5

我們站在下面操場靠近圍籬的地方,約翰開始抽菸。學校一共有兩個運動場。新大樓那邊有個寬廣的大操場,上面有遊樂區,還有許多金屬座椅。那座操場是給中低年級用的,我們其他人都在下面這座運動場玩。它是老建築的一部分,而且跟河水相鄰。這裡鋪了石頭地,中央有一排椴樹,大概是學校剛剛蓋好的時候種的——一八九四年。萊辛人文新語言中學。全城最優秀的一間。而腓特烈‧畢希納沒能達陣。季波說:

「畢希納,你太多興趣了,這是你的問題。」

「好的,謝謝。這些我早就明白了。」

運動場中央的樹叫做椴樹,是我從七年級的一堂生物課中聽來的。不知怎地,我喜歡想像八十年前的這一個噴泉,不過已經沒有水了。我喜歡這個操場,裡,學生們站在圍籬旁、一邊瞭望河水的情景。那景致到今天都沒有改變。

「我實在無法想像自己有一天會離開這裡。」我說。

「你不是本來就想去巴西?」約翰說。

Der große Sommer   24

「有一天我會去,可是現在我的錢還不夠。你可以借我一些嗎?」

「我當然很樂意,可是你不值得我借你那麼多。」

我揮拳把他打到旁邊去。

「你暑假是不是要出去?我實在受不了了,待在外公家六個星期!你不會知道那種感覺的。」

「我怎麼會不知道。」約翰乾笑著說,「我陪你經歷過一次好嗎?你還記得那句話,『請您別把日常的無神論跟邏輯思考的能力混淆了。您需要的是多練習!』」

我們兩個忍不住大笑。這句話變成我跟他之間經常引用的金句。

外公老是出題考驗所有人,對約翰也不例外。我會帶朋友去外婆家,我覺得娜娜人很好。不,這個形容詞其實不準確,精準地說應該是⋯⋯我景仰她。我永遠不會知道她在這個硬派男人身上感受到什麼,讓她最後愛上了他。約翰來的那天,外公不知何故,提前從醫院出來,還穿著白袍,就這麼出現在家裡的花園。其他的細節,若不是約翰提起,我都想不起來了。

「約翰啊,您知道自己的名字是從哪來的嗎?」

他對約翰用敬稱。不是出於禮貌,而是因為想保持距離。就像我們之前,包括母親都得對他用敬稱一樣。

25

最好的夏天

我沒有事先警告約翰，因為我沒有料到會遇到外公。但是約翰已經表現得很好了。

「很遺憾是從聖經來的。」他還這麼說。他不是那種會上教堂的人。

外公坐在花園裡，面不改色地講述施洗者約翰的無神論，展現他的邏輯思考能力。

我們就這麼坐在花園，眼看教授先生身後的家門關上，無法及時止住教授的談話。

「祝你跟邏輯思考的外公在療養院生活愉快！」約翰說。「我只會離開兩個禮拜，如果有需要，我可以趁你外公不在家的時候，把你從小市民的沼澤裡解救出來。」

「真的是謝謝你什麼都沒幫喔。」我說。我們兩個倚著圍籬，望向河對岸的遠方。

操場上的交談與笑聲縈繞在我們四周，還有幾隻蜜蜂嗡嗡的聲音——原來是校工在操場旁他的小花園養了蜂巢。

過了一會兒，約翰若有所思地說：「要是什麼都沒發生呢？」

我懂他。

「你說的是那種一直等待的感覺，對嗎？我們以為一切都還沒來，我們以為現在還不能好好生活，因為我們還在學校，還住在家裡，對嗎？」

他沒有馬上回答，但是我知道大概是這樣。

「也許根本不值得。我指的是等待。」

說來容易，實際上卻不是這樣。

Der große Sommer 26

「也許吧。」我說完,之後想起了里約熱內盧。想著初夏洋槐的香氣,以及那位綠眼睛的女孩。「也許其實相反。」

艾瑪突然出現在我們身旁。她穿著一件自己蠟染的T恤,就是那件衣服把我的白襯衫永久染成了紫色,只因為我們的母親一個不留心,把它丟進了洗衣機。艾瑪小我一歲,但是卻大我一屆。我五年級時被留級一年,所以我們兩個一直到去年都常常同班。我想念跟她一起上課的情景,不只是因為她有很多小聰明——艾瑪很酷。貝蒂大概會說,她的名字很老派。沒錯,我大概又會這樣回答:我們的父母都很怪。

艾瑪看見我們在圍籬邊,於是湊過來問:「來翹課如何?我們去黃金海岸。」

我們讓她站在中間。向來都是如此,也一直都會這樣。我們是死黨。

「聽起來真是誘人。」約翰十分禮貌地說,「可是基於道德因素,我還是想把那兩小時無用的數學課聽完。」

艾瑪笑了。

「庸俗鬼!」她把約翰手中的香菸拿走,然後開始抽。

「還有一個星期,男孩們!」她高興地說。

「謝謝妳提醒我。」我回應。

敲鐘了,下課時間結束。艾瑪跟我們手勾著手,一起走回教室去。

27

最好的夏天

6

也許在暑假即將開始的前幾天開始念書，會是比較聰明的方法。這樣我可能就不用在這六星期做那麼多事，並且真的有機會通過補考。但我沒辦法。不知怎地，我老是覺得最後幾天的學校生活，才是真正的放假。這幾天過去，就是一個半月的補考準備。我不斷逃避現在努力一下的想法，試著在這幾天大玩特玩。

發成續單前的最後一週是運動會。艾瑪和我做了一張大字報，此刻正在屋前等著約翰。艾瑪不靠雙手支撐、跨坐在自行車的椅墊上，背靠著燈柱。她在捲菸的同時，用身體穩住自行車。太陽懸在城市的剪影之上，屋頂的天線折射著天光。艾瑪恰巧在花園前方，栗樹樹冠在她的頭頂上圍出拱形，熠熠生輝。

「有時我覺得要是我會畫畫就好了。」我說。

「怎麼說？」

艾瑪的捲菸紙掉到地上，她試著不下腳踏車，把它撿起來。如果要看起來優雅，當

Der große Sommer   28

然要下車比較好。

「因為這樣我才能把我看見的東西畫下來。」

艾瑪突然跌了一下,慌忙之際她索性下了車,拾起捲菸紙她一邊說:「那些東西反正都在那,你不一定要把它畫下來。」這話沒錯。可是,我們眼見的東西也並非一切。我不知道應該怎麼表達這種想法。

「這樣一來,書也沒必要寫,圖也沒必要畫,音樂也不用做了。這樣實在是⋯⋯」我短暫考慮了一下。艾瑪又坐上了她的腳踏車,然後點燃一根香菸。煙霧飄向我這裡。我不抽菸,但這飄移的香氣在一時半刻之間,彷彿一種帶著渴望的邀請,邀請我進入那美妙的遠方。忽然間,我知道我要說的是什麼了。

「一切都在這裡。但是這裡的一切,這個夏日早晨,落在你身上的樹葉,還有你慵懶地坐在腳踏車上抽菸、看起來酷酷的模樣,這些⋯⋯這些,彷彿唯有畫出這一切,才能夠一次把它們記錄下來。這樣人們才能感覺,這究竟是什麼造就了這麼一個美妙的時刻。」

「你沒有必要畫,你可以用說的。」艾瑪又說,「約翰從那邊過來了。」

她指向那座山。從那個方向,腳踏車上的約翰朝我們飛奔而來,行經廢棄的加油站,他的頭髮飛揚、夾克迎風,發出簌簌的聲響。他踩了煞車,停在我們面前。

29　　最好的夏天

「哈囉,各位,」他跟我們打招呼。「這張布條是什麼?」

他指著我們的大字報。

「等我們帶它上跑道,你就會知道。你得扛這根棒子。」

約翰一把抓住布料的地方。艾瑪抬著棒子的兩端。他開始冷笑。

「難道說,這是假裝運動場在維修的告示嗎?」

艾瑪嘆了口氣。

「你這個急躁的年輕人未免太沒耐性。很快你就會知道的。」

她從路燈上跳開,慢慢沿著人行道往下走,約翰與我跟在後面。

運動場上非常炎熱。我們把腳踏車鎖在一起,然後一路蹓躂到看臺,費老師帶著一個寫字板站在那裡,監督四周。一年有這麼一次,體育老師們都成了國王,否則永遠不會有人把他們當一回事——至少在我們學校是這樣。在我們這裡,拉丁文與希臘文老師才是王,其他的老師則什麼都不是。現代外語、數學、化學、生物老師……他們是中間階級。大家都需要他們,有些人甚至想跟他們說說話。最後才是藝術老師、倫理老師、社會、經濟和體育老師……沒有人需要他們。

「紅色前線[5],費老師。」我這樣跟他說,同時舉起我左手的拳頭。「我們到了。」

Der große Sommer

費老師連頭都沒有抬,就在我們的名字上面打了勾勾。

「畢希納,少說句口號讓我休息一下吧。我們十點四十五分開始跑一百公尺田徑賽。」

「是的,長官!」艾瑪充滿幹勁地回答。

費老師出其不意地跳起來。

「你們是不是以為已經開始放假啦?每次只有要分數的時候,你們才會懂得尊重。如果你們不喜歡這裡,就離開吧!」

「好的。」艾瑪俏皮地回嘴,然後指著跑道對面那排隔開運動場與公園的椴樹。「那邊樹蔭多,比較好納涼喔。」

約翰同情地點點頭。「沒錯。在這看臺上面曬太陽簡直是地獄。」

不過費老師已經沒心情理我們了。

「消失吧。十點四十五分。畢希納,十點四十五分,聽到沒?」

有人說費老師是個心神不寧的納粹。他一定是待過希特勒青年團之類的,不然誰會

5　威瑪共和國時期德國共產黨準軍事組織紅色陣線戰士同盟的口號。該組織成立於1924年,與法西斯主義敵對,並於二戰後活躍於東德。

最好的夏天

想來當體育老師？我其實不太相信。他總是試著想要身手矯捷，其實根本沒辦法，艾瑪的事就已經讓他忙得滿身大汗了。

有時候我覺得，艾瑪比我有勇氣多了。她一定會毫不猶豫地從七點五公尺的高度往下跳，或者她就乾脆不爬高。她對自己做的事情通常都胸有成竹。只要我們同在一個班級，我就從來都不需要寫作業。艾瑪絕對值得信賴，作業永遠都是她在做。儘管她不是那種書呆子，但她比我懂得在作業與樂趣之間找到平衡。不像我，老是把自己弄得頭破血流。

我們這一班通通都溜到椴樹下乘涼。艾瑪跟我坐在他們旁邊的草地上。約翰繼續站著，若有所思地抽著菸。光線透過樹葉灑在我們身上。點點的陽光灑在艾瑪背上。如果有風，一定很舒爽。我喜歡微風與樹葉一起鳴奏的樣子。但那其實是秋天的景致，此時夏天才正要開始。

「哎，畢希納，這塊布條是什麼啊？」

馬克斯喊道。他是我們這一班個頭最小的。他就是一個活生生的陳腔濫調，矮小、調皮、反應靈敏。

我也符合某一種陳腔濫調的人設嗎？每個人都以為我會吸毒，只因為我留了一頭長髮。或是覺得我說不出來哪裡奇怪，只因為我喜歡穿黑色。我也不知道為什麼，反正就

Der große Sommer　　　　　　　　32

是這樣。但也許正因為如此,所以其他人會從我身上看見一些不屬於我的特質。偽裝與欺騙。

「我們來呼籲對赤軍旅[6]捐錢。」

馬克斯基本上就是一個庸俗的小市民。每當我們討論政治的時候,他永遠站在資本主義的那一邊。他從來都不會去參加遊行,也許因為他的父親坐擁出租房產。

「真的很好笑,畢希納。我們在笑什麼?」

「如果你不想知道,那就不要問。」

整個運動場瀰漫著聽不懂的廣播聲。七年級的學生紛紛跳進沙堆裡練習跳高。大部分的學生則團團坐在從更衣間搬到戶外的長椅上。老師們聚在看臺上面窄小陰暗的廣播區。幾乎每個人都抽菸。無論如何,這是一個非常馬虎的體育慶典。我覺得我想的沒有錯——費老師不是納粹。他完全沒有那個能力。

「阿腓,你說說看,身上帶那麼多錢要幹嘛啊?」

艾瑪在我的運動包裡面翻找她的打火機,找到了許多十芬尼[7]硬幣,那是我昨天在

---

[6] 赤軍旅(Rote Armee Fraktion, RAF),又稱「紅軍派」,為德國左翼恐怖組織,活躍於1970–80年代。
[7] 德國舊制貨幣,使用至2001年。一馬克等於一百芬尼。

家裡翻箱倒櫃偷來的。她捧起手心,滿滿的都是硬幣。我只是聳聳肩。我有點不舒服,不想告訴艾瑪……啊,不知道,難道這就是愛上一個人的感覺嗎?一個人怎麼有辦法只見過某個人半小時就愛上她呢?不過,話說回來,也許這就是命運吧。也許就是得這樣。有時候我會覺得——有些事情,如果你允許它發生,它就會發生。就算你只是等待,什麼也沒做。不過,之後會……唉,要是我沒有搜刮這些硬幣就好了。

「我之後再告訴妳。現在應該輪到我們上場了,對吧?」

約翰點點頭,然後在草地上把他的菸蒂捻熄。

「我實在想不通,你怎麼有辦法即使抽菸還跑得這麼快。」我說著。約翰一邊脫掉他的襯衫,只穿著一件運動短褲站在那裡。他的身材清瘦,幾乎是乾癟的。他拿起了捲好的大字報。

「艾瑪,將死之人向妳致敬!」他用奇怪的姿勢大聲朗誦這句拉丁諺語。「要是我把這個東西攤開,是不是會被趕出學校呢?」

「你就說是阿腓弄的。」艾瑪奸笑,「反正他已經沒有什麼可以失去的了。」

「身邊有好朋友真的太好了。」我說。「這是我們之間一件很棒的事情。我們可以談天說地,還可以一起討論那本寫滿零的本子。這是其他人不會明白的事。」

擴音器又吞吐出一些聲音,散播到一百公尺遠的地方來。約翰跟我懶洋洋地穿過草

Der große Sommer 34

坪，往跑道的方向去。看臺上聚集了愈來愈多的人。田徑賽之後就是傳統的足球賽，由教師隊跟高年級生組成的隊伍對打。這一場大家都想看，所以我們可以輕易地在沒人發現的情況下蹺課。此刻的天氣更熱了，不過那位許瓦茲先生卻仍穿著他兩套西裝的其中一套，一動也不動地站在五年級的學生當中，同時記下他們投球的成績。我真的很尊敬許瓦茲先生，那不是害怕、而是尊敬，雖然我的數學很糟。也許是因為他不讓別人喜歡他。總之，他不是那種用爛笑話來拉攏我們的人。我們常常不曉得他在想什麼，但我們都知道他時常若有所思。他只有兩套西裝。星期一到星期三穿深藍色，星期四與星期五穿深灰色。他衣服的鈕扣扣眼穿著一條細細的金項鍊，上面掛著一只圓形懷錶，塞在原本應該置放口袋巾的地方——不是放在背心裡，也不是塞在褲袋。可是他卻從來不需要錶。他總是準點抵達，並且在鈴響之前的十秒鐘就會停下來。沒人知道他是怎麼辦到的。也許他有時是看見了市政廳廣場的時鐘，但是在沒有時鐘的教室裡，他也是這樣。

「畢希納先生，您要不要告訴我們，這題是怎麼解答出來的？」

我正站在黑板前做一道習題，那是讓我們這些數學白癡用來拉高成績的作業。我看著數字以及公式，一頭霧水，於是我開始結結巴巴，只想回座位。許瓦茲先生一直盯著我看。

「畢希納先生,您的數學作業是艾瑪幫你做的,對嗎?」這個年輕人!艾瑪跟我在六年級的時候在同一個班上。我怎麼也沒想到,他居然還記得她的名字,更別說是知道她的數學有多好!我能做的只有聳聳肩。你是沒辦法騙過許瓦茲先生的。

「您知道我的數學有多好。」我說。「對。」

「感謝您的真誠。」他面無表情地回答。「這樣的話,我給你的好姊妹實際應得的三倍分數。這個您總有辦法自己算出來了吧?您可以回到座位上去了。」接著他解釋數學公式,而我突然聽懂了。

我得到三分。這樣我的總成績就從六分升到五分,因此獲得了補考資格。這樣的話,我就可以幸運獲得在外公家閉關六週的機會,好溫習拉丁文與數學。但是許瓦茲先生當然無動於衷。

「畢希納先生,我覺得我們的賽跑是指日可待的。」

許瓦茲先生朝那張始終捲起來的大字報擺擺頭。當我理解他意思的時候,忍不住微笑了。

「我覺得這個座右銘有一天會找上你的,許瓦茲老師。」

Der große Sommer

36

他稍微點點頭，臉上沒有一絲微笑，然後便彎下腰測量投球的公尺數，並把它記下來。許瓦茲先生從來都不笑；儘管我很確定他是有幽默感的。我的意思是，這個人穿著深色服裝，背心扣得緊緊的，鈕扣的扣眼串著一條金色小懷錶，頭上頂著有點太小的帽子，就這樣站在運動場七月的陽光下。我確定他一定知道這樣看起來是如何，而且一定有什麼地方帶給他內在的快樂。

「畢希納！羅曼！」

費老師在叫我們，他的吼聲穿過了運動場。另外三個跑步選手已經在起跑線就定位。約翰跟我有些散漫地往他們那邊跑去。拉瑟也在十一位選手當中。他跑得還比我快，但今天不管這些了。雖然我今天可能會打敗他。

費老師指著我們擺在跑道之間的大字報。

「這是什麼東西？把那個爛東西丟掉！」

「費老師，今天我們要跑接力賽。」約翰禮貌地說，然後跳上他的位置開始暖身。有那麼一時半刻，費老師看起來彷彿要撲到他身上去。他在太陽底下站太久了，我們已經看不出來他的面紅耳赤是因為熱氣還是憤怒。

「之後我們會需要它。」我開口安撫費老師。他現在反正也太忙亂，無法跟我們多說什麼。

「就定位！」

我雙手貼地，雙腳緊貼起跑線。我喜歡這種感覺。我喜歡賽跑。我跑得很快。其他的事情我實在不太會，但我很會跑步。約翰跟我各拿著棒子的一端。費老師不再注意我們，只是盯著自己的碼表。

「預備！」

我用眼角餘光瞥見艾瑪。她帶著相機，站在前方約五十公尺的跑道上。突然間，我好希望周圍有音樂，能夠表達這一切的音樂。夏日清晨。許多小朋友的聲音，聽起來像浴室會發出的那種喧鬧聲，擴音器，還有大太陽下跑道上的氣味，艾瑪站在遠處，約翰在我身邊。在起跑前的這一刻。樂聲一定要輕盈。這樣人們就能聽見內在的聲音。

槍聲鳴響，我們開始賽跑。在奔跑之際，我們的大字報也展開來，像一張帆在我們之間，使我們難以置信地減慢了速度，但我們還是全力以赴。

「體育就是謀殺。」

艾瑪跟我已經盡力了。布條上面是粗黑的花體字。

拉瑟很早就超前，從我身邊跑過。約翰跟我還是繼續跑，我們盡可能地快，有那麼一刻，我以為我就是古代的奧運選手，也就是季波栩栩如生描述的其中一位。當我們飛奔經過艾瑪身邊時，我聽到快門的喀嚓聲，我們繼續跑，聽見運動場上傳來轟雷般的笑

Der große Sommer

38

聲，我們跑過了終點線沒有停下來，而是繼續在跑道上奔回起跑點，四百公尺，完整跑完。我們跑過許瓦茲先生的對面。他把帽子抬高，看起來就像是問候。我們跑著經過同班同學，他們歡騰鼓掌，我們跑過小朋友身邊，他們在玩樹枝，上上下下地跳著。然後我們氣喘吁吁，抬著發熱的大腿回到了起跑點。

費老師帶著他的寫字板站在那裡，其他的老師圍在他身邊。

「畢希納！羅曼！警告！」他大喊。

沒辦法，這是預料之中的事。但是對我來說已經無所謂了，對約翰來說，這是他今年的第一次。儘管如此我還是喘著氣問：「為什麼？這是邱吉爾首相說過的話。您對它有什麼意見嗎？」

費老師不知道怎麼回答。許瓦茲先生也走過來了，他遞給費老師那張寫字板，上面有比賽成績，他低聲地說：「費先生，請您記他警告，畢希納同學沒辦法在幽默行為跟學生本分之間做好權衡。」

約翰忍不住做了個鬼臉，但很快就轉過身去。

「我應該在警告裡面寫什麼？」費老師始終看起來很無助。

「您可以寫『干擾學校活動』。」許瓦茲先生回答。這次我覺得他其實是想笑出來的，但他並沒有這麼做。他打了個手勢，示意我們可以離開。當我們正要把大字報捲起

39　最好的夏天

來的時候,他簡短地說:「同學們,這個我要帶走。」

無所謂,反正我們也不需要它了,該做的事情已經完成。所以我們就撤退了,我們去拿包包,然後趁大家不注意的時候消失。艾瑪往我們這邊跑來。

「我幫你們拍了好多很棒的相片!」

雖然被記警告,可是約翰心情很好。可能正是因為被記警告的關係。說也奇怪,每次我們在一起時,他總是不把那個警告拔下來。我老是看到它,有時候會覺得很煩。他不想讓老師們覺得他是個平庸的人。

「我們明天再來洗照片,如何?」

艾瑪點點頭。「等底片用完再洗。」

我們解開腳踏車的鎖。鐘聲從墓園傳了過來。通往河邊草地的路上,陽光正灑落在兩旁的椴樹。有一瞬間,彷彿一切都由光組成。樹冠好似綠光閃爍的雲朵。腳踏車道有著淺色水泥的光芒。艾瑪的頭髮在陽光底下,就像一頭蓬亂的野生樹冠,上面是倔強的金色髮絲。在這個時刻,我實在無法分辨她的頭髮由哪些顏色組成,因為滿是陽光折射後的變化。

「艾瑪真是聖光充滿啊。」我指著她的頭,這麼告訴約翰。

「總有這時候的。」約翰回答。「她是個好孩子。」

Der große Sommer　　　　　　　　　　40

這時艾瑪已經坐在她的腳踏車上。

「現在呢?」

「該去打電話了。」約翰說。

艾瑪意味深長地看著我。

「所以才會有這麼多錢幣!」

我們騎著自行車,沿著河水的彎道回到城市裡。還沒有十一點。整座城市還很清新。我們只偷閒了兩小時,卻覺得這個早上充滿自由──只是後天之後,一切就成為過眼雲煙了。

7

有些日子我太早醒來,看見窗前的黑暗,數算我的生命。我所做過的決定,或是沒有做的決定。然而在人生中,要停在岔路上是不可能的,你腳下的道路會自己往前走。有可能向左走,也可能向右走——你沒有辦法影響它。不是倒楣,就是幸運。

今天是這樣的一天。我在這天問自己,那時的少年是否該成為今天的這個人——太早醒來,我靜靜地思索自己是否仍過著正確的人生。然後我輕聲起床,醒任何人,我靜靜地穿著衣服,走出家門。他們所有的人都來了,如此年輕,就像那個時候一樣——艾瑪、約翰、貝蒂。還有娜娜。我不斷地想起那個夏天,當時的一切都栩栩如生地在我眼前——我的人生就像現在一樣。也許其他人也是一樣。提起那一天,也許其他人也能夠說得出他們的人生是從哪裡開始的。提起那個月,永遠改變他們的那個月。但其實我並不相信。許多事情是另一個

樣子。他們說——累積了愈多記憶，大家就愈能夠沉湎其中。

在我的記憶中只有這個夏天，我會一直回到這裡。

在這樣的日子裡，我去到墓園尋找墓碑。

我總是造訪墓園，每當來到這裡，我就會開始想像自己的墓碑會是什麼樣子。

我十六歲的時候曾經想過，要是我能夠在千禧年的時候死掉會有多酷。對當時的我來說，千禧年對我來說，那是不可思議的遙遠，要去思考那麼遙遠未來的事，是令人不安的。那時的電影也經常這樣命名。錄影機也是，幻片。兩千這個數字聽起來充滿魔力。

這樣聽起來會比較摩登。今天這些東西都在科技博物館裡了。

而我也再不覺得死掉是一件很酷的事。

籠罩在墓園的霧氣漸漸散去。在這個秋天的日子，一個人影也沒有……從前的秋天，總有盛夏的氣息久久迴盪。我知道，那是因為盛夏也還不想結束。

那個該死的墳墓在哪裡？

最好的夏天

8

這次是我們三個人站在電話亭裡面。天氣熱得沒完沒了。太陽熱得快把玻璃烤焦了,就算約翰把門敞開,也一點用都沒有。熱氣蒸騰。

「真的嗎?」艾瑪有點不相信地問。「你要打爆所有安德斯飲料店的訂購專線嗎?」

「這真是個好主意,」約翰插嘴道,「不然我們還真不知道這個早上應該做什麼。」

我憤怒地將話筒掛回去。兩枚十芬尼硬幣噹啷一聲從退幣口掉下。

「你們現在可以去好好喝杯咖啡了。」

「哥哥啊,我們真的很願意陪著你。」艾瑪說著,同時把手伸到我身旁,將退幣口裡的硬幣掏出來。

「她到底是怎麼樣?」她忽然嚴肅地問。

Der große Sommer　　　　　　　　　　44

我聳聳肩。我該說什麼呢？

「她可能有點瘋。」我回想起那天的事，不禁露出了微笑。

「我是說，她下雨天跑去露天泳池。她很酷。不曉得為什麼。」

「那就開始吧。」艾瑪說著，一邊把話筒遞給我，然後投入硬幣。

電話簿裡有大約五十家安德斯飲料店，它們占的篇幅至少有一點五頁那麼長。我撥了上面的第一支電話號碼。反正我也沒那麼多錢，全部的電話打起來大概會超過二十馬克，而且菸灰也會是個問題。電話那頭嘟嘟響，接著出現一個老頭的聲音。這時我才意識到，自己完全不知道應該說什麼。

「啊，」我吞吞吐吐地說，「您是不是有個叫做貝蒂的女兒？」

錯了。打錯了。這男人開始爆氣。

我馬上掛了電話。約翰期待地看著我。

「你到底是誰啊？要不要先好好報個名字？什麼女兒？關你什麼事？」

「怎麼樣？」

「要是他有個女兒，我才不想認識她。真是個怪咖！而且還真夠老的。」

約翰笑了。艾瑪開始想餿主意。

「這樣不行。換我打。」

她從我放在電話簿上面的硬幣堆中拿了兩枚。天啊，在這座城市裡面永遠沒有辦法好好打個電話！我指著廣場另一邊的電話亭。他一臉憤慨，最後還是選擇撤退。

「哈囉，我的名字叫艾瑪，」我的好妹妹對著話筒高聲說話，「我能不能跟貝蒂說一下話？」

啊，太好了。我怎麼沒想到呢？

「哦，抱歉，」艾瑪說，「我打錯了。謝謝。」

她按下按鍵，投入另外兩枚十芬尼的錢幣，繼續撥電話。愛上一個人的代價反正不便宜，從其他人的眼光看來尤其如此。我們把錢幣一枚枚打掉了。不知怎地，我們玩得有些入迷。

「您好，這裡是鮑曼水力公司。請問我能否跟您的女兒貝蒂說話？」約翰。

「腓特烈·艾博完全中學，我是莫勒豪。您的女兒貝蒂今天有點遲到。我能不能夠知道原因呢？」艾瑪。

「早安，這裡是腓特烈大帝。我能不能跟貝蒂說話？」

「腓特烈大帝？」

電話那頭是一個女人的聲音。其實我應該複述剛剛那句話的，但是我突然之間感到

Der große Sommer　　　　　　　　　　46

這個玩笑很無聊。

「是的，腓特烈。」

「貝蒂還在學校。有什麼需要我幫忙轉達給她的嗎?」

我弄到了地址，趕緊用原子筆抄下來。約翰跟艾瑪彎下腰，開始賊笑，一邊打我。

我沒想到居然真的會成功，然後我就呆呆地站在那裡，不知所措。

「啊……我不知道。好，我晚一點再打，謝謝。」

我很快地掛上電話。然後把撕下來的那張電話黃頁壓在玻璃牆上。保祿街六號。會在哪裡呢?地址欄裡面只有一個名字。克拉拉·安德斯—萊斯。沒有男人的名字。不知怎地，這讓我鬆了一口氣。我沒辦法想像自己站在暗戀對象的父親面前。從我們的角度看來，奇怪的是，這真的有點像某種親戚關係。大部分的父親真的都很奇怪。約翰的父親也是這樣，所以我有時去找他，會希望是他的母親開門。

「這下我們能不能出去啦?」約翰不耐煩地問。「裡面的空氣快把我悶死了，我現在要去喝東西!」

現在我們坐在雞蛋花咖啡館。我從來都不知道我到底覺得這個名字是好還是爛。但是它是城南的一間好咖啡館，否則在這一帶只有破破爛爛的酒吧，裡面的人從早上十點

47

最好的夏天

就開始喝酒,總是門窗緊閉,無論如何都不會讓陽光照進來。在這些酒吧裡面,時間永遠停在晚上五點半,所以大家會一直喝酒。雞蛋花咖啡館完全不一樣。它的前身是一間花店,大片的玻璃窗讓整個空間變得明亮且友善。我們坐在外頭窗旁的長凳上。我們頭上的遮陽傘被拆了一半,歪歪斜斜地掛在原本的旗座上——四十年前,這裡曾經有納粹旗幟飄揚。我覺得換成遮陽傘好多了。艾瑪點了一杯櫻桃香蕉汁,這真是上帝萬物當中最噁心的一種飲料。約翰點了一杯啤酒,我喝咖啡。我把艾瑪的杯子往她那邊推。

「如果上帝真的想要把香蕉跟櫻桃弄成一種果汁的話,那麼祂就會讓它們一起長成一棵樹。」

艾瑪不在乎我的批評。

「香蕉可不是長在樹上的。」她不可一世地說。

她在電話亭裡幫了我,所以現在一副趾高氣昂的樣子,好像我欠她什麼一樣。有一瞬間,我們之間的空氣凝止,一片安靜。沉默對大家來說很尷尬。只有跟約翰還有艾瑪在一起時,才不會有那種愈來愈強的緊張感,最後逼著大家非得開口說些自己不想說的話不可。

咖啡館裡以及外面街上的人並不多。太陽已高掛天空,然而在古舊房屋斑駁的牆

Der große Sommer 48

面之間，還有石子路上，仍有樹蔭遮蔽。在三樓，閃耀的光照射在窗戶之上，使它幻化成一面鏡子，其中有一扇窗是敞開的，一名年輕女子站在那裡，手裡捧著她的孩子，看向天空。除此之外，她什麼都不看。她只是站在那裡，看向那幾乎是白色的夏日天空。我的呼吸有些急促，感覺她在上面也能聽得到，然後她就離開了。我沒辦法跟艾瑪還有約翰說她在這裡，因為如果我移動的話，她肯定會消失不見。我不知怎地只想低下頭，因為我不想看見她走回屋裡的樣子、關上窗的樣子，而我也不願看見這完美的景象消失。在某些時刻，我希望自己永遠不要離開這座城市。

「現在呢？你要不要去她家按門鈴，然後說：『哈囉，是我，游泳池的那個人，妳記得嗎？』」

約翰又在那裡自得其樂了。他很清楚，最後我會做的事情大概就是這樣。雖然⋯⋯也許最後還是得硬著頭皮做。

「為什麼不能就過去跟她說：『嘿，我覺得妳真的很棒，我想認識妳，也許妳會是我生命中的真愛。』」為什麼不能這樣說？」

我百思不得其解。

「為什麼我們跟女人之間總是那麼多麻煩？」

49　最好的夏天

「就是不能這樣說。」

約翰聳聳肩。

「這就好比櫻桃與香蕉的關係。它們不是在同一棵樹一起長大的。男人跟女人也是一樣。這樣也不錯，否則所有的流行歌就會少了一半的東西。不然我們應該怎麼做呢？」

約翰開始唱起歌來。我對他眨眨眼。艾瑪倚著砂牆，閉上眼睛。她偶爾會抽起菸，煙霧繚繞在石子路上，看來比天空還藍。

「也許有一個人會對我說，」她輕輕地說，彷彿陷入夢中。「那人一定是我的白馬王子，他會向我表白。」

我想了又想，推敲我的好妹妹所說的話。我幻想自己在貝蒂家門口按鈴，我在游泳池第一次遇見她，而現在我要表白了。而且是在門口表白。我幻想她的房間在二樓——她會驚慌失措地走下來，而且應該不曾記住我的名字。哈囉，貝蒂……抱歉，安德斯太太，現在我有些私事，不知道您能不能離開一下？謝謝。嗨，貝蒂，我們要不要母親出現，我詢問是否可以跟貝蒂說話，然後也許她正要走過來。省去那些令人尷尬的情話，我們就這樣親吻彼此，然後手牽手去看夕陽？真的嗎？太棒了。她大聲嘲笑，然後把門關上。唉。她又打開門，說：你到底是誰？你得小兒麻痺了

Der große Sommer

50

嗎？滾。

所有的事物從來都沒有辦法好好運作。

艾瑪始終閉著眼睛。桌子中央有一盆雞蛋花樹，我輕輕拿起她的玻璃杯，開始把櫻桃香蕉汁倒進去。約翰嘆噫一聲，艾瑪馬上睜開眼。

「你這個該死的討厭鬼，吃大便！」

她每次都能說出這麼粗鄙的話，然後一邊大笑著把杯子從我手上搶過去，一邊把剩下的果汁倒進我的咖啡裡。約翰立刻拿起自己的杯子，迅速把啤酒喝光後，高舉杯子，從敞開的窗戶往咖啡館的方向說：「我還要再來一杯。」

有時候，我覺得有這兩個朋友就足夠。

9

暑假前的最後一天，也是我清晨出門送報紙的最後一天。原先的計畫是和全家人一起去度假，所以我才決定在暑假時暫停這份工作。一方面這工作不錯，另一方面，我其實也沒有什麼錢。有時候我覺得有點受夠了──生命中凡事都有一體兩面，或者說，總是有壞的一面與好的一面。為什麼就不能兩面都是好的呢？這樣不管我們怎麼選擇，事情就會永遠往好的方向走。譬如說，要是我走出門口就能遇到貝蒂，或是她找到了我的地址，在我待在家裡時寫了封信給我，那該多好。反正我也不想讓她看見我在送報，或是我騎車帶寇佳去幼兒園的模樣。

這一整年，我們每個星期五都會做一樣的事。清晨我送完報紙回家，這時寇佳已經帶著他的幼兒園書包，在家門口的階梯上等我了。他會從第二階樓梯跳上自行車的行李架，然後手舞足蹈，緊緊抱住我的肚子，因為他害怕自己撞到輪子上。

「阿腓，你覺得我應該要把蛙鏡也帶上嗎？」

Der große Sommer　　　　　　　　52

我忍不住笑了，雖然我已經快喘不過氣來。要去幼兒園的話，我現在要站起來騎，帶你一段上坡路。

「寇佳，你還不會游泳。為什麼要帶蛙鏡呢？你坐好啦，我現在要站起來騎，帶你出發。」

他慢慢鬆開手。

「不許盪鞦韆啦！」

有時他顯得很害怕。真是個小惡魔。我已經不記得自己是不是曾經也是這樣。我踩著踏板，慢慢地沿著上坡騎上山。在梧桐樹下，空氣裡盡是夏日潮溼的青草香。夜裡下了雨，天氣始終都是那麼灰，還有一點風。雲朵被吹散，往東邊飄去——上面的風肯定吹得更強。這裡的天氣就像在北方。就像一場淋到臉上的雨，瞬間使人開始嚮往遠方。寇佳在座椅上搖來擺去，又開心又恐懼。我搖搖晃晃地騎著腳踏車，刻意往左右搖晃。心情忐忑不安。

「不可以！」

我停下來，轉過身去，因為我忍不住想咬一下我這位小弟弟紅潤的臉頰。他躲開了，我，一邊大笑了起來。

「小惡魔！幹嘛要戴蛙鏡呢？你在腳踏車上就已經嚇死了！」

最好的夏天

「這樣一來，波浪來的時候，水就不會噴到我的眼睛裡。因為你不在那裡，也沒辦法照顧我。」

那一刻，我多想一起去。

最後一個上學日，我們得在九點半的時候抵達教堂，學校公告頒發證書的時間是九點半，所以我還有一點時間。這樣對我的拉丁文跟數學肯定有非常大的幫助，不然星期五送完報紙之後還要準時到學校，真的太趕了。這跟我去送報紙一點關係都沒有。其實我自己也不知道為什麼我會這麼老實說的話，這個意思並不是說我受不了學校，我甚至是很喜歡上學的。都是因為在那裡的人。我不知道艾瑪或約翰是怎麼辦到的；我的腦海中有許多故事、畫面、幻想與夢境，它們穿插在我的巴西夢之間，現在再加上貝蒂以及成名的事情，我的腦容量已經不足了。不過這麼多年過去，我已經不知道腦容量還有什麼用處。

我繞路走，經過了老釀酒廠。這其實是塊被封起來的土地，但是圍籬上的洞實在太大了，可以直接騎腳踏車穿過去。廢墟、遺棄的屋舍、入口封住的深深地窖與空蕩蕩的街道——我始終覺得這裡很棒。彷彿這天地僅僅屬於你一個人。我曾經和艾瑪溜進地窖

Der große Sommer 54

裡探險，在這整片平地之下，地底的砂岩被鑿穿，延伸出一個又一個地窖。每次去我都會害怕沒辦法找到回來的路，或是手電筒忽然沒電了。儘管如此，一切還是非常有趣。

在紅磚建築之間有草叢蔓生，它們從柏油路的裂縫之間長出。其中一幢房舍的屋頂上，甚至可以看見一棵小樺樹。屋頂的磚瓦碎裂在窄小的人行道上，彷彿是被樺樹百無聊賴地往下丟。窗戶窄長而高，窗裡折射著飄移的雲朵。那是一幅美麗的畫面。我把腳踏車倚在牆邊，往回走幾步，坐在舊日鐵軌間的柏油路上。這裡存在著過去。一名釀酒廠或工廠主人在這塊地上蓋了私人鐵路，我幻想著他們下班後是如何搭著小火車來來去去，只為了好玩。也許當人們長大之後，就不再這麼做了。

當時我沒辦法想像，不過，有一天我會希望自己不再用有些遊戲的方式看待人生。對事情不再有好奇心，就再也沒有第一次的體驗了。

總之今天大概是我最後一次去上學了。要是我不去參加補考，那麼今天真的就是最後一次了。我起身，這感覺非常奇怪。突然間，我得移動，才能讓某些事情發生。假如我立刻跳上腳踏車，用比平常還要快的方式騎到學校去的話，好像就可以改變命運。當然，最後什麼也不會改變。但突然間，我想要去到那裡。

我沿著釀酒廠旁的人行道回到市中心，風在我的身後吹拂著。過橋的時候，我聽見河岸的風吹過銀色楊樹的聲音。樹葉發出窸窣的聲響，葉片背面銀光閃閃，正面則一片

55　最好的夏天

翠綠。在清晨灰色的光線之下,這些葉子看起來、聽起來,就好像正活生生且禮貌地和風交談。我想它們大概不是在說我的事情。當我騎車經過時,也許對銀色楊樹而言,不過是面目模糊的一道光影;我迅速地劃過離開,所以根本不被發現。樹木的思考也許是緩慢的。

當我前往教堂時,剛好羅莎・盧森堡文理中學的學生們也要往那裡去。鐘聲響起。停在上方塔樓四周的燕子,霎時飛向天際。人總要學會飛翔——永遠都不能害怕墜下。

然後我在人群中看見貝蒂。我馬上認出她來。她站在差不多七、八個女孩當中,聊天說笑著,有那麼一刻,她看來就像銀色楊樹的其中一片葉子——美麗且閃閃動人。我的胃忽然覺得一陣冰涼——這是種奇怪的驚嚇,介於快樂與恐懼之間。現在呢?

我站在那裡,兩腿夾著腳踏車輪,看起來蠢斃了。然後突然間,一切都無所謂了。我把自行車丟在一邊,往人群裡鑽去,直到我找到她們那群人。

「嘿!」

天啊,好蠢。但是我的腦中始終一片空白。她看著我,突然間我真的好怕她認不出我來。

「嘿。」她終於說話了。她所有的女同學們看著我。太棒了。

「腓特烈。」我說。

Der große Sommer

為了保險起見，我只能自報名字。搞不好她早就忘了我叫什麼。

「我知道。」她說。「在游泳池。你現在在這裡做什麼？你們也做禮拜嗎？」

「對。也不對。我是說，本來我們要做禮拜的。這段時間妳跳到十公尺了嗎？」

她微笑了。終於。

「沒有。你呢？」

「啊⋯⋯妳放假會出去玩嗎？」

她已經往前走去，但是有點躊躇。

「也許一個星期。也許我們可以見個面。」

然後她就走了。她在色彩斑斕的學生群裡面消失了蹤影，所有人蜂擁進入教堂。塔樓上面懸掛著一面旗幟——和平在人間：反對核能導彈在德國發展。老實說，這種事怎麼樣我完全無所謂。我見到貝蒂了。

「也許我們能見個面。」也許她真的是這樣想的。「也許我們能見個面。」

鐘聲逐漸消失。她的女同學們開始湧進人群中，我還有太多的話想說。

「也許她這樣說，只是因為大家都會這樣說，這樣交談才能結束。但也許她真的是這樣想的。」

畢業證書？核能武器？下雨天？都無所謂了。這一天已經被拯救。

最好的夏天

57

10

「我們讓你在這裡下車。就在附近了。」

每當我們一家人去度假,就會一如往常地在這窄小的房子裡產生一陣大混亂。各種背包與行李堆疊在門前,睡袋、棉被、卡式錄音機,麻布袋裝滿了蘋果,紙箱裡裝著狗食,還有寇佳正興奮地尋覓他的蛙鏡。母親總是非常精確地打包,而且沒有人可以把它弄亂——尤其是父親。這也許是有必要的。我們的小巴士有新座位,但是如果要把行李還有狗狗全部塞進去,肯定就太擠了——雖然這次我根本沒有要一起去。艾瑪也不去。她正在廚房裡幫其他人塗麵包。

「我騎腳踏車就好,媽媽。這樣我到得了的。」

「我們可以順便載腳踏車啊。」

當然。為求保險起見,她本想把腳踏車綁在車頂上。她本來想打包票說,我們不會

Der große Sommer

58

被警察攔下來，開個短程根本不會有問題。但我們的小巴士常常被攔下來——彷彿我們是巴德‧邁霍夫[8]那幫人，用一臺巴士載了九十五個菁英。

「媽媽！現在是早上六點鐘，我不想七點鐘就到那裡。我要騎腳踏車去。」

這時多洛緹走過來問狗狗的藥丸在哪裡。每次搭長程的車，狗狗們如果沒有吃暈車藥，就會開始狂吐。只有多洛緹有辦法讓狗狗吞下藥丸。我母親放棄了。

「那就騎腳踏車吧。但記得要準時。」

好。我又不像爸爸。我向來都準時，這是我能做到的少數事情之一。我把食物箱抬進車裡。在這種長途旅行出發前夕激動又美好的時刻，看著所有其他人，而自己第一次不加入他們，那種感覺實在很奇怪。路易已經坐在巴士裡面，在椅子跟箱子之間造出一個營地，並在上面鋪上睡袋。他是唯一一個被允許幫媽媽打包的人。

「記得寫信給我。」我說。

路易抬頭看看我。我們兩個人的關係並不像艾瑪跟我之間那麼緊密，路易跟多洛緹比較親密。儘管如此，我們常常還是不用多說什麼就能瞭解對方。我們每個人之間大概都是這樣。

---

[8] 巴德‧邁霍夫（Baader-Meinhof），德國赤軍旅成員，活躍於1970年代。

「好可惜你沒有要一起來,」他說,「否則一定會很好玩。」

「我跟你打賭,住在外公那邊也會很好玩的。」我開了一個很爛的玩笑。

我們兩個人都笑了。

「我再寫信跟你說我的情況。」

「紅色前線!」我回答,「好好玩,回頭見。」

我回到屋裡,開始打包我的東西。真是該死!在自己城市裡度假。參加雪佛教授的補習班,就算上了課也不能保證成功。我一直試著把拉丁文課本塞進包裡,直到父親出現在門口——他想知道為什麼我不斷地敲牆壁。幸好他沒有看到我手上的書。書比球方便多了。我把書頁拆開了,散落在房間各處。

父親突然想起我沒有要一起搭車。他走到我面前,然後笨拙地把手放在我的肩膀上。他就是沒辦法。這方面母親就沒問題,她可以輕易地把一個人拉到自己身邊來,然後擁抱甚至親吻他。而父親總是顯得不知所措,也許他真的是如此。

「好好玩。」他駑鈍地說。彷彿覺得我笨到沒辦法通過升級考試,讓他感到良心不安。然後又很快地把手拿開。

「爸,謝謝。」我說。在這樣的時刻,我都會覺得對不起他。「我會好好玩的。」

「好,」他說,「你需要錢嗎?」

Der große Sommer 60

他摸摸褲子口袋，不過當然什麼都沒有。爸爸大多數的時候都不曉得自己的錢包在哪裡。我不禁莞爾一笑。所有有關錢的事，都是媽媽在處理的。

「沒關係的，爸爸，我還過得去。」

「那就再見啦。」

「旅途愉快，爸。」

我喜歡我的父親。他很棒，尤其是當我想讓我的朋友們看見我的奇怪家庭時。他跟母親完全不一樣，他允許所有的事情就這樣發生。而且這一切都不是他所決定的。他真的非常聰明，但是我真心希望自己不要像他一樣。

這時寇佳又往我們這裡奔來了。

「掰，阿腓，我們出發了。」

我把他抱在懷中。

「等爸爸坐上車，你們再開。還要再一下子。小惡魔，你要不要寫封信給我啊？」

「可是我還不會寫字啊！」

「那麼給我寫封信吧。你一定會寫的，還是你現在年紀太小，還不會寫？」

我試著回想那段還不會閱讀與書寫的時光。真的沒辦法。

「才不是呢！我會寫給你一封很大的信。」

61　最好的夏天

他的手臂環抱著我的脖子，身上的氣味很好，像個頑皮的小男孩。那一頭散亂的、因為奔跑而出汗的金髮落在我的肩上。我抱著他往車子走去，父親隨後也拎著兩個皮箱過來了。母親開始跟他吵架，因為她不知道還能怎麼把皮箱塞進去。我把寇佳送上巴士裡，路易對著我咧嘴笑，偷偷地指向爸爸。一切都跟以前一樣，只是這次沒有我。然後他們終於出發了。

Der große Sommer

11

這一點也不公平。假期的第一天,一切彷彿是我想像中理想的夏日早晨。當我騎車經過墓園時,陽光輕輕灑落,穿透樺樹與梧桐樹,在人行道上投下了陰影。樹影微微搖曳著,它們並未靜止,因為這天是如此風和日麗。我保持慢速騎行。墓園圍籬總長超過一公里,沿著它外圍的道路幾乎空無一人,因為幾乎所有人都是開車過去,簡直像瘋了一樣。而且當然都是獨自開車。路上滿滿都是車,人行道卻空蕩蕩。街道與人行道之間佇立著長長一排樹木,使人彷彿穿遊在兩個世界之間。在我的這一邊,置身於椴樹拱頂之下,空氣中有沁人的馨香,椴樹越過墓園圍籬,伸長了枝椏。在街道邊緣的栗樹,則帶著一縷秋意。所有的開始都預示著終結!然而,有了深綠栗樹葉的淡淡苦味相襯,椴樹花朵的香甜又更濃郁了。也許就是得這樣——人們總是得體認到,美麗的事物會消逝。

這不是很令人生氣嗎?為什麼美麗的事物就不能夠一直維持美麗呢?完全、澈底、

63　　最好的夏天

絕對的美麗。人們一旦體驗到這樣的美，會被深深震懾，而完全無法思考結束與往後的情景，甚或消逝。所有的美麗就是此在。我踩著自行車踏板高高站起，邊騎邊折下一根椴樹樹枝。也許我們就該要把美好的事物取下來留念。

外公的房子保有舊時的特色，它位於一個有許多白色平頂建築的區域。一幢房屋黏著另一幢，看起來算是漂亮的，才不像美式建築那樣單調。但其實還是很單調。我還記得以前的事情，所有一切彷彿位於一座巨大的花園內。到處都是蘋果樹。某個秋天，紙風箏掛在其中一棵樹上。儘管那時候我的年紀還非常小，那幅畫面卻彷彿還在眼前。那是一幅很美的畫面。而現在眼前的景色，看來則像是有人在另一個秋天不小心撒下了一大堆白色石頭，忽然間四周都是白茫茫的一片。不過，外公的房子位處一個充滿樹木與綠地的方形街廓。這邊的圍籬是用木頭做成，不像其他那些爛房子前面的小院子，圍籬非常迷你且布滿鐵絲網。我從腳踏車下來，按了門鈴，並推開花園的門。好吧，現在差不多是時候了。

我的外婆打開門，一切都很好。

「哈囉，娜娜外婆。」我說。

她走出來擁抱我，一如往常地過度熱情、洋溢著喜悅。

Der große Sommer

64

「我的小阿腓！」

她是唯一一個可以這樣稱呼我的人。如果是其他人這樣叫我,我會覺得很怪。但娜娜可以這麼做,因為她是非常認真地這麼稱呼的。

「進來吧,華特已經在等你了。」

「我不是準時到了嗎?」

該死!為什麼我會馬上感到驚嚇呢?本來我已經打算好不要害怕的。

「當然了,他很高興你來。」

外公當然很高興見到我。就像獅子等著羚羊自投羅網一樣。

娜娜挽起我的手臂。她喜歡這樣,突然間我感到自己已經是個男人了。我們往上爬了三階樓梯來到大門口,然後走進玄關。不管外公怎麼樣,反正我就是喜歡他的房子。樓梯間掛著娜娜外婆的畫作。有些是建築素描,有些是水彩畫,其他作品則是抽象的。對稱的形式,冷靜的色彩。這些作品就像一扇扇窗,引人通往新奇別緻的都會世界。那裡有間擁有玻璃窗或可瞭望公園的公寓,那兒的清晨與周圍的房子截然不同,總有陽光率先照耀。我也想過這樣的生活。所有的畫看起來都有點像是處於五〇年代,它們大概也真的是如此,就像這幢房屋一樣。

外公在客廳裡。今天是星期六,但他還是穿著西裝加上白袍。也許他還得去醫院。

65

最好的夏天

「外公，早安。」

我把手伸向他。這是很重要的禮節。他的手厚實且乾燥。其實我也不是完全不喜歡他，只是覺得這一切讓我很不習慣。他看起來如此與眾不同。

「你可以把東西放到樓上去。上午的時候你要讀書，從八點到十二點，然後你就自由了。」

他就是這樣的一個人。說話不會滔滔不絕，簡單的幾句指令就結束了。他久久地注視我。老實講，我實在很驚訝。我以為我會遭遇更嚴厲的對待。只有早上需要讀書的話，其實還不錯。

「您還要去醫院嗎？」

「星期六是工作日，」他簡短地說，「就算你們星期六不用上課了。」

我覺得這樣說有點不公平。

「直到八年級，星期六我們也要上學！其實這樣反而好多了，因為這樣一來，我們下午就不會有課，一點鐘就到家了。您們不是也是這樣嗎？我們的老師這麼懶，我也拿他們沒辦法。」

這有點像在演戲。好像我得證明自己其實也很願意工作。當然我早就習慣了星期六放假，大家都覺得這樣很好。但是這點不需要跟他說。

Der große Sommer

66

「我們中午見，」外公說，「十二點吃午餐。」到底是怎麼一回事？這樣一句陳述，聽起來卻像一道命令？他看看時鐘。「你最好現在就趕快開始讀書。」

我本來想回他說，今天是星期六，我根本不用上課，但是我說不出口。他拿起那薄薄的棕色皮革包便走了。大門關上。

娜娜吸了一口氣，然後像機關槍般開始問問題──「你已經吃過早餐了嗎？其他的人也都出發了嗎？要不要看看你的房間？」

我們走上二樓的時候，我開始滔滔不絕地說話。當我提到爸爸的皮箱與媽媽生氣的事情，她呵呵地笑了。

「小雷津一直都是這樣。她總是知道自己要什麼。」

只有娜娜外婆會這樣，管我的母親叫「小雷津」。這種感覺有點像是可以翻山越嶺的坦克車稱之為「小轎車」。不過她就是這樣的一個人，彷彿有那種把世界變得更可愛的本領──方法就是給予事物另外一個名字。跟娜娜外婆在一起，可以天南地北、開心地聊。「閒話家常」，她總是這麼說。我喜歡這個詞，聽起來很老派。

娜娜外婆在二樓有自己的天地。客廳加陽臺、一間廚房、自己的衛浴以及臥室。

67　最好的夏天

這是我第一次真正意識到我的外公外婆並不睡在同一張床上。好的，我的父母其實也一樣，但原因是我父親在夜裡大多直到四點還醒著，然後他常常睡到十一點鐘。我向來是這麼以為的，但也許事實恰恰相反：會不會是因為他們並不睡在一起，所以他才整夜都醒著呢？好奇怪的想法。我試著想像貝蒂睡覺的樣子⋯⋯然後又馬上回過神來。我完全無法想像自己跟她⋯⋯該死的。我陷入思考的窄巷裡，難以逃脫。

娜娜外婆打開客房的門，接下來六週，這個房間將屬於我。裡面雖然有點擁擠，但其實不礙事。有非常多的書。牆上有許多的畫。如果能有更多娜娜外婆的畫，我想我會更喜歡這個房間，房裡的畫作中，沒有出現乞食的雙手，或是沐浴在黃昏光線裡的鹿群。只有純粹的藝術。我把行李往床上丟。

她先是吃了一驚，然後就忍不住大笑起來。我只是靈光閃現，隨口一問。

「娜娜外婆，妳以前是不是蠻有名的？」

「不，小阿腓，我從來都不有名。可是⋯⋯」

「什麼『可是』？」

這時她突然不笑了。我想趕快轉移話題，說些其他的事。我大概是問了不該問的問題。

「從前我也想要變有名啊。」外婆接著說，「以前有一段時間，我覺得我真的會變

得很有名。那個時候我在學院裡念書。那是戰後的事情了。」

「所有的事情，往往不是在戰前就是在戰後。對媽媽來說也是。」

「那是怎麼樣的學院？」

「藝術學院。在慕尼黑。看，我那個時候才二十八歲。我們家的人都很早生孩子……」

她嘲諷地撇撇嘴。娜娜外婆十八歲就生了媽媽，媽媽在二十三歲生了我。我一點也不覺得這樣的年紀有多年輕，但是以生小孩來說的話也許就算年輕了。無論如何，我喜歡媽媽與外婆看起來很年輕的樣子。

「妳想要因為生小孩而變有名嗎？」

「這種話只能跟娜娜外婆說。她大笑起來。

「這樣的話我就生得太少了。不，我……你真正的外公，也就是我的第一任丈夫，他是……我們太早結婚了，太早生孩子了。」

我整個人陷入一種前所未有的感受與情境。半夜睡不著，我想著貝蒂，然後早上很早就醒了。其他人都歡欣地期待度假、期待出發，我則是自己一個人面對第一個假期的早晨。這種感覺就像……彷彿你是一個等待被調音的樂器。六根弦。情緒激昂。已愛上。害怕夏天。喜歡夏天。跟娜娜外婆在家裡感受一切。在外公家裡感到悵然若失。音

69　　最好的夏天

調怎麼也調不準,但有些事正在裡面發生。我繼續聽娜娜外婆說話。

「當時,在戰後,一切都是新的。無論如何我是這樣想的。那時候,我想再讀一次書,成為一個真正的藝術家。」

房裡有一張桌子,接下來它會是我的書桌。桌上有張裱框的相片,裡面是十六歲的母親。假如我不知道照片裡的人是誰,我應該會愛上她。她看起來美極了,而且悲傷。突然間我感到對貝蒂良心不安。我怎麼會這麼瘋狂地愛上她呢?我們之間明明什麼也沒發生。她也許根本也不知道我愛上了她。我把照片高高舉起。

我知道一些有關於母親的故事。「然後,妳就把媽媽丟到妳媽媽那邊去了。」

娜娜外婆點點頭。這個房間有一面朝東邊的窗。百葉窗半開著,因此光線透過縫隙照進屋裡,也照在娜娜外婆的洋裝上。這是第一次,她看起來不像一個外婆,而像是一個女人。我猜她應該是五十七歲。一方面這種年紀聽起來真的很老,無論如何我也不想變得這麼老;另一方面,五十七歲對外婆來說並不老。其他人的外婆都是七十歲、八十歲,或是一百一十歲,或是死了。

娜娜外婆看看自己的雙手,然後望向媽媽的照片。她走到窗邊拉開百葉窗。突然間,四周明亮起來。這會是個美妙的八月天,可以徜徉在日光浴之下。該死的!

「後來我就愛上了華特。阿腓,你知道在我們家,愛往往同時伴隨著兩種可能——

Der große Sommer

70

「我希望這種狀況可以跳過一個世代。」我說。

這真是太新奇了。

超級幸福以及超級災難。」

娜娜外婆看著我。我說不上來她的眼神意味著什麼。

「你先整理行李,我來煮咖啡。」她接著說。

她轉身走進她的小廚房。我懂這代表什麼,反正之後我會再問她的。我把媽媽的照片擺回桌上,然後開始攤開行李。現在開始一切就是真的了——我在外公外婆家的六個星期,就這樣開始了。

12

保祿街就在我們這一區。十二點零五分,外公已經準時回到家了。這段時間,廚房傳來的香氣四溢,整個房子聞起來都是食物的味道,害我沒辦法繼續專心讀過去完成式。當然啦,我沒有辦法專心讀過去完成式的原因,也許還包括了拉丁文文法底下擺著那張城市地圖。牧場街。赤陽街。火鶴街。玫瑰路。保祿街。這是從我家到她家的路。*Captus eram. Captus esse*,⁹⋯⋯真是天殺的,為什麼我們會需要過去完成式?我被俘虜了⋯⋯我會被俘虜的,還是什麼?唉,這句話對我而言剛好正確,不是嗎?也許這句話的意思不是指外公的房子,也許指的是貝蒂。最後我闔上書,走下樓去。

午餐極其豐盛,無論如何它會是這六週當中最棒的一餐。正所謂在用餐區行使的過去完成式。媽媽也會煮飯,但只是有時候。在她剛好不閱讀,或是沒出門時,她就會做飯。她煮的飯一點也不難吃,但是每次都是煮馬鈴薯、麵條或者米飯。近來她有時也喜

Der große Sommer

72

歡煮小米,這樣一餐就全是穀物了。小米吃起來完全沒味道,怎麼吃都像沙子。娜娜外婆則相反,她煮的飯實在太好吃了。我之所以會有這種感覺,也許是因為她會煮許多我們家從沒出現過的菜色,譬如西洋梨跟豆子一起燉。她常常做這樣又甜又鹹的東西,據說是但澤[10]那邊流傳下來的食譜。她做的每道菜我都覺得超棒。最後還有淋了醬的蘋果蛋糕。娜娜外婆說,煮得這麼豐盛是為了慶祝這一天,外公則冷冷地說沒什麼好慶祝的。不過,當娜娜外婆切了第二片蛋糕給我的時候,他就一言不發了。他沒說話,就代表好預兆。

中午時真的很熱,直到三點左右,整個城市仍熱氣蒸騰。這個時候的城市比平常還要安靜許多,也許是因為大家真的一放假就離開了。在柏油路上騎自行車,聽到的聲音比平常還要細微許多。街道的感覺是柔軟的。在這樣的日子裡,我喜歡柏油路的味道。在我的頭頂上,燕子恣意紛飛。牠們的叫聲意味著夏天、夏天、夏天。我也喜歡海邊的海鷗,但那是另一種渴望。海鷗是種有趣的存在。有人喜歡海鷗,因為牠讓人們激起了更多的想望。而也許這種想望並非全新的,而是深埋在記憶之中,就像早已遺忘的食物

---

9 此處為拉丁文,意指「我被俘虜了。我會被俘虜的⋯⋯」。
10 但澤 (Danzig),波蘭北部港都格但斯克 (Gdansk) 的舊稱,昔日為德語區。

73

最好的夏天

滋味，會在生命中另一個時刻突然重新浮現。

我發現玫瑰路，它顯然向下通往河邊以及游泳池，這時候，我突然聞到了一陣截然不同的香氣。是薑餅的味道。在盛夏時節！但那真的是薑餅的味道。到底是怎麼回事？我踩著踏板繼續往前騎一小段，然後猛然煞車。後輪煞住了，自行車在柏油路上往一側傾斜，我喜歡煞車成功的那一刻。此時我找到薑餅的香氣是從哪裡來的了，應該是來自一間小工廠。雖然它有著玻璃櫥窗和小店面，但看起來更像是某個廠房的前廳。那間工廠沿著街道而建，大約有十五公尺那麼寬。要不是薑餅的味道這麼強烈，我大概永遠也不會注意到這跟夏天有多不搭。我發出刺耳的煞車聲，把腳踏車停放在小工廠的牆邊。後面的工廠裡還在烤新的薑餅，玻璃窗上卻寫著：「工廠出售」。我不知道為什麼自己這麼著迷，但是這樣的感覺真不錯。

玫瑰路不斷向前延伸，也許只是因為我騎得愈來愈慢。我一度拐進保祿街的一條岔路，因為那個時候我想起了貝蒂，然後胃忽然一陣發癢。就像現在這樣？按個門鈴就好了？然後站在門口等待她，走進去或她走出來？幸好艾瑪不在，否則她一定會把我嘲笑

Der große Sommer

74

個半死。但我真的不想做錯事。

「也許我們可以見個面。」她在教堂時這樣說。意思是,我可以就這樣出現在她家門口嗎?

保祿街。街上的房子看起來並不特別張揚,大部分是兩層或三層公寓。城市邊緣,但是不少地方掛著出租的牌子。奇怪,這一區離我並不遠,我卻從來沒有來過這裡。這一區不是大家會來打發時間或者出遊的地方。附近是有一間酒吧,但它看來彷彿是給八十歲左右的人進去的。

我來到保祿街六號的前方。大門旁有六戶人家的名字,玄關處的砂岩牆上,有浮雕的古代牧神頭像。牧神對著我做著鬼臉。我不太清楚這代表什麼寓意。然後我仔細研究,發現這條街上,大部分的房子都有這樣的裝飾。也許這沒有任何意思。這一刻我真恨自己以及自己的缺點。為什麼我就不能好好地按門鈴呢?什麼也不會發生的──要嘛沒人在家,要嘛──嗯,其他的狀況我寧可不要想。要是她不想見我,一切就清楚了。

也許這樣還是比遠距離愛著一個人來得好。

說了半天,我其實一點也不相信自己。事實上,無知並永遠懷抱著希望與夢想,恐怕比什麼都來得好。去他的現實生活。隨它去吧。然後,我很快地下定決心,按了門鈴。

最好的夏天

75

門立刻就開了。我推開門。好的，現在不管發生什麼都無所謂了。雖然心裡這樣想，但當我穿越冰冷的門廊、走上階梯的時候，心臟卻還是在胸口裡狂跳個不停。如果依照門鈴的順序，貝蒂家應該是在三樓。樓梯間鋪著深紅色的地毯，聞起來有菸與咖啡的味道。三樓的大門半開著，卻不見人影。我敲敲那扇門。

「哈囉。」

「進來吧。」裡面傳來聲音。那聲音很年輕。是貝蒂嗎？我走了幾步，來到屋內。從門口可以看得見廚房。一些輕盈的樂音在空氣中迴盪，那聲音也可能是從外面傳來的，因為面向後院的窗戶正敞開，院子裡有一棵樹。廚房看起來非常乾淨整潔，我家的廚房從來都不會是這樣。我再一次地出聲輕喊：「哈囉？」

裡頭的一扇房門打開，貝蒂出現在走廊上。樂聲輕快。真的很輕柔，也很陌生。不過，她的臉龐有些陰暗，看起來一點也不開心。

她一頭亂髮，彷彿剛剛才睡醒出來，變得大聲了一些。伴隨著她的出現，音樂從她的房裡流瀉出來。

「噢。」她說。顯然，她在等待某人；而且顯然不是在等我。

「噢。」她又說了一次。「我對你⋯⋯你到底在這裡做什麼？」

我到底杵在這裡等待什麼呢？等她對我投懷送抱之類的嗎？直接跑來她家真是個好

Der große Sommer　　　　76

主意。為什麼我不先打電話給她呢？聰明的腓特烈啊，你總是做出錯誤的決定。我把帶在身上的小包裹拿給她。

「我帶了薑餅給妳。」

她想也沒想就收下了。她看了看小包裹，接著看了我一眼，然後突然大笑起來。嚇了我一大跳。

「你偷的？真的？」

我聳聳肩。

「我本來想用買的，結果沒得買。這個是⋯⋯總之那個時刻，在盛夏當中，它聞起來真的很不可思議。我就想，也許我可以⋯⋯」

「你覺得送薑餅比送花來得好嗎？還是你本來想帶花給我？靠，這是什麼樣的問題啊？我該承認還是否認？」

「我⋯⋯我不知道。」

「你給我⋯⋯靠，你居然帶了薑餅給我？」

她大笑，幾乎要尖叫起來。我做了個鬼臉，覺得有點尷尬。

「哎呀，其實有間小工廠⋯⋯這是我偷來的。」

她笑個不停，完全不是女孩子那種禮貌性的淺笑，而是尖銳的笑聲。

最好的夏天

77

她不假思索，又說了一句「靠」。我真想一拳打扁自己。白痴，真是白痴！

那首歌唱完了。

「那是什麼音樂？」我問。「聽起來……聽起來有點酷。」

「Bossa Nova。」貝蒂說。

然後又一陣沉默，這樣實在太尷尬了。每當有很多話想說，但不曉得該先說什麼或到底該怎麼說時，就會產生這種尷尬。剛好音樂也結束了。真是太好了。

「你是……恰巧經過這邊嗎？」她問，然後把頭髮往後撥。這樣真的很美。一時之間，我開始問我自己，到底是什麼讓我覺得某個女孩很漂亮，尤其是眼前的這一位呢？

「才不是。」我找到訣竅了，什麼都不要說，否認就對了。

這時候，她微微地笑了起來。只是微微地笑，不是很誇張的那種。

「酷。」她說。

這次我不再冷場。

「我本來想，也許我們可以一起吃吃看。也許我們可以再一起試試跳水十公尺。」

她搖搖頭。瞬間我的肚子又不舒服了起來。

「我今天沒有那麼多時間，等等有個朋友要來找我。不過，如果你有興趣的話，我們可以去散個步。今天天氣很棒。你可以在下面等我一下嗎？我馬上就忙完了。」

Der große Sommer　　　　　　　　　　　　　　　78

我點點頭。這個動作我可以做十分鐘，因為我再同意不過。

走下樓時，我覺得膝蓋發軟。怎麼會這樣呢？在學校的時候，我的膝蓋從來不曾這樣顫抖過。我回到一樓、推開大門、深深吸口氣，然後用拳頭捶打牆壁；不然我也許會因為高興和鬆了一口氣而大喊出聲。太好了！這件事沒有搞砸，而且不會有人知道。

她換了一套衣服。當她走出大門時，我的胃又是一陣翻攪。每次都這樣，那感覺就像是有人在我的身體內側潑冰水。她穿著一件洋裝。色澤明亮，但不是白色。外面再加上一件深色的短背心。她看起來很美。真的很美，甚至有一點大膽。有那麼短短一瞬間，我感受到自己有多渺小。彷彿我是有所不足的。但事情有時真是如此，而且你只能假裝自己配得上她。

「我們要去哪裡？」她問。

我挺起胸膛，試著微笑。

「不曉得。這裡是妳的地盤。」

「你到底住哪裡？」

我指著西邊的方向。

「離這裡一點也不遠。就在老釀酒廠附近。」

她歪了歪頭。後來，我常想：我打從一開始就愛上她了。她微小的動作、她的好奇心，還有這些不知從何而來的小懷疑，彷彿都帶著一點嘲弄地要求著——告訴我。讓我看看。

「那邊不是封鎖起來了嗎？」

這時我終於笑了。

「我知道怎麼進去。如果你想，我們之後可以去看看。」

她點點頭。「也許我們會再見面。」——「如果你想，我們之後可以去。」

而她也是。

我為我們的未來鋪上一條充滿可能性的窄路。

頭髮聞起來輕飄飄的，就像⋯⋯像什麼呢？我一時想不起來。

我已經不記得那時，我們天南地北聊了什麼；那是我們第一次的散步。第一次，我們倆一起穿過炎炎夏日午後杳無人跡的城市，一路往下走到河畔。也許我們經過了那所我和她分別在這座城市裡住了多久？我有兄弟姊妹，而她沒有。

斑斕的記憶噴灑在亮灰色螢幕上，而貝蒂就是最原初的小小色塊。

「妳的父親是做什麼的？」

這是個重要的問題。我不懂自己怎麼會這麼幸運，剛好遇到她獨自在家。

Der große Sommer　　80

她幽默地聳肩微笑。「我不知道。」

我帶著疑惑看著她。

「我爸媽分開很久了。那時候我還小。」「我很遺憾」恐怕不太對,我一點也不認識我父親。」

我不知道該說些什麼好。她似乎也不期待我有什麼回答。

一輛橘色的灑水車行經這條街,吵雜地從我們身邊駛過。它在我們面前轉進另一條大街,開始灑水。我們跟在灑水車後面奔跑,噴灑的水在空中拋出一個半圓。有時候在一剎那,空中會閃現一道彩虹。我們一直奔跑著,直到接近它的車尾。在我們身旁,有個人騎著自行車,跟在灑水車後頭,跟蹌地騎過石子路。灑水車隆隆作響,緩慢地駛過平緩的橋,而我們則始終讓自己停留在這精緻的水與霧之中。自行車騎士忍不住笑我們,因為我們在灑水車旁沒有移動,緩緩地隨之前進。當灑水車接近橋的末端時,駕駛關上灑水裝置,踩下油門離去。不久,騎士踩著踏板離開。我們站在原地不動,屏住呼吸,現在全身都溼透了。貝蒂的亞麻洋裝緊貼著她的雙腿。我忍不住看著,又很快地別過頭去,然後又再看一眼。不知道她有沒有注意到。

「往那邊走。」她說著,指向一條小路,那條路在橋的旁邊,通往河流的方向。我時常搭車經過這座橋,但是卻從來沒有注意過這條路。也許是因為它看起來像是只通往

「我喜歡白楊樹。」當我們沿著白楊樹蔭往下走的時候,她這麼說。樹影搖曳在她的洋裝與粗糙的柏油路上。我止住腳步,抬起頭看那纖細的樹冠。

「我喜歡看樹葉在風中飄動。像現在這樣。言語難以形容。」

她也抬起頭。

「它們在跳舞嗎?它們正在顫動?」

我看著她,心想,此刻映入她眼簾的事物,我確實也找不到適合的字眼。白楊樹的葉片,正面是深綠色,背面則是白色的絨毛,彷彿銀鈴般在枝椏上搖盪,卻不是自己的力量所致。

「是風讓它們這麼快速地從下往上旋轉,周而復始。那種搖擺與顫動不是來自於葉片本身。它們被翻來覆去,依循風的意志。」此刻,她站在我身旁,我又聞見了她的髮香。這讓我有點緊張。她的洋裝始終都是溼的。

「這真的無法用字詞形容。」

「你時常這樣嗎?」貝蒂問。「尋找字詞之類的?我是說,假如你不玩跳水的話,是不是都在想這些?」

「對。」我稍稍鼓起勇氣,這麼說。我剛剛的表現是不是像個笨蛋?

Der große Sommer 82

她沒有說話,我們沿著河堤走了一段鋪著鵝卵石的路。從城市街道的方向傳來了窄的聲音,也許是白楊樹銀色葉片的聲響。沒有人知道,但那也不重要了。河水的另一邊是幼兒園的遊戲場。孩子們歡樂的叫聲透過水波傳來。也許在這裡,會是我跟貝蒂相處的唯一幾個鐘頭。但就算是這樣,一切也都值得了。這點不證自明。這輩子。這是我的感覺。這輩子這樣就值得了。

「我有時會來這裡游泳。」

貝蒂指著一處草叢的缺口。草叢沿著河堤種植,缺口處是一片小沙地,能輕易通往下面的河岸。

我常常在海裡游泳,也在湖裡游過幾次,卻從不曾在我們這條河裡游。我從來沒想過在這條流經我的城市的河裡游泳。

「如果你有興趣,」她開口,眼睛並不看著我,「如果你有興趣,我們或許可以⋯⋯」

她沒有把話說完。

「好的。」我說。「樂意之至。」

我們倆一起望向水面。我感到在那深色的流動的水中,總有種來自深處的奇怪誘引。危險的,像拖曳。彷彿是來自另一邊的承諾,但不是今天。

「現在我得走了。有個女生朋友在等我。」

她的眼中突然閃過了一絲嘲弄。

「你真的偷了薑餅?」

「對。」我說。

她微笑著,看著地上。

那是我人生中最棒的點子。

13

晚上，我跟娜娜一起坐在她的陽臺上。外公又被召去醫院了。天色仍亮，種植在花園四周的松樹，彷彿一張鑲嵌的網，捕捉著黃昏的日光。白天的溫度正非常緩慢地散去。陽臺門前的深色百葉窗仍散發熱氣，帶著一點乾燥木柴以及溫和煤渣的味道。那是屬於夏天的氣味。娜娜正在畫我，她身旁的馬賽克小桌上擺著一杯酒。她拿著鉛筆輕鬆地畫著，使我驚嘆不已。鉛筆在紙上滑翔，彷彿不曾碰觸於其上。只有當她非使用筆尖不可的時候，線條才會順著筆尖流瀉而出。那是我嗎？剛剛在畫紙上呈現出來的臉孔，看起來比我好看。

「妳跟外公的感情到底好不好？」

我不知道為何自己會想這樣問。也許是因為一天即將以這樣的姿態過去。娜娜沒有停止畫畫，她抬頭端詳了我一會兒，彷彿是要比較真實的腓特烈跟素描上的是否一樣。

「我曾經非常愛他。」她輕輕地說。「也許我始終都還愛著他。但這樣的心情⋯⋯

最好的夏天

85

「那他呢?」

我不只在問外婆。我也在問我自己——像外公這樣的一個男人,是否能夠去愛?我只是偶爾才會感覺到。」

娜娜自顧自地笑了。

「你問外公吧。反正我是不會知道的。」

她把畫紙拿高,又開始審視。

「那幅畫看起來不完全跟我一樣。」我小心翼翼地說。

娜娜開始大笑。

「我知道不一樣。這不是現在的你,至少不是此時此刻的你。」她說,「也許會是五年或十年後的你。」

她把畫紙遞給我。對,那是我,但我對自己感到陌生。我還不確定自己是否喜歡這幅畫。

「假如我不會變成這樣,而變成完全另一個模樣呢?」

娜娜把畫紙收回,開始塗塗改改。

「不太可能。」她說。「長相是個性造成的。如果要你變成另一種長相,那就得發生很多事。」

Der große Sommer　　　　　　　　　　　　　　　　86

她又一次把素描遞給我。

「那時我得了嚴重的腎盂炎,嚴重到需要去醫院。」

過了一會兒,我才明白她已經不是在講畫畫的事了。

「一九四八年。我跟所有人一樣,太瘦了。那時候我在慕尼黑住院。初春時節,萬物開始綻放。」

我試著想像那光景,才剛剛歷經一場戰爭,然後就生了病。這代表一場重大災難並不會讓人免除小災厄;雖說這樣是比較公平的。

蝙蝠開始在陽臺上飛翔。娜娜擦亮一根火柴棒,然後從鉛筆盒旁的木盒中拿出一根菸。

「第一天早上,有位醫生走進病房裡來,我看著他,心想——原來男人就是這麼一回事。他會是我的最後一個。」

「是外公嗎?」

娜娜微笑了。我試著想像她從前還是少女的模樣。在此刻的微光中,想像力奏效。

「對。他看起來真的很完美。也許女人就是會陷進這樣的事情⋯⋯找天有機會,你可以試著穿上一件華特的醫師袍看看。」

我看見娜娜順手幫我畫了一件白袍,不禁大笑起來。

最好的夏天

「娜娜,今天就畫到這邊為止吧。」

「小阿腓,」她回應我,一邊抽著菸,「現在還可以繼續畫。」

「然後呢?」我問。

「剩下的讓他告訴你吧。」娜娜說。「至於對我來說怎麼樣,改天再告訴你。」

我們兩人陷入沉默。我注視著自己未來臉部的素描,彷彿在跟某人介紹一個我自己都還不認識的人,大家是否會喜歡他,也難以預料。娜娜把菸抽完。我們望著天空,看著湛藍的天色一點一點變暗。樓下有屋門關起的聲音。外公回來了。娜娜喝下一口酒,輕輕地說。「無論如何,只有在愛裡,你會讓自己痛苦,直到絕望,卻又同時感到幸福。」她的。」

「疾病與治療同在。是時候休息了,小阿腓。先把畫還給我吧,之後會送你的。」

「晚安,娜娜。」我說完便起身進房間。娜娜伸手抱了我一下。她一直都是這樣,興之所至。她溫暖的身體散發著香菸與香水的氣味,正適合夏天的夜晚。

「今天有你在我們家真好。」

「我也覺得很好。」我這麼回答。

Der große Sommer 88

14

「柴可夫斯基！」

外公聽起來氣勢洶洶。他問我喜歡哪些古典樂，以及對它們的認識有多少。老實說我不曉得。關於古典樂，路易聽得很多，我有時覺得不錯，但這不代表我會去買張古典樂的唱片來聽。至少我是認得韋瓦第與貝多芬的，當然，還有柴可夫斯基。我甚至覺得柴可夫斯基很不錯。不過呢，外公顯然不這麼想。我們正一如往常地坐在一起吃飯，時間是十二點一刻，食物美味得要命。娜娜會做所有我愛吃的菜，還有我還不知道卻會喜歡的菜色。而每天中午吃飯的時候，外公就會考我。今天考的是音樂。

「柴可夫斯基！那個十九世紀的流行樂作曲家！」

「我喜歡柴可夫斯基。」娜娜說著，一面幫大家盛蔬菜湯。那湯聞起來像⋯⋯我不知道像什麼，反正味道就是棒。在這裡吃飯的特色就是每一餐總是有三道菜。前菜、主菜與點心。老派至極，又或許是因為我們都在家吃的關係⋯⋯無論如何，媽媽喜歡閱

89　最好的夏天

讀恰恰勝過於做飯。

「希望你已經聽過普羅高菲夫[11]了?」

「希望」,肯定不是正確答案。這在學校行得通,但是外公面前肯定不行。外公跟學校裡的那些人不一樣。學校老師審視一個人,是因為要瞭解他們還不知道什麼。外公的話呢⋯⋯我不太確定他在做什麼,但他的表現像是要同時瞭解我所知道與不知道。前天我們聊的是拿破崙。幸好我還記得一些法國大革命的事。我記得那場革命很有趣,還有拿破崙並沒有那麼矮,但也不高就是了。這件事可能連課本的作者也不知道。昨天是文學。齊格飛・藍茨[12]、亨利希・伯爾[13]、庫爾特・圖霍斯基[14]。但這個就難不倒我了。如果真要說我比較擅長什麼的話,除了賽跑,那就是閱讀了。儘管如此,我還是被他弄得有點情緒激動。奇怪的是,外公從沒問過我拉丁文或數學問題;其實那才是我應該要學的。

「有,我有,」我說謊,「但是我⋯⋯現在一時想不起來。」

外公站了起來,往音響櫃走去。這時我第一次感到這一切非常奇怪,我們居然是在客廳裡,圍著最矮的客廳桌吃飯。我坐在沙發上,外公與娜娜各坐一張單人扶手椅。外公家沒有餐桌。還是孩子的時候,所有人都得弓著身體、欠身往前,才能靠在桌子旁。大家會把所認識到的一切都當作正常。我所知道的外公家就是那樣,但是現在卻忽然顯

Der große Sommer

90

得怪異。

外公擺上一張唱盤。

「**彼得與狼。**」從喇叭流瀉出人聲，「**一個給孩子們的音樂童話。**」

接著出現了小提琴的聲音。

「這就是普羅高菲夫嗎？」

我感到有點驚訝。一方面是我當然認得這音樂，另一方面則是原來外公有在聽這個。

「現在，他是不是比柴可夫斯基來得好呢？」

外公又坐了下來。雖然他總是穿西裝、打領帶，卻永遠給人一種不在乎外表的感覺，彷彿他真正在意的遠超過這些。他久久地注視我。你永遠沒辦法描述自己在他眼裡看起來如何。也許大家就是因為這樣而害怕他；因為他總可以看穿一個人，遠超過你想被知道的部分。

---

11 普羅高菲夫（Sergei Prokofjew, 1891–1953），出生於烏克蘭的作曲家，曲風多變。
12 齊格飛·藍茨（Siegfried Lenz, 1926–2014），德國作家，代表作為小說《德語課》（1968）。
13 亨利希·伯爾（Heinrich Böll, 1917–1985），德國作家與翻譯家，1972年獲諾貝爾文學獎。
14 庫爾特·圖霍斯基（Kurt Tucholsky, 1890–1935），德國記者、作家、評論家。

「簡單的東西有時候是最難的。如果一首歌對孩子們來說很棒,我們當然也可以用成人的身分來聆聽它。」

「是的,老闆。我懂了。我在聽,而且完全服從。」

我們繼續吃飯,音樂故事講到彼得在爬樹,抓到了野狼,又他咕嚕地問,要是彼得沒有抓到野狼,抓到了野狼呢?我忍不住大笑起來。童話裡的爺爺走出了屋外的外公則盯著我看。他跟童話裡的爺爺一點也不像。普羅高菲夫的故事裡有個狡猾的孫子,他得跟他那脾氣很差的爺爺一塊兒住。顯然我是比較同情彼得的。我也同情野狼。

「有什麼事嗎?」外公問。

「沒有啦。」我說。

「你有多少零用錢?」他突然問了個意料之外的問題。這時貓咪走過來,跳到他懷裡。對所有人類來說,外公家有著嚴格的規定。最晚七點鐘必須起床、八點鐘要坐在書桌前讀書、十二點鐘娜娜就得把飯做好,星期六中午休息的時間是一點到三點。但是貓想做什麼都可以。他有時甚至會把自己餐盤裡剩下的食物端給貓咪吃。

「我沒有零用錢,」我回答,「只有弟弟妹妹們有。我平時會送報,通常是這樣——不過夏天暫時沒有。」

外公撫摸貓咪。他想從我這裡聽到什麼答案呢?

Der große Sommer　　　　　　　　　　　　　92

「我們院裡需要一個幫忙送信的工讀生，你可以一星期來三個下午。時間是一點到六點。」

太棒了！時間比我原本的打工還更短。而且，我真的一點錢都沒有。我得一直跟約翰或艾瑪借錢。

「是哪幾天的下午呢？」我小心地詢問。

「星期一、三、四。禮拜五大家幾乎只工作到三點半。這樣你來不划算。」其他同事可不像他一樣，在診間工作到六點，你可以聽出外公對這種態度感到蔑視。他有時甚至工作到七點或八點。

「可以讓我想一想嗎？」

「當然。」他語帶驚訝地回答，一邊繼續摸著貓咪，牠發出呼嚕呼嚕的叫聲。「今天才星期二。」

他終於放我離開，讓我去幫娜娜把碗盤收進廚房裡。等我回樓上房間、躺在床上的時候，我才想到：外公是不是故意在聊天時提起普羅高菲夫，這樣他就能夠順理成章地播放那張唱盤？也許這就是他教育我的方式。

儘管遮擋太陽的百葉窗已經拉起來了，房間裡依然很熱，而且昏暗。我閉上眼睛，開始想像跟貝蒂在河裡游泳的樣子。一股騷動不安在我的體內蔓延。我的身體彷彿像一

93 最好的夏天

隻醒來並且發現自己被抓住的貓。牠開始四處蹓躂，用爪子抓門。牠開始喊叫，沒多久就變成了怒吼。想念她——那是一種怎樣的感覺！彷彿我突然再也沒有時間了。現在就要看到她。馬上。而且她也必須告訴我，對我是什麼感覺⋯⋯對。要她說愛我。該死的。笨蛋。我到底在做什麼？只因為我們曾經在河邊散步過一回嗎？只因為我送給她一包薑餅嗎？噢，天哪！我突然覺得自己這樣實在是愚蠢至極，於是我起身，走了出去。我必須出門去。我得走一走，做任何事情都好。我得讓心裡的那隻貓去看看外面的世界，這樣才能讓牠安穩下來。

約翰家門口停著一輛綠色的賓士，造型相當拉風。我向來不知道那是什麼車款。相反地，約翰認得各種車型，而且每次發現我不認得它們的時候，就會非常驚訝。其實我覺得車子很無聊，但就只是從來沒這樣跟他說過。我對車沒有興趣。有些車看起來確實很酷，但就只是那樣而已。可以的話，我夢想中的車子是黑白電影裡看到的那種，但這種夢想，跟幻想自己會飛的程度差不多。那屬於不切實際的夢想，而你知道，這種夢想是不會成真的。因為有些事就是不會在真實世界發生。

我正想按門鈴的時候，赫伯特剛好從屋裡走了出來。他是羅曼先生的司機。約翰父親心臟不好，所以請了一位司機。我記得和約翰第一次聊天的時候，他就跟我說過這

Der große Sommer　　　　　　　　94

些事情了。不知怎麼地，這件事讓我印象深刻。在我的生活周遭，沒有哪個人家有司機。但是約翰的父親在一家銀行工作，他必須時常旅行。有時約翰會坐車來學校，或順便送我回家。我就是這樣認識赫伯特的。在學校裡，從一輛有專屬司機的賓士上下車，是一件相當酷的事情。

「哈囉，赫伯特。」我說，「約翰在嗎？」

他對我扮了個鬼臉。

「裡面有點麻煩。」他用拇指指向身後說，「你來他會很開心的。」

他瀟灑地作勢行禮，然後心情愉快地回到車上。

羅曼一家人坐在餐廳裡。我馬上發現約翰在跟他的父親羅曼先生看都沒看我一眼，但她真是一個大好人。約翰的母親則對著我微笑。我喜歡羅曼太太。羅曼先生的手上有一杯酒，裡面盛滿了威士忌，或是白蘭地。這也讓我覺得很酷。就像在電影裡面一樣。

「嗨，約翰。」

「我馬上來。」他說。可以的話，他非常想立刻跟我走，可惜沒機會。

「我說可以之前，你都不准離開！」羅曼先生的身高不如我，但他的脾氣很暴躁，講起話來又急又大聲。第一次到約翰

95 　最好的夏天

家的時候，我一開始有點害怕；不過，現在我知道這其實並不礙事。他只是容易激動罷了，但是也很快就會恢復平靜。就像奧圖女博士說過的那句法文——Calmé à nouveau, 恢復鎮定。為什麼我老是注意這種瞎扯的話，卻記不得最重要的字眼呢？

羅曼先生和約翰開始接二連三地辯論——

「你的零用錢是不是不夠？我們是不是對你太小氣了，還是怎樣？有什麼原因，才會讓您需要這樣親自處理呢？」

啊，他們開始提錢的事了。我趕緊躲到玄關那邊。不過那只是象徵意義罷了，反正我還是聽得見每個字。

「對！」約翰回答，我覺得他非常地勇敢。「對！零用錢多一點會比較好。別人都……」

「別人？什麼別人？」

「其他的人關我屁事！我給你那麼多的零用錢！別人想要的，你都已經得到了！我現在真的是吵起來了，他們互相大吼大叫。

他沒有繼續說下去。從屋裡的聲響判斷，羅曼先生應該是用力地把酒杯放到桌上。

他停頓了一下，然後安靜起來。我試著透過門縫觀察房間裡的一切。不過約翰的身們把錢砸到這位先生頭上然後……」

Der große Sommer 96

影被羅曼太太遮住了。

「從現在起,你被禁足了,直到我們出發為止。至少這樣一來,你就沒有辦法花錢了。」

「你是認真的?」

「不用說了!」羅曼先生說,「這件事不需要進一步討論!」

羅曼太太出面干涉了。我覺得這真的不是一個好主意。

「砰!」一聲關上屋門,揚長而去,牆壁都震動著。我走回餐廳。

餐廳的門被用力打開。我看見羅曼先生面紅耳赤地從我身邊快速通過。然後

「恭喜啊。」我說。

「啊!」約翰憤怒地對我使眼色。「他怎麼每次都那麼激動!」

「你也不需要一直激怒他呀!」羅曼太太站了起來,說:「你應該要跟他說,很抱歉之類的……」

「對,但這樣是沒有用的!」

約翰其實也一樣。個性倔強。

「走,我們上樓去。我不能離開這房子了,找個地方呼吸總可以吧,你覺得呢?」

羅曼太太什麼也沒說,我覺得非常抱歉。

最好的夏天

「腓特烈,你在這裡真是太好了。你的父母出遠門了,對嗎?」

「是的,我現在跟外公一起住,正準備補考。」

她露出沒有把握的微笑,她常常會這樣。她會跟約翰一起做的事情是我父母從來不會跟我們一起做的。譬如去聽音樂會。我試著想像,媽媽或爸爸跟我去聽巴布‧狄倫演唱會……我忍不住大笑。這種事情是永遠都不可能的。

「一起來嗎?」

約翰人已經在樓梯上了。

約翰的房間裡響起鐵娘子樂團[15]的節奏。也可能是ＡＣ／ＤＣ[16]或范海倫[17],我永遠沒辦法區分它們。我只記得團名,因為約翰整天提。我不是那麼迷重金屬。說起來,我對目前為止所聽過的音樂,其實都沒有那麼迷。我只迷貝蒂聽的音樂。

「你又偷了你爸的東西?」

「我需要菸草。但我沒辦法跟他要錢。」

羅曼先生和他的太太不同,並不知道約翰會抽菸。雖然他自己也抽菸,卻反對兒子抽。約翰正憤怒地站在鍵盤前來回亂彈,他非常生氣。

「軟禁!」

Der große Sommer 98

怪異的和弦。他用力地敲打鍵盤，喇叭大聲發出奇怪的旋律。

「你們什麼時候出發？這次會去哪裡？」

「去義大利，跟以前一樣。三、四天後出發。」

跟外公一起住的這段時間，我希望我們可以一起做些什麼。唱片播放完畢，約翰依然站在鍵盤前。他彈出的樂聲愈來愈均勻。有時他不彈別人的曲子，而是自己發明一些旋律，我覺得這樣很好。禁，但至少下午還可以出門。想想我也有點像是被軟

「你知道有個樂團叫做 Bossa Nova 嗎？」

約翰回答我時仍繼續在鍵盤前，沒有轉過頭來。

「不知道。」

他的彈奏恢復了正常的旋律。我慵懶地躺在他的床上。約翰的房間跟我的相比真的非常寬敞。如果要在我房間放一臺大型樂器，大概永遠塞不進去吧。旁邊的那張單人沙發椅就更不用說了。約翰忽然停止了彈奏，轉過身來對我奸笑。

---

15 鐵娘子樂團（Iron Maiden），1975年成立的英國重金屬樂團。
16 AC／DC為1973年成立的澳洲搖滾樂團，名字意為「交流電／直流電」。
17 范海倫（Van Halen）為美國重金屬搖滾樂團，1970年代由范海倫兄弟組成。

最好的夏天

「夜裡我會爬出窗外。不會有人發現,我們會見到對方的。就像復活節時一樣,去年的復活節,他也是因為某些事而被禁足。我們在花園裡弄了個復活節的火堆,約翰從窗戶偷溜出來,和我們一起玩,直到清晨五點才回去。他爬窗回去的時候,我有幫他一把。」

「好耶!」

約翰捲了一根菸。我隨手翻著他的其中一本漫畫。外面有隻狗在吠叫。從約翰的床上看出去,天空是一只藍色的方盒子,前往度假的班機飛過,留下白色的線條。新與舊的線條偶爾交會,有時慢慢地消失。天空不時被這些線條精確地切成兩半。

約翰走到窗邊,點燃捲菸。

「我跟她見面了。」我說。

「誰?」

「貝蒂。」

約翰正小心地不讓房間裡煙霧瀰漫。

「酷!你們你有沒有親親?」

這個名字從我嘴巴裡說出時,聽起來很美麗,不過,感覺也有點陌生。

我搖搖頭。親親聽起來真的不太對勁。但我確實是想要吻她的。很想。但是我沒有

Der große Sommer 100

辦法說出來。

約翰從窗戶那頭看著我，一邊抽菸。我想著貝蒂。怎麼能這樣子呢？兩個星期之前，我把所有可能的事情都想過了，只差沒把想她當成每天早上醒來的第一件事。我會想起她穿著亮綠色的泳裝，站在跳板上。我已經不曉得自己所想像的，是否仍與事實相符。這段時間，我時常從我的記憶裡截取那些事物；而每次想起她，就出現新的回憶。她說，我們來接吻吧。她說，她很喜歡我。我們什麼都不用說，事情就這樣發生了。如此地簡單，就像水流過了石頭。

約翰朝下面看了一眼，然後把菸蒂丟到隔壁鄰居花園的樹叢中。

「有時人們會問，自己是否生錯了家庭。哈。還是那句拉丁文⋯⋯**父親永遠是未知的**。只是說說而已。」

我擺出厭惡的表情。

「你可不可以不要用拉丁文跟我講話？」

約翰做了個鬼臉。

「啊，我忘了！在我們當中有人已經沒有假可以放了。」

「而在我們當中有人被禁足了。至少我下午還可以出去蹓躂。」

我們笑了起來。但我覺得開那個父母的玩笑實在是⋯⋯我一點也不喜歡那種念頭。

約翰有時候就是這樣。我好像可以突然在某些時刻裡，看見他腦子裡裝的東西跟別人完全不一樣，有些陌生的念頭。我的父母無論如何⋯⋯嗯，就像腦袋裡的龐克。不是外顯的，卻是在思想中的──我的父親張大眼睛看著四周，不斷地尋找某些哲學的雲朵；而我的母親則相反，她是一個充滿各種情緒的人。但我從來沒想過、也一點都不希望別人來做我的父母。

「你真的是這樣想的？」

約翰緩慢地點頭。

「我的父親有時令我作嘔。無所謂了。說說她吧，她看起來怎麼樣？是不是很辣？」

他說的是貝蒂。噢，天啊。我不喜歡他用這種方式談論她，但又不能明講。而且其實她還真的是有點辣⋯⋯但不只是這樣。我完全沒有頭緒，不知道該怎樣提起她。

「對！」我很大聲地說。「我就是戀愛了！沒錯！」

約翰大笑。

「愛情啊！永遠都是愛情惹的禍！18 那我們要不要明天夜裡去露天泳池，從那個圍籬爬進去？我們一點鐘在大門口見。」

聽他這麼說，我心裡有點害怕。但這個想法還蠻酷的。之前約翰已經做過一次類

似的事情,但我卻從來沒有這麼做過。也許是因為我不是人類有史以來最有勇氣的那一位。當看見這種事情發生在我面前,常使我非常驚嚇。

「明天?我得看看我能不能順利爬出窗外。如果我在夜裡偷偷溜出門,被外公逮到,那我就死定了。會比死還要慘。我會慘死。」

我不想再繼續想下去了。但是我窗前的牆上裝了細細的柵欄,上面爬滿了常春藤。也許這樣真的行得通。比較困難的一直都是從外面回來的時候。我開始思索該怎麼辦。約翰也上了床,躺在我身旁,還撞了我一下。

「我一點鐘在大門口見。不是你死就是我活。你問艾瑪要不要一起來。會很好玩的。」

我們看著窗外的天空。飛機尾端的白線消失在藍天裡。夏天到了。

---

18 此處原文為法文。L'amour! Toujours l'amour!

15

手機在振動。我沒有看顯示螢幕,就把來電掛掉了。我想要一個人。我始終還是沒找到墳墓。墓園西邊的入口有一家雜貨攤,裡面有賣咖啡,甚至是用真的杯子裝。現在的時間還非常早,只有我一個客人。白色的金屬椅整齊地擺放在一棵巨大的椴樹下,中間是張漆得亮白的金屬小桌子。秋天還沒有真正地來到此處。這裡如此美麗,充滿親切感,在眾多墳墓之間,迴盪著一種過時的典雅。彷彿時光不只是為了死者而凝止;彷彿在這裡,在這墓園的邊緣,時光流逝的速度也比外面來得慢。我放下杯子坐了下來。

「這是微積分。」

對,微積分。外公站在我的書桌旁,看我的數學作業寫得怎麼樣。又或者他其實是在看我如何痛苦地解題,帶入哪些函數,才算出微積分。他拿起一支筆,開始批改我的

Der große Sommer　　　　　　　　　　　104

運算。現在還有一刻鐘才十二點，所以他其實提早來了十五分鐘。今天真是令人意外。

「這邊錯了。」他說著，一邊劃掉我的算式。我聳聳肩。顯然是算錯了。

「你到底是在做什麼？」他挺直身體，然後這麼問我。我仰望著他。

「唉……函數，我在算微積分。」

外公把鉛筆拿在指間轉來轉去。他的動作令人捉摸不定。不像是生氣，但不管怎麼說，都絕對是嚴厲的。

「不是。」他說。「我是說你到底是在做什麼？」

他強調了「到底」兩個字。好的，好，我也不曉得自己到底在做什麼。是在算數學吧。外公正等著我回答，我卻給不出答案。他走到窗邊，打開窗，然後摘下常春藤的一片葉子，將它放在我的作業本上。那片葉子的形狀有些不規則，左邊比右邊更寬。

「你來畫一下這片葉子的輪廓。」

好的，老闆。是的老闆。

我把它的輪廓描繪了出來。接著他拿起那片葉子，交給我。

「我們現在來假設，你要算出這片葉子的面積。我知道這種假設在你心中的願望排名，應該是很後面的，可是有時候，我們就是需要知道某些東西的面積是多少。」

好的，顯然這是有意義的。我看手中的葉片，然後開始用力地想。

105

最好的夏天

「你可以在上面畫一個圓，然後計算它的面積。不然的話，就是畫個矩形……可是這種方式沒有那麼準確。」

我從來都沒有思考過這些事情。計算一片葉子的面積……很好。外公至少喚醒了我的興趣。他拿起鉛筆，然後畫上一條細細的線，將我描繪出來的葉子分成兩半。然後他指著葉子兩側邊緣那彎彎曲曲的線條。

「這就是你的兩種函數。一種描述右邊的葉緣，另一種則是描述左邊。微積分是指這兩條線之間的面積。這就是為什麼我們會需要積分。」

他看著我，指著葉子，然後清晰而銳利地說：「一個人在做某些事的時候，必須知道為什麼要做這些事，而不是只去問怎麼做。這點能讓一個會思考的人類與一隻模仿人類的猴子有所區別。一個人所要做的事情，是操之在己的。」

他轉身準備離開。走到門口的時候，他又停了下來說：「現在你可以來吃飯了，今天有炸豬排。」

我凝視著葉子。它不時閃現出深綠的光輝，明亮的葉脈在其中。不知怎地，它看起來很完美，雖然形狀是如此地不規則。我重新開始看方程式。突然間，這一切彷彿變成了娛樂，一種全新的感覺從心底油然而生；當你突然懂得了其中的道理，有時就會有這樣的感覺。

Der große Sommer 106

「現在呢,」我跟那片葉子說,「我知道怎麼計算你了。」

然後我就走下樓去。

「等等我們可以一起去醫院。你把腳踏車帶著吧。」

幸好外公正好在餵貓咪吃一塊炸豬排,否則他會看見我驚訝地瞪大眼睛——星期三是我在院裡的第一天。直到外公回家之前,我整個早上都在跟微積分奮鬥著。這段時間我一邊還忙著思考,怎麼樣才能在夜裡逃出這棟房子。但是後來,我想起來——送信的工讀生都做些什麼?為什麼要送信呢?況且我對這間醫院一點都不瞭解。它不只是一幢建築,裡面簡直是一座小城市——不,是巨大的城市。我猜是因為這樣,所以外公才會要我帶上腳踏車。

只是直接跟娜娜要了一把鑰匙,娜娜於是給了我。就這樣。

「你從來都不騎腳踏車嗎?」我問外公。

娜娜笑了起來。

「真的,我從來都沒見過你騎在腳踏車上的樣子。」

外公做了一個拒絕的手勢。

「我會用走路去。要是真有上帝的話,他一定不會白白地把腳裝在我們身上,而不

107　最好的夏天

「我很感謝上帝發明了腳踏車。」我說。

「我想那是第一次,我在外公的臉上看見了些許的、近似於微笑的表情。其實那並不是真正的微笑,而有點像是對於微笑的一種憤怒追憶。

「假如你想褻瀆上帝,那麼可能還需要再老一點才行。對於你的看法,你父親到底是怎麼說的?」

「我爸?」我有點驚訝地說。我實在沒有想到,外公居然會對我家裡的任何一人感興趣。我母親例外,外公對媽媽是有一點興趣瞭解的。「沒有人知道爸爸怎麼想,反正我是不瞭解他的。他相信輪迴之類的,但對腳踏車這種實體一點也不感興趣。我也還真的從來沒見過他騎腳踏車。」

「你也沒有非常尊敬他。」

這句話聽起來是一種發現,而非譴責。我想了一下。對了,娜娜的蘋果蛋糕簡直太夢幻了。也許外公是因為這樣,所以今天特別隨和。那呢?我真的是一個不尊敬別人的人嗎?我對外公反正不是這樣,這是再清楚不過的事了。

「我覺得爸爸只有在突然想起自己有六個孩子的時候,才會要求我們尊敬他。」娜娜突然噎到了,她一邊笑一邊咳嗽。蘋果蛋糕的碎屑灑滿桌上。貓咪嚇跑了。

是裝上輪子。」

Der große Sommer

「尊敬並不是要靠某個機構、職位或是頭銜才能得到。」外公低調地說，「大家所指的那種尊敬，其實是一種畏懼。真實的尊敬是靠自己贏得的。」

「那我覺得他還得多努力。」

現在換我變得調皮了。不過這時候娜娜拯救了我。她微笑地告訴我：「你的父親是一個絕頂聰明的男人，他只是不適合日常生活。」

外公站了起來。

「我們應該要對妳的女兒有更多尊敬。」他朝娜娜發牢騷，接著說：「至於你呢，現在過來吧！」

我站了起來，娜娜伸出手，快速地撥了一下我的頭髮；那感覺好像是在安慰我，但其實沒有這個必要。我知道外公喜歡我的母親，但是當他說起要尊敬女兒，而這個女兒甚至根本不是他親生的的時候，我不知怎地覺得特別酷。尤其，這個女兒其實就是我媽媽啊。另一方面，這也促使我去思考另一個問題──也許我也因此受到了某些傷害。或許，我就是那個八〇年代的龐克少年，面對衝突的時候有太多恐懼，因而無法開始真正的青春期叛逆。我想起了約翰。他跟父親的關係真的很有問題。我是不是真的太膽小了，以致於沒有勇氣跟父母親吵架呢？看起來，其他人在青春期的時候，都跟父母親大吵大鬧的。我很少吵架，但也可能因為我是老大了。每當爸爸不在，媽媽遇到什麼事需

109　最好的夏天

要幫忙的時候，通常就是派我去。因為寇佳的關係，我已經有好幾次出現在幼兒園的家長會了——媽媽沒興趣參加。也許我是因為這樣才不會大吵大鬧，每當我想做什麼的時候，我根本連問都不會問。我只需要注意不要讓其他人察覺。

我們沿著醫院無限綿延的磚牆一直走。我推著腳踏車前進。外公已經再度穿上他的白袍了，又或者他始終穿著。今天的天氣比較冷，天空是灰色的。椴樹與樺樹的樹冠從磚牆後方伸出，遮蔽在我們之上。我們走在一條幾乎覆滿落葉的路上，牆的後方或許還容納得下一座公園。

「你到底是怎麼當上教授的呢？」

我沒有用敬稱跟外公說話，這種感覺一直都非常奇怪。我已經不那麼肯定是幾歲的時候，不過我還記得那一天，他對我母親提議用「你」互相稱呼。如果要我客觀評斷這件事——經過三十年之後，對繼女不再使用敬稱，而改用「你」——我的家庭還真的有點扭曲。

過了一會兒，外公才回答。

「你對這件事很好奇。」

他又發現了什麼。

Der große Sommer 110

「是的。」我小心翼翼地說。「我想知道事物的本質到底是什麼。」

他的步態穩健，對於一個超過六十歲的人來說，這已經很不簡單。

「在戰爭時期，你如果夠聰明，就會去研究大家絕對有需要的題目。所以我那時候專攻斑疹傷寒。上頭的人總會讓你暫時離開前線去度假，這樣你就可以去演講；或是讓你在疫情爆發時回到帝國。」

「什麼是斑疹傷寒？」

「那是一種傳染病，中介是蝨子。在很多人沒有洗澡的地方，就會到處發生這樣的病。譬如在前線。」

戰爭歷歷在目。三十四年之後還是如此。我們學校裡的年紀比較大的老師，像費老師、施老師。媽媽逃難的故事。爸爸每次聽見警報就嚇一跳，因為在警報聲中史溫弗特被轟炸殆盡。娜娜、外公。我總覺得自己特別年輕，而且沒有什麼經驗。沒有什麼可以拿來和戰爭相比。

「人們會因為斑疹傷寒而死嗎？」

我們走到圍牆的盡頭後轉彎。那塊土地上的建築有一道側門，側門前有個停車場，裡頭停了一些汽車，看起來非常無趣。那是八月，一個烏雲密佈的夏天午後。空氣中開始出現水滴，不過外公卻沒有加快腳步。

111　　最好的夏天

「那完全不是正常的衛生情況。殺死一個人的東西是所謂的『次級感染』。譬如說肺炎。」

我們經過警衛室。當警衛看見外公時站了起來，並向他點頭示意。教授好！只差沒敬禮了。外公只是快速地揮揮手作為回應。在我們的右手邊的圍牆旁，有棟兩層樓高的建築，我們沿著它繼續走。這條路上花木扶疏，假如不特別去看路另一邊那些巨大且各有特色的院區大樓，這裡看起來一點也不像是醫院，倒像是某個森林中的聚落。

「戰爭到處是殺戮。不只是在前線。飢餓、骯髒，尤其是瘟疫，都是殺戮的兇手。」

現在我真的聽得入迷了。外公從沒有講過自己的事。而且我也從來不曾跟他相處這麼久。

「那麼，你在研究上有什麼新發現嗎？」

他停下腳步，轉過來看著我。

「沒有。我們根本不是優等民族或所謂的超人。那時候有個猶太人，他先住進隔離區，然後再被關進集中營，疫苗就是他研發出來的。那是一九四二年。他的名字叫做路易‧弗雷克[19]。」

那是我第一次聽見外公在政治上表態。

Der große Sommer　　　　　　　　　　　　　　　　112

「所以斑疹傷寒[20]是以他為名的嗎?」

我們轉進了其中一座建築裡。黃色牆上有藍白色的琺瑯門牌。細菌學研究所,所長華特・雪佛教授。

「不。這是令人難解的巧合:就像世上許多事情一樣。不過,斑疹傷寒終究帶我來到了這裡。」

太奇怪了,我想。如果我的外公不是醫生的話,假如他沒有跟娜娜結婚的話,那麼也許媽媽就不會是現在的這個樣子;她也許不會嫁給爸爸,那麼我可能也就不會出生了;而我應該也就不會像現在那樣,站在醫院前方,而會在某個其他地方讀書,或者是根本變成了另一個人。所有的一切環環相扣。一旦你開始思考這種事,一切全都會變得不可置信。

外公推開通往實驗室的門。一些身穿白袍的人正在裡面,他們待在顯微鏡前,在金屬桌前,在冰櫃前。桌上的機器發出嗡嗡低鳴,玻璃與管線正在振動著。空間裡傳來一陣低語,那是在裡面工作的每個人發出的聲音:教授先生,教授先生,教授先生好。

---

19 路易・弗雷克(Ludwik Fleck, 1896－1961),生於奧匈帝國的猶太免疫學家。

20 德文的斑疹傷寒為Fleckfieber,Fleck與弗雷克同名,fieber是「熱、發燒」的意思。

我的外公點頭,然後把我推向一個洗手臺。

「先洗手!」

我打開水龍頭。水好熱,但還可以忍受。

「這樣可以。」他說,「這裡不是外科。」他拿起一件白袍遞給我。我把它披在身上,然後看見上面有個名牌。細菌學院——腓特烈·畢希納。外公顯然是很肯定我會接下這份工作。又或者是他覺得我可以做得來?無所謂了。反正現在,我的打工就這麼開始了。

16

「欸,你好,我是畢希納。我是否能跟艾瑪‧畢希納說話?我是她的哥哥。」

透過話筒,我聽見了遠處來自養老院的聲響,艾瑪正在裡面實習。到底為什麼我每次都會在打電話的時候,劈頭講那個「欸」?好像自然法則一樣⋯⋯我討厭這樣。好像無法自制般。身體往往是隨心所欲的。譬如,當我跟貝蒂沿著河岸奔跑,看著她的大腿在洋裝裡若隱若現。她想的也跟我一樣嗎?沒有人知道。我只希望,自己不是唯一一個被內在衝動所役使的人,沒頭沒腦地過完整個夏天。

「嗨!你在哪裡?我的時間不多。」艾瑪的聲音聽起來有點喘。

「在醫院。我現在也是個有用的好人了,外公幫我安排了一份打工。」

艾瑪笑著說:「真的?」

「之後再跟妳說。今天晚上我要跟約翰去露天泳池。妳要一起來嗎?」一點鐘在泳池見。」

艾瑪想了一下。

「我得看看能不能從護理站這邊溜出來。」她說,「不過應該可以。我們在泳池哪裡見?」

「門口。」

「沒問題!那我們就等到它八點開門?」

我感到天旋地轉。

「艾瑪!我們要爬過圍籬。但是我們得先在某個地方見面。」

「好的。」我的妹妹說。「到時候見,我得掛電話了。」

幸好六點工作結束的時候,外公人並不在實驗室裡,不然我就得跟他一起回家去了。而且這樣一來,我就有時間打電話給貝蒂,也不用和外公解釋為什麼我不從家裡打這通電話。

主樓走廊的牆壁上裝設了病患專用的電話。在這個時間,走廊上已經沒有多少人在活動了。我站在那裡,把話筒拿在手中轉來轉去。打電話給艾瑪很容易。為什麼現在要打電話給貝蒂,一切就又變得那麼困難呢?

其實我只是想問問她想不想跟我一起度過一晚罷了。而且也不是在床上度過,至少

Der große Sommer 116

是在游泳池。有一千個理由可以讓一個女孩誤會我。腓特烈，你這個禽獸！原來你想的就只有這件事！假如要我說實話，其實那是真的。我確實也想念她的身體。真的。但不是只有身體啊！其他的女孩也很漂亮而且性感。可是貝蒂卻是⋯⋯我沒有辦法說清楚。無論如何她就是那樣，我不想讓她覺得我只想跟她上床。噢，我的天！還有多少事可以想啊？為什麼我有時候不能就只是去做呢？

當我開始撥號的時候心想，拜託她是一個人在，她應該是一個人的。

「安德斯。」

接電話的是她媽媽。這就是宇宙給我的回應嗎？不過至少我從艾瑪那邊學到了一些東西。

「欸，你好，我是腓特烈。我可不可以跟貝蒂說說話？」

又是那一個要命的「欸」。我聽見她在叫貝蒂。接著聽見門被打開的聲音。從很遠的地方，又隱約傳來那個樂團的聲音。Bossa Nova。要是我們可以好好聊天的話，我一定要問她這是什麼樂團。

然後，她的聲音出現了。在電話裡，她的聲音聽起來跟平常有點不一樣。電話裡比較清亮。不過也許只是因為她媽媽在家裡的關係。

117　最好的夏天

我又不知道該從哪裡開始講了。然後我聽見她講話時帶著一點笑意:「你是想要跟我說話,還是你只是想要聽我可愛的聲音啊?」

她很好笑,這樣一說,所有的一切都忽然變得簡單許多了。

「我想問妳⋯⋯」我突然想到,她母親也許正在旁邊聽她講話。「這樣吧,是這樣的,我跟我妹妹,還有一個朋友,今天晚上要去⋯⋯我們想要跨過圍籬,然後爬到游泳池那邊去。我想問⋯⋯我想知道⋯⋯」

「什麼時候去呀?」

她的聲音現在聽起來又不太一樣了。比較無拘無束。又或者是更謹慎些。我沒有辦法判斷。

「我們約了一點鐘在游泳池門口見。我妹妹也會一起去。」

「我知道,你剛剛說了。」

「這個時候,她突然停頓了一下。我應該說些什麼呢?要說服她來嗎?

「你現在到底在哪呢?聽起來好像是在火車站?」

「我完全沒有注意到我周圍有多吵。」

「我在醫院。」

「你病了嗎?」

她聽起來真的很擔心，這讓我覺得很高興。我笑了。

「我沒有生病。我有些時候的下午在這邊工作。我的外公是細菌學院的院長。我今天開始打工。」

「這樣啊。」

她又沉默了一會兒。

「我不曉得我能不能過去。」

「沒關係的，我也只是問問。」

「那我看看，好嗎？」

「好的。」

我們兩個人在電話裡等了好久，才終於有人吐出「再見」這個詞。我把話筒摔回電話上。真的太順利了。剛剛我的心情還非常好。「我看看」的意思其實就是「不行」。這是再清楚不過的事了。

當我走出醫院的入口大廳時，外面正下著毛毛雨。這種天氣實在太適合去游泳池郊遊了。可惜我現在已經完全沒興趣了。

「今天第一天上班，怎麼樣啊？」

最好的夏天

回家以後,我一聲招呼也沒打,就上樓消失了,娜娜於是走到我的房裡來。我躺在床上。

「還可以。」

我不是很有禮貌。我同時也很氣自己,因為追不到貝蒂這件事,就算是娜娜也束手無策。

「華特……你知道他的。他有時候真的很嚴格。」

「不是因為這個!」

我把剛剛試著開始讀的書擺到一旁。索忍尼辛[21]。《伊凡·傑尼索維奇的一天》[22]。對,我必須承認,跟這本書比起來,我真是一個沒什麼煩惱的人。不過這樣想只會讓事情更糟糕,因為我會覺得自己真是糟糕透頂。我不曾在零下三十五度的嚴寒裡,坐在營房中挨餓受凍;也沒有經歷過戰爭與逃難。我真的是過得非常好。

娜娜坐在我的書桌旁。她順手拿起媽媽的照片,放在手中,然後若有所思地來回轉動著它。照片上是母親十六歲的模樣,看起來美麗至極。她穿著一套水手服。

「你知道華特非常喜歡你嗎?」

我?這下我真的嚇到了。那麼,他都是怎麼對待他不喜歡的人呢?

「怎麼說?」

Der große Sommer 120

娜娜把照片放回去。

「艾瑪來到這個世界上的時候，你在我們家住了四分之一年。華特起先是不想這樣的，因為他覺得你會成天吵鬧，害他分心。」

我一陣目瞪口呆。

「我在你們家待了四分之一年？」

「雷吉娜都沒有跟你說過這件事嗎？」

娜娜現在跟我一樣覺得非常困惑。我搖搖頭。

「她什麼都沒說！」

「啊哈。」娜娜說。她沉默了半晌。從微微敞開的窗戶可以聽見，外面的雨已經停了。

「艾瑪出生不久後，雷吉娜就生了重病。她得住在醫院，是關於膽的毛病。其實

---

21 索忍尼辛（Alexander Issajewitsch Solschenizyn, 1918–2008），前蘇聯與俄羅斯的異議作家、哲學家，曾獲諾貝爾文學獎。

22 *Ein Tag im Leben des Iwan Denissowitsch*。索忍尼辛所著的中篇小說，以自身囚禁於古拉格勞改營為藍本，為蘇聯文學史上第一部描寫勞改營生活的作品。

她應該要開刀的,可是他們卻只把她送去接受療養。她得帶著艾瑪一起去,於是把你送來我們家。跟你相處的日子真的非常棒,你是一個非常友善又可愛的孩子,幾乎從來不哭。」

我當然沒有任何記憶。聽到這件往事,感覺還是非常奇怪:原來我曾經在這裡住了四分之一年,卻連自己都不知道。

「那外公喜歡我嗎?」

娜娜微笑著。

「很喜歡啊,他那時候真的把你當成心頭肉。到今天大家都還看得出來。」

現在?可沒有吧。雖然⋯⋯也許這樣想並不公平。我真的不曉得他是怎麼對待其他人的,但是在實驗室與醫院裡,所有人對於他的一切都非常尊敬,這個是大家有目共睹的。他身上就是有某種非常特別的東西。

「所以,他才會提議要你到這邊來念書。」

竟然還有這樣的事。一分鐘以前,我還以為這一切都是媽媽的主意。外公積極地提出這樣的要求。我真不知道該要怎麼應對。

「他想要我在這裡嗎?」

娜娜點頭。

Der große Sommer 122

「你知道的。」她開始說。我喜歡她這樣,用「你知道的」來開始講她所有的故事,講我還小的時候的故事。「你知道的,我曾經遇見一條龍……你知道的,有一些會說話的石頭……」童話般的故事很多時候都是真的。那條龍是一隻很大的壁虎,娜娜在旅行的時候曾經畫過牠。會說話的石頭則是那串用來祈禱的火山玻璃串珠,她把它戴在身上當首飾。

「你知道的,也許你並不記得狗狗的那件事,對嗎?」

我不知道她在說什麼。娜娜撥了一下我的頭髮。

「你五歲的時候,跟著小雷津來我們家玩。那天是我的生日,其中一位女士推著嬰兒車裡的孫子一起來。她到我們家的時候,孩子已經睡著了,我們就把嬰兒車放在樓下的花園裡。你正在花園裡玩,於是我們跟你說,如果小朋友醒來的話,要告訴我們一聲。」

一些模糊的印象彷彿回來了。那時我有一本《史都華的冒險》[23]。不曉得娜娜現在還有沒有那本書?

---

[23]《史都華的冒險》(Die Struwwelisse) 是1950年在德國出版的童書。

「我們在陽臺上喝咖啡,這樣就能看得見你們。華特也在樓上。然後,有一隻狗跑進了花園裡。直到今天我都不知道牠是怎麼跑進來的。也許牠是追著貓咪而跳過了籬笆。那隻狗憤怒地吠叫著,衝進了花園。也許那臺嬰兒車聞起來有貓的味道,或是有什麼讓狗狗覺得害怕。總之牠一直對著嬰兒車叫,然後咬住輪子,開始推嬰兒車。我們大家都害怕極了,就像癱瘓了一般;因為我們來不及趕到樓下。尤其我們看見嬰兒車被弄到翻覆,小嬰兒掉了下來,但沒有人知道該拿這隻憤怒的狗狗怎麼辦⋯⋯這時候,在花園的你往狗狗那邊跑,站在牠面前,然後用明亮的聲音命令那隻瘋狂的動物:『坐下!坐下!』你沒有喊叫,只是大聲地命令牠。」

這件事情我完全沒辦法回想起來。也許是因為這隻狗對我來說,就像家裡的狗那樣平常。

「然後呢?」

娜娜心有餘悸地搖搖頭。

「然後,狗就放開了嬰兒車,慢慢地後退離開了。你一路跟著牠、注意著牠,最後,你用你的小手指著花園的門,說:『走!』牠於是消失得無影無蹤。」我慢慢地說,「一隻陌生的狗⋯⋯」

「如果發生在今天,我才不敢這樣做呢。」

「沒錯。」娜娜微笑著說,「但是當時⋯⋯我很少看見華特如此地印象深刻。他跟

我說,『妳的女兒把孩子們教得不錯。』他於是送了你一本書。」

我怎麼也想不起來關於狗狗的事情。但是我的勇氣讓外公感到印象深刻,這樣真是不錯。不過,那也許根本也不是勇氣,只是因為無知。

娜娜突然改變話題。

「我剛剛在花園裡面摘了一些香蔥。其實我只認得花,但是香蔥的話,就算是我也不會出錯的。你想不想吃香蔥麵包?對了,索忍尼辛真的很偉大。」

我對兩件事分別點點頭。我也覺得索忍尼辛很好。我想吃香蔥麵包。怎麼有人可以既是一個小男孩,讓外婆做麵包給他吃;同時也是個小男孩,正悲慘地愛著某人;另一個小男孩正讀到俄羅斯的古拉格監獄,覺得不能再有戰爭發生了;還有個小男孩剛剛得知,他的童年的四分之一年,自己居然一無所知?這麼多不同的事物,怎麼可能同時都對他如此重要?有時候我自己也不懂。

外面的天空放晴了。夕陽穿透雲層照了下來。娜娜帶著香蔥麵包過來,我在吃麵包時心想,今天夜裡我一定要去游泳。艾瑪、約翰還有我。我們三個。

最好的夏天

17

我穿過夜晚的城市。天氣比我想像的還要溫和許多。外公的宅邸其實有兩間公寓,這樣挺好,我只要注意不要把娜娜吵醒就好了。幸好她有時睡前會吃一顆安眠藥,而我也慢慢知道樓梯間的哪些階梯會發出吱吱嘎嘎的聲音。沒問題的。

天氣很溫和,各處聞起來的味道都很棒,跟白天完全不一樣。墓園裡泥土的氣味,還有一些栗樹樹葉帶點苦味的香氣,在在提醒我遙遠的秋季。在夏日的夜晚穿越這些香氣而行走,是很美的一件事。因為那是發生在當下、一種突如其來的感受。那個當下就是夏天。儘管會過去,但現在正是夏天。

很明顯地,現在聞起來有雨的味道;而當巴士駛經的時候,則有溫暖的柴油味。那氣味像油一般,顯得溫暖,裡頭摻雜著水氣。那是旅行的氣味。去到某處的感覺。冒險的滋味。

《尚吉巴島或者最後一個理由》[24]。這本書我至少讀過了五次,而且我每次都覺得自己

Der große Sommer　　　　　　　　　　126

也是這樣的一個男孩——我也可以一個人駕駛快艇穿過峽灣。不過，只要能度過今晚而沒有人知道我在哪裡，也就足夠了。儘管如此，我還是很樂意分享這樣的感覺。我想像貝蒂睡著的樣子，她也許正在做夢。也許她正跟著我一起騎著腳踏車經過墓園。傻瓜。你真是個浪漫的傻瓜。

我踩著踏板，盡我所能地快速前行。

游泳池的入口處還沒有人出現。我聽見教堂塔樓的鐘聲輕輕地敲了三下。我提早到了十五分鐘。四周非常安靜，城市的喧囂從遠處緩緩地傳來。我能聽見一隻鳥的叫聲。啊，要是我真能知道一隻夜鶯是如何地鳴唱，該有多好。要是真有一隻鳥兒在晚上鳴唱，那麼，要我猜可能也只是隻畫眉鳥之類的吧。總之，我很晚才注意到警車。一開始我只是訝異為什麼有輛車開得這麼慢。當我意識到那是輛警車的時候，它已經轉進了停車場，然後朝我的方向直直開過來。我無法跑開了。警察把車停下，他們一共兩人，走出了車外。

24 《尚吉巴島或者最後一個理由》(Sansibar oder der letzte Grund)，德國作家阿爾弗雷德·安德施（Alfred Andersch, 1914-1980）於1957年出版的小說。

「晚安。證件檢查。」

我曾試過表示自己十五歲，還沒有證件。結果這招行不通。那一次他們把我帶回警察的值勤室，然後打電話給我的父母。他們為什麼會這樣對待我！不過我說呢，長頭髮、黑衣服，意思就是——這傢伙是個危險而且吸毒成癮的暴力罪犯。

我從背心的內袋裡翻出了我的身分證。手電筒的光線照亮了我慘白的臉孔。我的胃變得冰冷。我討厭這樣。這段時間我什麼也沒做，只是騎著腳踏車到處晃。

「請掏空你的口袋。」

好的，每次都是這樣。

「請脫下背心還有鞋子。」

「您是不是以為我現在人在外面，是為了到處吸海洛因還是什麼的？」

警察的口氣聽起來更嚴厲了。為什麼我就是沒辦法閉嘴呢？他們搜索我背心的口袋，然後把我的鞋子倒過來。

「假如你們可以找到錢的話，我會很感謝。」我說。

其中一個人笑了。他真的開始大笑。這個條子到底是混哪裡的？

「在這種時間，你在外面做什麼？」

我順著剛剛講到錢的事情，順勢說。

Der große Sommer　　　　　　　　　　　　　　　　128

「今天下午，我在游泳池弄丟了我的錢包。」

「所以你在這種時間來找？大半夜的？所以你也隨身帶著毛巾嗎？」

該死的。毛巾在自行車的籃子裡。我把泳褲捲在裡面。

「那是今天下午的時候用的。」

條子伸手摸了一下。也許它還是溼的。

「打開它！」他命令我。

我把那捆衣物從行李籃裡拉出來。鐵架發出短促刺耳的聲音。毛巾摸起來真的是溼的……也許是夜晚的風帶著溼氣的緣故。我把毛巾展開，然後請他們不要碰我的泳褲，泳褲是乾的。但警察們好像很滿意。其中一個警察把我的背心還給我，然後帶著我的證件走回車上，大概是要登記我的資料。剛剛在笑的那位條子又再問了我一次：「你為什麼非要在大半夜找你的錢包？」

幸好這個時候約翰跟艾瑪還沒出現，我真的太幸運了。不然他們就會馬上知道發生了什麼事。

「我剛剛才發現錢包不見了。那個時候我正要找車票，所以只好趕快過來。剛剛我不是告訴你們，我在找錢嗎？」

「你到底住在哪裡？」

最好的夏天

他是笨蛋嗎？身分證上面不是寫得一清二楚！好吧，證件在另一個人手上。

「我住後面那邊！後赫街。」

我用手指著我家那條街大概的方向。條子突然把手電筒照在我的臉上。

「眼睛張開！」

我的眼前突然一陣光亮。手電筒的燈光又熄了。顯然他很滿意。好的，看來我沒有吸毒。另一個警察走回來，把證件交還給我。

「天那麼黑，你反正也找不到錢包。」他說。「回家的路上小心。」

「我會的。」我說。

然後他們就上了車，開走了。我深吸一口氣。該死的條子。我超討厭你們的！

「好酷！」

這聲音我一聽就知道是她。貝蒂不知從哪裡冒了出來。

「真的很酷！你的錢包，還有錢的玩笑。我一定沒辦法那麼快想到這個說法。」

我在條子面前簡直變成了一個笨蛋；他們差點把我脫光；我支支吾吾地說了一些話。其實我也沒有非常鎮定。

「難道妳不想⋯⋯難道妳沒說過妳不會想來嗎？」

我又開始支支吾吾了。好的，你一定要好好努力摧毀她對你的印象。她看起來很

Der große Sommer　　　　　　　　　　　　　　　　　　　　　130

棒。這次她穿著牛仔褲與一件深色的毛衣，戴著貝雷帽，實在太吸引我了。

「我有說過再看看。難道你沒說過你妹妹也要來嗎？」

我的腦袋幾乎要變成漿糊了。條子盤查我，然後我想都沒想到的貝蒂出現了，而她還跟我問起艾瑪。這些事情發生得太快了，我幾乎反應不及。

「妳剛剛到底在哪裡？」

她指著一輛在停車位裡孤伶伶的汽車。

「我剛剛就在想，在車子裡面等到警察走了再說。」

她突然賊賊地笑，我真心喜歡她的笑容。接著，艾瑪跟約翰幾乎同時過來了。

其實我在警察的盤查行動之後，就根本不想去爬什麼圍籬了。但是約翰卻非常鎮定地告訴我：「既然他們已經來過了，應該不太可能會再來第二次。」

這種邏輯我雖然不是很明白，但在貝蒂面前也不能退縮。艾瑪反正是一派輕鬆：

「我們就爬進去，游泳，然後閃人。大家都這樣。」

我們站在狹窄的腳踏車道上。它跟游泳池在同一邊，一路通往草坪跟鐵路下方的橋墩。在某些路段會看見鐵絲網緊貼著圍籬，兩者早已難以分辨。只要把一條毛巾擺在上面就行了。艾瑪說的也許是對的——很多人都這樣做。

131　最好的夏天

此刻，我們頭頂上的天空，厚重的烏雲都散去了，儘管偶爾還是可以感受到幾滴遲來的雨水。天上的雲朵看起來顯得非常明亮。月亮低懸著，幾乎是滿月。微風不斷地吹拂，夜色中的白楊樹窸窣作響，我想起了它們神祕的葉片，現在我跟貝蒂又站在這些葉子底下了。

「女孩優先。」約翰說。他的背靠著籬笆，然後把雙手勾起，做出一個梯子，讓我們這些強盜攀爬。艾瑪順利爬進去了，我馬上學約翰的做法。貝蒂打算從我的手上爬進去。當她抓住我的肩膀時，我可以聞到她身上的味道。我永遠都不會忘記那種氣味。我立刻領悟這件事並且會永遠記得。她身上的味道就像是，有人在冬天從寒地凍的地方走進了屋裡來。那味道也有些許甜味，不過只是淡淡的，而且就像是一縷……對，就像初夏時節在我窗外盛開的洋槐花朵。輕飄飄的。彷彿一陣餘音繚繞……那餘音來自童年裡某個被遺忘的美妙時刻，只剩下那時的香氣可供回憶。

約翰跳進籬笆裡，他爬到高處，開始把毛巾接到另外一邊。我爬上一旁樹木交錯的枝椏，想整理個人盪過去。當我跳下去時，背心還掛在樹上。樹木發出巨大的聲響，我掉下來了。艾瑪發出噗嗤一笑，我也聽見貝蒂在笑。不過很快地我就可以站起來了。

「過來！」我低聲地說。

Der große Sommer　　　　　　　　　　　　　　　　132

夜晚的露天泳池看起來就像是另外一個地方。如果你第一次看見這樣不尋常的光景，一定會想，一個熟悉的地方怎麼會變成這樣呢？泳池裡面的水，因為泳池底部黑色的條紋而變得深黑。跳水臺在夜裡則像是一隻方形、灰黑色的大象。救生員的小屋蜷縮在泳池的邊緣。有白楊樹與樺樹的草地顯得陌生，彷彿從來沒有人踩上去過。我們繼續走到游泳池畔。

「現在大家乖乖地去更衣室！」艾瑪輕聲地說，口氣有點譏諷。我們大家都忍不住笑了，又努力壓抑住笑聲；因為這個想法真的很荒謬。另一方面……我偷偷地瞥了貝蒂一眼，她沒有發現。我看過艾瑪與約翰的裸體，但是如果是……如果是已愛上的話，那情況完全是不一樣的。我們把各自的毛巾放在游泳池畔的一張木椅上。

「我沒有帶毛巾。」貝蒂小聲地說。「因為這樣子我媽媽就會發現。我可不可以用妳的毛巾？」

她問的是艾瑪，而不是我。艾瑪點點頭。

然後我們開始脫衣服。我真的是白白地抱持希望。貝蒂當然早就把她的比基尼穿在毛衣跟牛仔褲裡面了。艾瑪也是。只有我又像個笨蛋，什麼都沒想好，導致現在要一陣忙亂地在大家面前脫衣服；我滿臉通紅，像個小丑。幸好現在天色昏暗，沒人看得見。不久，我們大家都準備好了，圍成一圈，忍不住低聲大笑。並不是

133　最好的夏天

因為這很好玩,而是因為緊張。又或者是我們突然間意識到,我們居然真的就這樣闖進這裡了。

「不要跳!」約翰發出噓聲,那時候我正想要走到某個起跳的地方。「太吵了!」

「不會有人聽見的。」貝蒂幾乎是用正常的音量說話,試著挑戰他。同時她站到我旁邊的那條起跳線,就這樣跳下去了。我跟著跳下水。夜裡無比寂靜,我們的行為真是非常地吵。游泳池的水感覺幾乎是溫的。身後,艾瑪與約翰也跟著跳水,我們開始游泳。約翰在我的旁邊,他笑著,然後突然把我的頭按到水裡面去。我潛進水裡,看見旁邊有一雙深色的腳,便將它們往下拉。是貝蒂。她噗通一聲掉到水裡,跌到我的身上。我還沒浮出水面,艾瑪就往我這邊跳下來,讓我又栽進了水裡,我在水裡翻來覆去,想辦法抓住約翰,然後也把他拉下來。大家在水裡笑得上氣不接下氣,接著浮上了水面。我們紛紛開始咳嗽,因為剛剛吞到水了。我們一邊笑著一邊打鬧,然後又鑽進水裡,差點嗆死。我們流著鼻涕,把頭髮從臉上撥開,我感覺到貝蒂的皮膚,還有她結實的小腿肚,她笑著推開我的時候,我可以感覺到她的手在我的臉上游移。

「好,我們去跳水!」

貝蒂浮出水面。

「真的?」

Der große Sommer　　134

啊，我好笨。真是膽小。

「來吧，我們跳。這點子真酷。」我很快地接話。希望她不要以為我不敢跳。

「我們跳吧。」我跟艾瑪與約翰說。

「我不要。」艾瑪靜靜地說。「我不敢。」

她就是能大方地說出這些話，我覺得這樣也不錯。

「啊，什麼？」約翰說，「那就一起來吧。我們三個，好嗎？」

艾瑪猶豫著，不過這時我們都上岸了。

「看，妳的身上有蒸氣！」

貝蒂低下頭看著自己的身體。我們四個人的身上都有一點蒸氣。那是很細緻的霧氣，在這清涼的夜風中圍繞著我們。我們就像鬼一樣。

「看起來好棒！」

貝蒂微笑。她自顧自地笑著，看起來也很棒。在夜裡，她纖瘦的身體散出了蒸騰的霧氣。有那麼一瞬間，我覺得她好像從某部老電影走出來似的——而在我的心中，我隱隱地感覺到，她再次觸動了我的心弦。

「我們走！」

約翰走到跳水臺，我們跟著他。入口的樓梯上掛著一張牌子。**跳水臺關閉**。

「這張牌子不是為我們寫的！**我們是冠軍，我的朋友們**[25]。我們的能力沒有界線。」

約翰瞇眼笑著，把牌子擺到一邊去。

「尊敬的女士們優先。」

艾瑪也瞇眼笑著。

「我是一個解放的女性。還是男士們優先吧。」

約翰於是率先登上跳水板，接著是艾瑪。貝蒂碰了我一下。

「你妹妹很酷耶。不過名字有點奇怪。」

我花了一點時間才回過神來。

「我們的爸媽很奇怪。」我用很嚴肅的態度跟她說。貝蒂開始大笑，然後也爬上了階梯。

我們跑到三公尺高的跳水板上。實在有一點搖晃。

「這裡也太高了。」艾瑪說。

「好了。」我說，「數到三，大家一起跳。」

約翰拉著她的手，還有我的。我們三個人手拉著手，然後一起數。

一、二，數到三的時候我們就跳下去。數到三的時候，整個游泳池的探照燈都亮了

Der große Sommer 136

起來。

糟糕，還沒浮出水面的時候我就心想——完蛋了。那些探照燈的亮光也照進了游泳池的牆面，突然間一切看起來冰冷而慘綠。要是我現在能夠永遠停止呼吸，那該有多好。我想著，一邊衝出了水面。

「所有的人請立刻出去！」

說話的人站在游泳池畔，但他不是條子。我游到泳池畔後上岸，這時我甚至認出他是誰了。他是其中一位救生員。這時候，貝蒂、艾瑪與約翰都從池中上了岸，站在我的身邊。

「恭喜啊。」那個人說。「你們犯了非法闖入與擅自使用泳池的錯誤。有人檢舉你們了。」

他的聲音突然提高，然後開始對我們吼叫：「你們這些壞蛋，說說看啊，是不是以為我們是笨蛋？你們以為這世界只有你們嗎？每年夏天都要搞新花招……每次都玩一樣的遊戲！」

25 來自皇后合唱團經典名曲《We Are The Champions》的歌詞。

最好的夏天

137

對，這個男人說得沒錯。真的是恭喜啊。我們大家都是壞蛋。救生員沉默起來，他一個一個地看著我們的臉。輪到我的時候，他看得特別久。

「你說，你不是那個一直在這裡練習的人嗎？我記得你下雨時也會來？」

他真的認出我來了。不過是練習嘛⋯⋯而且我有時也會翹課。

我點點頭。他往前踏了一步靠近我，聲調變得急促。

「你瘋了嗎？你不是一直都會來嗎？為什麼半夜三更要闖進游泳池？」

我聳聳肩。約翰想說些話，但是救生員開口斥責他說：「我沒有要跟你說話！」

艾瑪也想說些什麼，但是我打了一個手勢，要她閉嘴。

「我知道這一切都糟透了。」我說：「但我只是想要跟其他人說，我很喜歡待在這裡。真的很抱歉⋯⋯我說真的。」我無助地把話說完。這是有史以來最好的辯護。腓特烈，真的，新時代的西塞羅。為自己辯護，真是個愚昧的嘗試。這可是要判死刑的。腓特烈想想給我們看他是怎麼跳水的。而我們⋯⋯我們也不想把東西弄壞之類的。」

「你們真的很愚蠢。」救生員又說了一次。但是這次聽起來沒有這麼嚴厲了。

「腓特烈想給我們看他是怎麼跳水的。而我們⋯⋯我們也不想把東西弄壞之類的。」

貝蒂。哇嗚。她站到了我的前面，然後看著那個人。其實他一點也不老，大概二十五歲吧。

「大部分在夜裡來這邊的人,都會把他們的酒瓶亂丟。所以我就得把碎玻璃掃在一起,然後再把玻璃瓶從泳池裡撈出來。不然就是他們會在水裡尿尿。他們還覺得這樣很好玩。你們身上有酒精飲料嗎?」

我們搖搖頭。出乎意料地,大概連約翰也沒有想到要帶啤酒。至於在水裡尿尿?到底是誰會做這樣的事?

現場一片沉默。四處都是明亮的光線,露天泳池看起來一片空蕩蕩,幾乎要比先前看起來還不真實。

「那好。」他突然說。「那麼你來表演給他們看,你是怎麼跳水的。」

他是在說我。他帶著要求的眼神看著我。他真的是在說我。糟糕。

「真的嗎?」我的聲音聽起來有點不自然。

「七點五公尺潛跳入水。」

「潛跳入水?」

我連五公尺潛跳入水都還不曾試過。

「七點五公尺潛跳入水,然後我就放你們走。」

這下太好了。

「你不需要做,阿腓。」

最好的夏天

是艾瑪。她像平常一樣充滿勇氣。寧願違反規定被告,也不要讓哥哥晾在那兒。老天。現在我無論如何都得做。我走向跳水臺,這時我聽見了貝蒂說話的聲音。

「妳有沒有在這邊試過潛跳入水?」

她搖搖頭。

「妳也知道。我第一次就是跟妳在這裡一起跳水。」

「什麼,害怕?你們不是都敢爬過圍籬了嗎?」

救生員也來到跳水臺上面,他靠著欄杆。

「上去,上去!」他聽起來相當開心。我什麼也沒說。救生員跟在我們後面。

再走幾步路,她人就在我身邊了。

「我也一起。」

貝蒂點點頭。

「太可怕了,這麼高!」我輕輕地說。

當我們抵達七點五公尺時,我往前走到跳板邊緣。貝蒂站在我的旁邊。的時候,可以從雙手感到自己真的非常恐懼。我的雙手無力地顫抖著,我的雙腿也是。當我抓住潮溼的欄杆往上爬真的很高。我從來沒見過游泳池被徹底照亮的樣子。這樣看起來比平常還要深。不知怎地,我開始害怕救生員會站到我的後面,直接將我一把推下去。我看著貝蒂,然後

Der große Sommer　　　　　　　　140

往後退了一步。

「你們先站到邊邊，讓腳趾緊貼著跳板邊緣。」

救生員的聲音突然變得友善許多。

「然後把雙手放到頭上，像這樣。」

他將右手握拳，再用左手包住。接著他拉長雙臂，放到頭上。

「你的手臂必須緊貼著臉，然後必須讓雙手維持伸直。」

他走到貝蒂那邊，把她的手臂拉得再高一些。我也跟著做。接著他站到跳板邊緣，彎下腰。他看起來好像馬上就要掉下去一樣。

「彎腰。把你們的腳尖往前踮，一口氣跳下去。全身都要維持伸直，從頭到腳都要收緊。不會有事的。你會像一把劍一樣，整個人潛入水中。」

像一把劍。真的？我好疑惑。上次跳水的時候簡直痛得要命，連我的頭沒辦法往前伸。突然間，我覺得渾身冰冷，貝蒂也是，她都在發抖了。

「最重要的事情是，一定把手臂要放在頭頂上方。手臂靠攏、全身收緊。你的拳頭會把水分開。現在，開始。」

「好的！」貝蒂說。她往前走了一步，沒有看我一眼。我很快地跟上，到她旁邊去。

「這⋯⋯我們會成功的。」我說。

我們兩個人都彎下腰,把手臂伸到頭頂上方,就像救生員教我們的一樣。我想要踮起腳尖,身體卻不聽使喚。然後我看見貝蒂跳了起來,整個人往前翻了過去;我於是馬上收緊身體,也讓自己往前跳。

眼前水花四濺。要是我的拳頭沒有放在最前方保護的話,會發生什麼事呢?我整個人衝向游泳池底;但它比我預期的還要深上許多。好深、好深。我在旋轉之中張開了眼睛,看見貝蒂在白色的水花泡泡中往上游去,我用力地用雙腿往下踢,在她旁邊浮出水面。我們兩個人開始喊叫。我們真的辦到了!我們真的辦到了,而且突然間,所有的一切都變得棒極了。貝蒂在我的身邊屏住呼吸,說:「現在,你得親我了。」

我想,我再也不曾像那樣親吻過。那樣一個完美而令人陶醉的時刻,再也不曾有過,還有那完美的撫觸。貝蒂冰冷的嘴唇,她那光滑溼潤的身體,還有那笑盈盈的綠色的眼睛。我們讓自己在吻中沉沒,事實上卻是在水中漂浮,然後落在地面上。我們一直吻著,直到完全沒有空氣為止,最後我們一起浮出水面。這個瘋狂的夏天便這樣真實地開始。

Der große Sommer 142

18

我在橡皮擦上面胡亂刻字。白色碎屑在我的數學課本上，灑得到處都是。我正開始學習三角函數。可惜我都聽不懂函數背後的原理，還有它們到底有什麼功能。有一次，我在家裡亂翻東西，突然發現他的高中畢業證書。我簡直要昏倒，原來他說的爛，是僅次於最高分的兩分。不過，儘管他成績那麼好，卻從沒有指責我，那也真的是很堅強了。另一方面，他爸爸安慰我，說他的數學也很爛。我也一直這麼相信；直到有一天，我在家裡亂翻東西，突然發現他的高中畢業證書。我簡直要昏倒，原來他說的爛，是僅次於最高分的兩分。不過，儘管他成績那麼好，卻從沒有指責我，那也真的是很堅強了。另一方面，他對子女不是特別照顧。總之，如果我有機會拿到兩分那種高分，那可能也從未多想。他對子女不是特別照顧。總之，如果我有機會拿到兩分那種高分，那簡直就是奇蹟了。

「貝蒂」這個名字塞不進去整個橡皮擦。所以最後一個拼字特別小。不過，BEATE這個名字還真適合刻印。我拿起原子筆，把整個橡皮擦都塗成藍色。然後在我的下臂蓋了一個印。「BEATI」。我把E改成I。我賊賊笑著。幸福啊。這樣很搭不是嗎？我的拉丁文沒那麼差嘛[26]。

我抹去橡皮擦屑。三角函數還待在課本上。我不清楚這個公式如何產生出曲線。我一再地讀著習題，然後開始看手錶。現在是十點半。我還有半小時可以好好讀書，卻一點也看不懂。不然我也可以寫封信給路易。

通常我不讀書，卻開始寫信的時候，都是蠻不在乎的。但是在外公家裡，這麼做就會讓我感到有點怪異。也許是外公帶壞我了。這個男人充滿原則。每天早上他一定要泡冷水澡⋯⋯而且浴缸裡的水，一星期只換一次。我以為他根本沒有在洗澡，只是想泡在水中；但浴缸的水看起來永遠都是清澈的。在樓下他的浴室裡掛著一份報紙──方方正正地懸掛在一根釘子上，那個位置在別人家，都是用來放衛生紙的。你也許會說，一個教授應該負擔得起捲筒式衛生紙。但事情的重點根本不在這裡。也許重點在於磨練或者其他。透過鍛鍊來約束自己，這樣的過程也能帶來許多驚喜。譬如，我還沒見過有人會真的凡事準時。大多數的時候，媽媽總是提前半小時，爸爸則總是遲到半小時。但是每當我聽見外公在樓下開門的時候，都是十二點整。準確無誤。要是他從外面提早了一分鐘回來，是不是會在外面逗留一下呢？但也許他是精確計算過從醫院回家的時間，這樣他就可以在十一分半後的十二點整準時到家。

我從筆記本上撕下一張方格紙，小心翼翼地把它擺在數學課本上。把所有的習題都遮住後，我開始振筆疾書。泳池的故事幾乎需要三頁才能寫完。泳池入口的警察盤查，

Der große Sommer　　　144

則被我稍稍加油添醋,不過整體來說,還是依據事實的。除了貝蒂的部分被我略去……不知怎地,我實在沒辦法書寫她。

其他的人大概都在沙灘上了,但我一點也不介意。我真的非常喜歡待在這裡。之前我也沒有料想到會這樣。我把原子筆擺在一旁,開始折紙。當然,我又沒信封了。我打開書桌的抽屜。其中一個抽屜有娜娜的素描本,另一個擺著水彩盒與畫筆。第三個抽屜裡,擺著好幾本黑色皮革封面的記事本,看起來非常老舊。我拿起其中一本。裡面的內頁用鉛筆寫著「一九四八」。是日記嗎?那是娜娜的字跡。

我一看便知道。她的字很大,總有圓弧飛舞。**一九四八**。三十三年了。都過了這麼久,還去看人家的日記,這樣好嗎?不好,這樣不行。娜娜還沒死啊。但是我也沒把它擺回去,而是放在桌子上,面對它。娜娜應該是把一切都寫在裡面的,比一般的日記還要圓潤。我打開它。一張紙條滑了出來,看起來像是一份舊的剪報,紙張泛黃、脆弱不堪。不過,那是一張慕尼黑的六趟交通聯票。每一張票上面都印著迷你的慕尼黑電車時刻表,旁邊則印有數字。票上全都有紅筆畫上的叉叉。我過了一會兒才意識到,那不是自己畫上去的,而是由當時的車掌所註記。不像現在我們的電車

26 拉丁文 Beati 意指幸福。

最好的夏天

都有打票機。無論如何，這些票券真的很酷。我開始想像娜娜作為一位年輕女性，是如何在慕尼黑搭乘電車穿遊。我的腦海中浮現了一座彷彿《愛彌兒與偵探》[27]當中的柏林城市。像一部黑白電影。

裡面有一封信。信封大概是現在的一半大，紙質也很廉價。它聞起來很老。那是寄給娜娜的，但是當時她應該還在弗倫斯堡[28]。圓形的戳章顯示著：「**軍事審閱**。」這封信來自約克夏，再也沒有回來過。那是一九四六年的信。大概是不小心被擺進了一九四八年的日記裡。我抽出信紙，但我沒法閱讀它。字跡是聚特林書寫體[29]。我只看得懂開頭：「**我最親愛的娜娜。**」怪了！娜娜一直都叫做娜娜。我還以為只有我們孫輩才這樣叫她。

我現在陷入其中了。這封信是個突如其來、被我找到的小小寶藏，既陌生且刺激。我跟著一個年輕女子做了一趟時光旅行，而她現在是我的外婆。

日記本裡面夾著那封信的位置，有幾頁已經鬆散了，應該是常常被翻閱的緣故。紙張泛黃，細緻的藍色筆跡也淡掉了。

一九四八年九月，娜娜到弗倫斯堡拜訪了媽媽與我的舅舅。每當媽媽說起她是被她的外婆帶大的時候，我都覺得那是她諸多特別生活經歷當中的其中一個。新鮮有趣、

Der große Sommer 146

多采多姿,但是卻沒有真實的意義。當我透過日記的幫助,用娜娜的眼睛來看這個故事時,我才發現自己實在錯得離譜。把自己的小孩留給母親照顧,讓他們的爸爸不在身邊,外婆來拜訪媽媽的時間大約是一個週末。我試著去想像,假如我是被娜娜帶大,而媽媽一季才來看我一次的話,那會是怎樣的光景。

她把我丟給娜娜過一回。那時候我還很小⋯⋯不過,那次也許不算數,因為媽媽病了。話說回來,我們家到底是多麼奇怪呢?

黑色記事本聞起來的氣味還不錯,像乾燥的舊紙堆。娜娜回到慕尼黑之後得了腎盂炎,然後被轉診到霍亭佐倫軍醫院去。

突然眼前的字都變大了。每一句話,娜娜都寫了三行那麼寬,好像這些字變得很大聲一樣——

27 《愛彌兒與偵探》(Emil und die Detektive, 1929),為德國作家埃利希・克斯特納(Erich Kästner, 1899-1974)於1929年出版的兒童文學作品。

28 弗倫斯堡(Flensburg),德國北部邊境城市,與丹麥隔海相鄰。

29 聚特林書寫體(Sütterlinschrift),德國尖角體字母書寫體的一種,誕生於1915年的普魯士,1920年代普及於全德國,1941年停用。

當主任醫師來查房的時候，我以為是上帝來了，我把他幻想成永恆的、像上帝一般的人。從那一刻起我就知道，對我來說，生命中男人這個主題到此結束了。現在起我的人生只有一個目標——去愛這個男人。

天啊。那就是外公啊。原來他是個神。就在外公踏進病房的那一刻，娜娜就愛上了他。她真的這樣寫：「上帝。」而且這個詞就占了半頁。

我小心翼翼地把闔上日記，生怕娜娜會從樓下的廚房裡聽見，然後我把它放回抽屜，讓它跟其他的日記本擺在一起。

為何我會有種被閃電擊中般的感受？那一刻，我忽然不知道自己感覺到什麼。這就是一見鍾情吧。我在跳水臺那邊是不是也算呢？如果真要我老實講的話，在跳水臺上的時候其實是還沒那麼電光石火。只是內心有了震盪。只是我們不至於⋯⋯貝蒂對我來說會不會也是一個女神呢？她會不會是我那唯一的、偉大的愛情呢？

反正現在也還沒十二點，我得跟娜娜談談。

娜娜正穿著洋裝，站在廚房切歐芹，身上圍著一條非常老派的圍裙。整個空間裡面混雜著綠色蔬菜的清香，爐子上正燉煮著豬肝丸子湯。聞起來實在太美味了。如果要從

Der große Sommer 148

眼前這位為我做飯的外婆身上,辨識出那個年輕的娜娜,那感覺實在是非常奇怪。

「那時候妳馬上就愛上了外公,對嗎?是不是一見鍾情啊?」

正在砧板上切菜的她,突然有些吃驚地抬起頭來,然後歪著頭說:「你在問什麼問題啊!」

面對前庭花園的窗戶玻璃上,滿是煮飯的蒸氣。我在上面畫了一個愛心。娜娜用刀背在歐芹上來回滾動。

「是啊。」然後她回答,「真的是天雷勾動地火。我跟你說過了。他來查房,我就這樣陷進去了。跟電影一樣。」

「那妳後來是不是就一直繼續愛著他,直到現在呢?」

娜娜的眼睛突然變得黯淡。她看起來其實很年輕。她一直都很年輕,如果你不去看她的皺紋的話,那雙眼睛也有可能來自一個少女。這時,我馬上想起了貝蒂的眼睛。

「我恨他,然後愛他,然後恨他,然後又愛他⋯⋯到今天都沒有改變。他就是我的命運。我只能概括承受,直到今天。」

「可是他⋯⋯」我想找出適當的用詞,卻一時找不到。「他很嚴厲!」我有點怯懦地說出來。

娜娜笑了。

149　最好的夏天

「他真的是一個自我中心的暴君。他對自己也非常嚴厲,而且認為所有人都得跟他一樣。他蔑視情感,包括自己的情感,而且也不喜歡懦弱。他真的很可怕⋯⋯可是我也沒有其他辦法。有可能事情正是這樣──面對愛情,你就是沒辦法。」

她把湯鍋的鍋蓋拿起來,把火關小,讓歐芹從砧板上滑進去。

面對愛情,你就是沒辦法。這是大家都知道的。

19

不知道為什麼，我人生當中的重要事件都是發生在電話亭裡面。要是有憲法保護局的人來盯梢，他們一定會很疑惑，然後把我當成高度嫌疑犯。每當我從外公的房子走出來，就會去貝寧廣場上的電話亭。我要打給約翰、艾瑪，尤其還要打給貝蒂。我喜歡那個地方，特別是在假期的時候。我會在一間學校附近晃來晃去，那是件蠻酷的事情。我喜歡他們拿我沒辦法，而在夏天突然聞到薑餅的味道，實在讓人心癢。

這種事情是怎麼發生的呢？當一個人戀愛的時候，到底代表著什麼意思呢？也許戀愛的感覺有一點點像死亡。後來發生的事，都跟先前完全不一樣了。所有其他的一切都失去了意義，而一切都突然跟一個先前還不認識的人聯繫在一起。貝蒂。

我喜歡秋天還有春天的暴風雨。每當傾盆大雨的時候，我最愛待在外面，感覺自己是如何地被拉扯、被一路帶走。我從來都不害怕面對從《蓬頭彼得》跑出來的飛翔的羅伯特[30]……我很羨慕他。我對貝蒂也是如此。我的內心彷彿經歷了一場暴風雨，而我無

計可施。在我的人生中,還沒有經歷過像這樣的事情。我從來都不知道有這樣的事,但是突然間,我意識到每個時代、世世代代,都會有這樣的一個夏季暴風,而且這樣的事只有一回。除了貝蒂,沒有其他人能做到。以前我總是覺得少年維特非常無聊,但是在電話亭裡面,在這安靜、充滿陽光的下午,我的心裡顫抖著,忽然間我明白了,有些像這樣的內在風暴,總有一天是要爆發的。

電話那端嘟嘟響。我開始數。數到二十我就會決定掛掉,然後讓它再響五聲。也許在這個時刻,她剛好會進門來,然後走到電話旁邊⋯⋯響了二十七聲,我把電話掛掉了。我開始嘆息。昨天我沒辦法見到她,因為她跟她母親出門去了。我推開電話亭的門,騎上了我的腳踏車。為什麼我老是想著這些奇怪的事情呢!也許那時候的那個吻,只是因為我們當時太興奮罷了。搞不好她已經開始後悔了。也許她根本也不會對一個吻後悔,也許。誰知道呢?這要看情況。我不曉得自己是怎麼一回事,但是當這樣的想法一旦開始了,它就會在心裡越鑽越深。誰知道她剛剛在做什麼呢?儘管我只是回想我們跳水的事,卻沒有辦法控制自己,我踩著踏板,愈來愈快,試著想壓抑讓這場內在風暴絕望的憤怒,不讓它發洩在我自己或她身上,甚至是其他人身上。

Der große Sommer 152

當我把腳踏車靠在養老院的牆邊準備上鎖時，我的襯衫已經溼透了，黏在我的背上。至少我還能夠拜訪艾瑪。這個星期她想要值夜班。要是我會比較想在清晨六點開始工作，這樣就可以在兩點結束；但是艾瑪想要睡得久一點。

我站在入口的大廳。養老院非常嶄新且巨大。艾瑪說，她工作的區域是沒有對外開放的。這個「不對外開放的部門」當然也不會寫在樓層說明上。上面只有號碼，就算艾瑪曾提起過，我也怎麼樣都不會記得。門房沒有人，不然我還真想在那邊詢問。無所謂了。反正就是在上面那邊，這我還記得。我去搭電梯。過了一陣子，電梯終於到了。我心想，也許在一間養老院裡面，一切都要非常地慢才行。也許所有味道都要跟它原本的一樣。

醫院裡聞起來的味道並不是這樣。在我外公外婆家也不是──這是我在那個時刻突然想到的事。但是娜娜與外公也沒有真的那麼老。突然間我真的覺得哭笑不得。也許養老院這種東西，打從一開始就是用這樣的氣味所建造出來的。也許它才剛剛蓋好，就已經瀰漫著這樣的氣味。這樣子老人才會覺得像家一樣⋯⋯。

30　《蓬頭彼得》（*Der Struwwelpeter*）是德國醫師亨利・霍夫曼（Heinrich Hoffmann, 1809-1894）於1845年創作的童話，圖文並陳，故事具有教育意味。

電梯到了，我按下五樓。

到了樓上，門打開之後，一個奶奶已經等在門口，打算進電梯。我沒有辦法立刻走出去，因為她已經進來了。

「請進。」我用非常誇張的禮貌對待她，而她不發一語，就這麼大刺刺地擠進來。當電梯的門再度關上的時候，一名護士突然衝了出來。

「不行！」她大喊，「把門打開！」

我的反應有點慢。不過很快地，我就把我的腳插進門縫裡。

「謝謝。」護士小姐說完，就把這個老奶奶拉出電梯。「荷索太太！我們不是說好了，晚一點才能出去嗎？」

荷索太太一臉茫然，這個大家有目共睹。而且她也沒有非常開心。

「妳這個骯髒的妓女！」她憤怒地朝著護士說。「妳讓我去找我老公！妳們就是不讓我去找我老公！妳們這些骯髒的婊子！」

「為什麼妳們不讓她去找她先生呢？」我有點打抱不平地問。

「因為他已經死了二十年了。」護士小姐淡淡地回答，然後她輕輕地拉著荷索太太，一路走下去。「你來這裡到底有什麼事？」

「我來找我妹妹。她叫艾瑪。這裡是她工作的部門嗎？」

Der große Sommer 154

護士小姐點點頭,然後指向右邊。

「在後面某個地方。荷索太太,您過來吧,這邊有咖啡。」

「妓女!」荷索太太開始尖叫,不過還是一直跟著走。這時候我突然覺得,艾瑪在這裡工作一定樂趣無窮。

艾瑪很高興看到我。但是她並不是很喜歡我看見她穿護士服的反應。

「假如你現在繼續笑,我就把一套護士服塞進你嘴裡!」她這樣威脅我。

我努力克制自己。她並不知道我今天什麼事情都得壓抑住——譬如貝蒂的名字,這就是我所壓抑的一切。我堅持維護家族傳統,用無聊的笑話拯救自己,只為了不被溺死。某種程度這樣是有用的。她所穿的衣服影響其實不大,倒是頭上戴的帽子——那頂護士帽是致命的殺手。艾瑪看起來就像《鄉村醫生布洛克博士》[31]裡面的一名護士。

「我們得穿上它!」她為自己辯護。

「嗯,好的。它跟妳很搭。如果妳急著找男友,那就拍一張這樣的照片吧。妳會救不了自己的。」

---

[31]《鄉村醫生布洛克博士》(Landarzt Dr. Brock),1960年代末的德國電視劇。

一名較為年長的護士往我們這裡走來。不知怎地，她的護士帽看起來適合多了。艾瑪向她介紹我。

「赫塔。」她友善地說，然後轉過頭對艾瑪說：「妳要一起來嗎？我有東西想讓妳看看。」

我跟著她們走，當我們走進其中一個房間時，護士就不再說話了。房間的方向朝著南邊，午後的太陽讓房間變得明亮。在床上躺著一名非常年邁的女士。這裡聞起來又是另外一種味道，並不難聞，但是陌生。也許有一點像剛剛洗好的被單的味道。又或者是我從來沒有聞過的味道。也許也有點像是十一月腐朽的樹葉，只是味道清淡許多。赫塔走到床邊，把女士腳邊的棉被稍微掀開，女士看起來臉色鐵青。赫塔打了手勢，要艾瑪靠近一點。

「如果有人快過世的時候，妳得要看出徵兆。」她說。

我站到艾瑪旁邊。赫塔用大拇指輕輕地按壓這位年邁女士的小腿。她的呼吸非常輕，我幾乎沒法聽見，而且她也毫無反應。連眼睛都沒有眨一下。

「首先她的腳會變得冰冷，然後是腿，它們最後會變成青紫色。當你按壓的時候，凹陷的地方不會恢復成原本的平整。」

我看著那個凹陷的地方。真的像她所說的那樣。在小腿肚上那白色的橢圓狀，就持

Der große Sommer 156

續地在那裡凹陷著。赫塔用棉被將她的腿重新蓋上。她用非常正常的音量說話。艾瑪跟我快速地交換了眼神。我看得出來她和我一樣吃驚。赫塔現在站在與這位年邁女士的臉齊高的地方。她的臉看起來非常消瘦，鼻樑看起來又尖又大。她的眼睛顯得有些凹陷。一個人要死掉的時候，看起來就是這樣嗎？我還不曾看見過有人死掉的樣子，而我現在就站在一個陌生女士的房間裡，看著她慢慢地死亡。

「呼吸會慢慢停止。」赫塔解釋著，「這段時間，她有時也會暫時停止呼吸。」

女士真的聽不見她說話的聲音嗎？或者是赫塔覺得無所謂呢？艾瑪往我這邊走近了一步，我感到她正靠著我。赫塔稍微彎下腰，帶我們看女士的臉。現在她放輕了音量，終於。

「你們看看這裡，這個三角形是不是非常獨特？」

年邁女士的鼻子與嘴巴四周的皮膚，都是灰白色，她的臉龐則是鐵青色。事實上，這樣的顏色分布真的有點像是個三角形。

「這就是所謂的『死亡三角』。」赫塔解釋道。「這是最後會發生的現象。所以她的死期不遠了。」

她拉了一把椅子到床旁邊，然後坐下來，撫摸女士的手。我呼出了一口氣，既深且長。艾瑪碰了我一下，然後我們兩人就一起走到床的另一邊。我妹妹伸出手去碰觸這

位垂死女士的另一隻手。我猶豫半晌，然後也把我的手擺了上去。也許動作有些笨拙，但是沒關係的。在場沒有人說話。大家只聽見年邁女士的呼吸聲。陽光照在房間的地面上。我們可以聽見外面傳來麻雀嘰嘰喳喳的叫聲，以及街道上的聲音。

當這位女士開始變得氣若游絲的時候，赫塔把她的手移到女士的背後，把女士稍微抬高，然後對艾瑪說：「把枕頭墊高，讓她躺高一點。」

她的呼吸聲愈來愈微弱，但呼吸的間隙卻愈來愈長。垂死之人的手是冰冷的。她的手一度虛弱地碰著我們的手指。在另一次呼吸的停頓之後，就不省人事了。我過了一陣子才明白，她其實已經死了。

赫塔站了起來。「我打電話給殯葬公司。」

我把死者的手放回床上。

「沒有家屬。」我說。「她是孤獨死去的。」

艾瑪把棉被整齊地蓋在死去的女人身上。

「她不是孤獨死去的。」她說。

後來我們坐在溫暖陽光照耀下的水泥牆邊，它圍繞著養老院可憐的花園而建。艾瑪在抽菸。我在一樓的販賣機買了一杯咖啡。

Der große Sommer   158

「這種事情常常發生嗎?」我問。

艾瑪指著這幢建築的背面。「之後這裡所有的房間都會空掉的。」她說完,接著呼出了菸圈。

「讓我搬進去吧。」我說。

我要她把她的菸遞給我。

「你不是不抽菸的嗎?」

我以為今天的菸抽起來會特別有味道,但是根本沒有。我把菸還給艾瑪,然後喝了一口我的淡咖啡。

「你有看到貝蒂嗎?」她問。「我喜歡她。她很隨興。今天晚上我們可以一起做點什麼事情。」

我搖搖頭,同時試著表現平靜。

「但我之後會打電話給她,如果能這樣會很棒。約翰明天就要去度假了。」

「我知道。」艾瑪說。「去碉堡好嗎?晚上九點鐘?」

「不要再害死更多人了。」我從牆邊跳了起來,「不然你的實習很快就會結束的。」

「晚上見。」艾瑪說。

最好的夏天

我的腳踏車停在建築物的另一邊，可是我不想再穿過養老院，所以從外面繞了圈。走到建築的南面時，我往上看，找到了五樓的房間窗戶。剛剛我還置身在那扇窗後的房間裡。我感受到陽光正照在我的背上。然後那感覺又消失殆盡。一點感覺都沒有了。一個人就這樣離開了，而其他人坐在牆邊抽菸、喝咖啡，也許還有笑鬧。我不想死掉。我坐上腳踏車，讓自己沿著山路往下滑，一路都沒有踩踏板。夏天的空氣在我的臉上，這樣很舒服。我一點也不想死。一點也不。

20

令人驚訝的是,外公完全不反對我在晚上的時候出去。

「我跟艾瑪有約。」我這麼說,然後心裡暗暗盤算著晚一點再溜出門。

「有約的話,最好不要太晚,這樣比較合理。」他只有這麼說,口氣像平常一樣冷靜。「明天實驗室裡還有比平常多的事情要做。拜託了……*Nam quod in inventus non discitur, in matura aetate nescitur.*[32]」

他看了我一眼,然後等待著。我知道要做的是什麼——翻譯。不需要詢問。在過程中,你總是被檢驗著。娜娜的生活是不是也是這樣呢?有時看起來的確如此。那麼,好的——這是跟「青年」與「學習」有關的一些事。但是 *nescitur* 跟 *aetate* 這兩個詞我從來不曾聽說過……我努力想答案,試圖猜出跟這些詞有關的諺語,也許現代德文裡根本沒

---

[32] 此處為拉丁文,意思是「年輕時沒有學會的東西,老的時候也不會知道。」

有對應的句子。

「你不能教老狗變出新把戲。」

爸爸總是這樣說。有一次,路易跟我弄了個汽油彈的燃燒瓶,然後把它丟進花園裡,那時我們因為好玩而說起這句諺語。天啊。燃燒瓶裡面裝的是四分之一公升的汽油。路易後來在化學課本裡查出了汽油的能量值,真是很病態的樂趣。二九。三硝基甲苯的三倍。這是可以實際看得出來的;因為那天燒出來的火焰馬上變成了四、五公尺高。汽油很快地遍佈在草地上——整個後花園差不多都燒起來了。簡直是地獄!所以我永遠也忘不了這個句子。雖然我們後來不知怎地,還是把花園裡的火都撲滅了,但我們還是得去買油漆、刷子,還有花園的種子,把所有東西都買過一遍,才能把花園重建起來。媽媽毫不留情,我有好幾個月都破產。不過外公並不知道這些。

「翻譯得還不差。」

外公終於放行。

在往碉堡的路上,我才意識到那句話好像不太對勁,因為我根本沒在學習新東西。這條小徑很陡,一路通往花園,沿路有一些躲過戰亂的別墅。雖然天色已經慢慢轉暗,有隻鳥兒還在歌唱。我不是很懂鳥類,也許那是隻夜鶯也說不定。我只是駐足良久,然後聆聽著。總之,這並不是很尋常的事情。牠的歌聲中並不存在著標準範本。曲調怎麼

Der große Sommer　　　　　　　　　　　162

聽都不一樣，而且永遠不會重複；彷彿是鳥兒在即興地歌唱。為了我而唱。現在是夏天，多麼棒。冬天時，我永遠不會發現自己思念鳥兒；直到牠們在春天發出啼鳴，我才發現自己對牠們有多麼想念。

我繼續走著，沿著橋墩越過了護城河。碉堡與城市融為一體，但是城牆與護城河依然存在著。我轉了一圈。從這邊看出去，可以瞭望整座城市。天空在下午的時候放晴了，而美麗的夕陽餘暉，正從西邊落下。微風輕輕地吹拂，天氣非常溫暖。我走得更慢了。貝蒂也許就像那些鳥兒之於我一樣。我一點也不知道自己想念的是什麼。當我誠惶誠恐，帶著憤怒以及難以置信的渴望，在電話亭裡面撥下了她的電話號碼時，她跑過來接起電話——那感覺就好像是，她用爽朗的笑聲驅除了一場詛咒。這次她在電話裡面沒有說：「我再看看。」——她說的是：「酷，艾瑪也一起來嗎？」好一段時間我感到自己被解救了。但是在下一秒，我又被自己的想法所折磨——我覺得也許她根本沒有那麼想見我。她說了「艾瑪」，卻不是說「你的妹妹」。彷彿她們已經認識了很久一樣。對我來說，我的感覺也是一樣，好像我們已經認識了非常久，而非只是短短幾個鐘頭。事實上，我們確實只相處過幾個鐘頭而已。我覺得這是命運。胡說八道——外公的聲音在我的腦海裡說著。*Nam quod in inventus non discitur, in matura aetate nescitur*，為什麼這種爛句子，我卻可以毫無困難地記得一清二楚？也許這句話還有別的意思。我現在正在

163

最好的夏天

學習，但等老了以後可能根本無法再學會任何東西⋯⋯天哪！也許他察覺我不只是想要跟艾瑪見面。他什麼都沒說，但是我相信他是知道的。這樣一來，這句話想表達的意思就很清楚了。或者說，它帶著諷刺意味。你很難真正明白外公的意思。反正我就是沒興趣學會忍耐，忍耐貝蒂也許根本也不愛⋯⋯也許她只是⋯⋯不。我不想再提這些了。事情發生了就是發生了。

我開始不停地跑，以最快的方式跑完剩下的路，前往碉堡花園。

「紅色前線！」

約翰悠哉地舉起左手的拳頭。奇怪的是這裡幾乎沒有觀光客。他已經坐在牆邊抽菸了。我們總是習慣坐在同一道牆邊。夏天時整個碉堡都擠滿了訪客，但是在碉堡的花園裡，訪客們顯然很少會迷路至此。其實這裡是整座城市裡最棒的地方。它的花園是由許多座小花園所組成，彼此之間互相連通，露臺圍繞著碉堡而建，然後沿著城牆一路往下，通往城市。這裡有幾個相連的石階，向下又通往另一批石階，每一段路都別有風格。這裡是玫瑰花園，那裡有苗圃花園，還有一個位於最高處、也是我們最喜歡的空曠場域，僅僅種著椴樹、栗樹與梧桐木。通往城市的圍牆，目光所及都是四、五公尺寬，護城河在其下，深度少說有十五公尺。如果你坐在上面，就會開始覺得腳底發癢。站在

Der große Sommer

它的前方時，你面臨著深淵並擁有眺望整個城市西邊的視野，在你的身後則是許許多多的花園。

「約翰，你跟你的後代有福了。」

他忍不住笑起來。我跳到牆邊，坐到他身旁。在陽光的照耀之下，砂岩還是溫暖的。約翰在夏天永遠還是穿著皮夾克，夾克裡有什麼在輕聲作響。我拍拍他的口袋。

「是一塊布嗎？」

他放下燃燒著的菸蒂，然後得意洋洋地從左邊的夾克口袋裡抽出一瓶紅酒，再從右邊口袋裡抽出一瓶顏色鮮亮的果醬。

「為了慶祝今天，我允許自己拿父親收藏的威士忌來調配一下口味。你要嘗嘗看嗎？」

他把果醬的玻璃罐遞給我。我旋開蓋子聞了一下。很有趣，我還不曾試過威士忌口味的果醬。

約翰點點頭。

「要不要等女孩們過來再吃？」

「對了，你在外公那邊生活是不是快死啦？每天都有考試吧？」

約翰這麼問的時候，我才真正意識到，外公家的生活完全不是那個樣子。

最好的夏天

「沒有耶。他從來都不考我。當然啦,有時候他還是會考一下,但是他平常就是那個樣子。我每天早上都待在家裡,但是他不會監督我有沒有讀書。也許這樣真的很奇怪……因為就算他沒有盯著我,我其實也真的在讀書。」

約翰舔了一口果醬,輕鬆而好奇地問:「為什麼呢?」

我想了想。坐在這麼高的地方俯瞰晚間的城市,所有事情都變得簡單許多。我只置身在其中的那溫暖的夏日空氣中,有著成千上萬的故事在成千上萬的窗戶背後。我只置身在其中的一個故事,而我試圖瞭解它。

「我覺得正是因為如此。他……感覺就像奧特女博士那樣。她也沒有辦法相信居然有人不好好學法文。因為她覺得這樣的事是不可理喻的,所以這件事就不知怎地,真的變得不可理喻。外公他……也許只是假裝自己是信任我的。但是那也無所謂。他從來都不檢查,就這樣好好地相信我。這樣……」

約翰點點頭。

「這樣他就會無形中讓你感受到道德壓力,於是你就會開始念書了,因為你不想讓他失望。這就是應用青少年心理學的經典劇碼。」

我一邊笑一邊把他推開。我忍不住想起了狗狗的事,就是娜娜跟我講過的那個。

「傻瓜!才不是這樣。至少不完全是這樣……他也許是看見了潛藏在我心中的……」

Der große Sommer   166

我也想看見自己的潛能，所以才這樣。」

「你們說的話好黑暗啊，先生！」約翰用朗讀的口吻說話。我不清楚他是真的聽不懂，還是只是故意這樣表現，於是改變了聊天的話題。

「現在我的工作是在細菌學院做送信工讀生。」

「你可以得到什麼？」

「我可以得到什麼？我不曉得。外公什麼也沒講。」

「應該是錢吧。」

約翰揮了我一拳，把我推到一邊去，然後他開始嘆氣，「兩個星期！我得跟父母單獨在加爾達湖[33]度過。你說這種事情要怎麼忍受？」

「你就帶著鋼琴一起去啊。你可以在它下面裝上輪子，然後拉過去。我已經可以想像鋼琴越過阿爾卑斯山的樣子，一定很有趣。」

約翰把他的菸蒂在石頭上捻熄。

「我真是服了你的同情心。你至少也要寫封信給我吧？」

「如果這次你跟我講你的地址的話。」

---

[33] 加爾達湖（Gardasee），義大利北部的湖泊，為知名觀光景點。

約翰本來想回些什麼，但在這時候，艾瑪與貝蒂來了。她們一起過來，應該是在大門那邊遇到的，兩人看起來顯然已經非常熟稔了。突然間，我的胸口有一陣非常奇怪的感覺；介於快樂與嫉妒之間。她們倆都穿著洋裝，至少對艾瑪來說，這樣的穿著是很不尋常的。可能今天的天氣真的很溫暖，所以她們就興之所至了吧。有時候我也會想要穿波斯或者是中東的長袍。在夏天的很方便，而且看起來肯定很酷。

「你為了貝蒂去偷薑餅嗎？」艾瑪沒有打招呼，就劈頭問我。「那我呢，我怎麼沒有？」

「我把約翰帶來給你們啦。」我說，「而且還有給我們大家的東西。」

約翰把手上的果醬舉高，然後咧嘴一笑。

「嗨。」貝蒂說。我真是蠢。我一直坐著，而她就站在我面前。這樣子我根本連抱一下她都沒辦法。我反正也不確定我們是否⋯⋯吻過對方了？

「嗨。」我有點僵硬地說。我到底是發生了什麼事，做什麼事情都失敗？

「我其實更喜歡杏仁糖。」貝蒂漫不經心地說，同時站到我的旁邊來。「我是說，如果是聖誕禮物的話啦。你的禮物還是很酷。」她很快地補上這句話。

「把酒給我吧。」艾瑪要求著約翰。

天已經黑了，夜晚的城市在我們的腳下。有幾隻蟋蟀停在我們頭頂的樹冠上。某種

Der große Sommer 168

花朵散發著芬芳，跟艾瑪的香菸氣味混雜在一起，變成一種奇妙的香氣。偶爾從護城河那邊傳來零星的樂聲。某個地方正在舉行一場露天音樂會。貝蒂雙手抱膝，把下巴擱在膝蓋上，看起來彷彿正做著夢。

「現在的感覺好像在巴西。」她若有所思地說。

「妳去過那邊嗎？」

「沒去過。」貝蒂說，「只是我爸爸是巴西人。」

艾瑪把酒遞過來。貝蒂把酒瓶對著嘴巴，喝下了一口再遞給我。父親老是會把所有的事情變得很困難，所以大家永遠都不知道要怎麼面對他。最後無論如何，總會有人把他的女兒從他身邊搶走。話說回來，艾瑪跟我也有父親，但我們的爸爸確實不是大家會害怕的那種類型。

「為什麼我會覺得吃了一驚？感覺好像我因此而愈來愈渺小、愈來愈不重要了。我到底去過了哪裡？又經歷過了什麼？我始終只渴望一切。」

「真的嗎？」約翰說，「他來自巴西的哪裡？」

貝蒂看著城市，然後把手往上舉。

「不知道。我完全記不起來他是怎樣的一個人。他離開我們的時候，我才兩歲半。」

「啊。」我整個人呆掉,接著鬆一口氣。

艾瑪則比我輕鬆許多。這樣也好。她其實也沒有想過貝蒂怎麼樣。

「所以你們已經沒有聯絡了嗎?他從來都沒有寫過信給你們,還是什麼的嗎?」

貝蒂往後靠,把手臂交叉,放在頭後面。她明亮的洋裝在黑暗溫暖的圍牆砂岩上閃閃發亮。她的頭髮就像一個包覆頭部的深色池塘。

「我母親不太說有關他的事情。我問過她幾次,但是她不是很喜歡提起他。」

「那她現在有男朋友嗎?」

又是約翰。真是哪壺不開提哪壺,要我就不會這樣問。我覺得這不關我的事,可是約翰在聽這種事的時候一點也不會傷感。貝蒂突然做了個鬼臉。

「之前她有一個男朋友,但是他不太能夠忍受我。我也受不了他。那個時候我大概十三歲。天哪,我真的很恨他。他什麼事情都想教育我。」

「我很可以想像,他肯定是非常失敗。」

貝蒂看著我。

「真的是這樣沒錯。」她幸災樂禍地微笑著。

「所以妳從來沒想過去見妳的爸爸嗎?」

有時候,在黑暗中聊天,事情會簡單許多。

Der große Sommer　　　　　　　　　　　　　170

「我覺得，我會很想知道我的父親是誰。」艾瑪插嘴，一邊伸出手去拿酒瓶。

「對。」我說，「這點我相信。不過爸爸這種東西根本不重要，否則天早就塌下來了。」

貝蒂大笑，約翰也是。他認識爸爸。

「有時候還是重要的啦。」貝蒂接著說，「我……其實是這樣的，我是半個巴西人。可是我對這件事幾乎一無所知。他應該要來找我才對。但也許他到頭來就是只是一個陌生的男人。」

「有時候我真希望我的父親也能離開。父親這種東西真的是沒有人需要。」約翰捲了一根菸，然後旋開果醬的蓋子，傳下去給大家吃。威士忌口味吃起來非常獨特，但它現在在我的胃裡有種灼燒起來的感覺。

大家沉默了半晌。這樣的沉默很好。我也把背靠著牆，在貝蒂旁邊。樹木在我們的上方。

「現在完全沒辦法看到樹葉移動的樣子。」她說完後，把手擺在我的手旁邊。我微微地移動，然後我們的手就碰在一起了。小指頭碰著小指頭。沒有更多。但是這樣的感覺就好像觸電了一樣。

「今天我們都在場，看著一個人死掉。」過了一會兒，艾瑪這麼說。我發現自己腦

171　最好的夏天

海中的一切變得好輕盈。想來是因為紅酒跟威士忌的關係。

「在妳的養老院嗎?」約翰問。

「對。今天阿腓來找我時,護士長把我們叫進一個房間,裡面躺著一名垂死的婦人。」

「所以那時候你也在嗎?」貝蒂小聲地問。

「我們的手指始終都碰在一起。頭頂上有樹影扶疏。有時候你會看見星星。酒,其他花園的玫瑰花,約翰的香菸,還有在我身旁的貝蒂⋯⋯所有的香味混合在一起,變成一種夏夜的氣息。那種氣味無可比擬。我不知道自己是否還能再次聞到同樣的香氣,但我知道,這股香氣,我永遠不會忘記。

「我從來都沒有見過一個人死掉的樣子。」我說,「今天是第一次。那感覺真的是⋯⋯不像在電影裡那樣。電影裡的死人身旁,總是有呼吸器、醫生還是什麼其他的人。」

「她就那樣死掉了。好像那也不是什麼特別嚴重的事情。」從她的聲音,我聽得出艾瑪的感覺跟我一樣。彷彿那種事情早已司空見慣。好像死亡根本是件微不足道的小事。

「她走得很安詳。」我說,「但還是有一點嚇人。因為一個生命就這樣結束了,而

Der große Sommer 172

且其實這對大家來說並無所謂。

「她就這樣走了。」

我驚訝地發現艾瑪的聲音微微顫抖。貝蒂挺直了身體擁抱她。我的心裡感到一股暖流。眼前的這一幕，讓我覺得很高興。

「敬人生！」約翰說著，一邊把果醬的玻璃瓶遞給我。

後來我們在牆上跳舞。約翰帶著他的口琴，為大家吹奏。搖滾、藍調，或者是他平常愛吹的曲子，聽起來非常棒。然後艾瑪把約翰手中的口琴拿走，開始跟他跳舞，沒有音樂也跳著舞。我們憑著夜晚的聲響而舞。一邊是花園，另一邊是護城河。十五公尺深，在安全與死亡之間。貝蒂跟我旋轉著，一度接近了邊緣，我們屏住呼吸，停住腳步然後大笑。然後我們第二次接吻了。

我們永遠都不會死去。那天的感覺就是這樣。

當城裡的教堂敲響午夜的鐘聲時，一名公園警衛走過來。他用手電筒照亮了我們。

「沿著圍牆往下走出去。」他說。「我們要關門了。」

我們還沒辦法跟彼此告別，所以就再走進碉堡裡。那裡的門永遠不會關閉，所以

173　最好的夏天

即使在夜裡,也還有一些人會約在那裡見面。我們在牆邊緊靠在一起,這裡的城牆特別窄;大概只有三十公分吧。完全沒辦法在牆上跳舞。

「我沒有興趣去加爾達湖。」約翰過了一會說,「我比較想要待在這邊,跟你們在一起。」

「真的很對不起。我每天都得念書。話說回來,不過兩個禮拜而已。」

我有點喝醉了。我們大家都有點醉了。

「我再寫信給你。」艾瑪說。

我們把最後幾口的果醬吞下去。然後約翰就把果醬罐扔過城牆,就這樣讓它掉了下去,也不去看下面是否有人。他有時候會這樣做。玻璃瓶哐噹一聲落在岩石上,然後遠遠地滾下去。

「來吧,」我說,「我們走。」

「希望他們還肯讓我進宿舍!」艾瑪說。

「最糟的狀況我們都會度過的。」約翰說,「或是妳可以跟我回家。」

艾瑪用眼神表示拒絕。

「謝啦。但要是我明天早上不在宿舍,我就死定了。」

當我們從碉堡下來,跑回城裡的時候,貝蒂跟我兩個人落在後頭。我們的手彼此尋

Der große Sommer

索、握在一起。
「跟你們在一起很棒。」在我們大家要分別的時候,她這麼說。
「跟妳在一起也很棒。」艾瑪說,「妳跟我們很合。」
艾瑪說得沒錯,感覺真的是這樣。

21

這天是星期五，我不知道該做些什麼好。約翰去度假了。艾瑪整個週末都要輪值晚班。貝蒂跟她的母親到山裡去了。太棒了。這樣一來，我就可以從星期五到星期天，完全不受打擾地努力用功。這跟我想像的天堂簡直一模一樣。

還沒十一點，我就已經做完了一些三角函數的習題。雖然解題的過程真的非常漫長，但奇怪的是，我的腦袋裡除了貝蒂、夏天還有所有其他事情之外，還真的有些空間去思考一些東西。只有拉丁文，我還是一點興趣也沒有。我有種感覺，彷彿我長久以來都是每天早上坐在書桌前念書。在學校的時候，我根本不曾這麼規律地讀書過。

床上有一本《德語課》。我昨天晚上開始讀它，一直讀到深夜。我不敢說我跟故事中的人物一樣，但書中的主角西吉還真的有點像我。需要盡很多的義務⋯⋯我拉開擺著娜娜日記本的那個抽屜。我有點良心不安，但我還是那麼做了。畢竟那也是我的歷史故事。發生過的一切促使了我的誕生。要是娜娜沒有生出媽媽，要是她沒

有順利逃難,要是媽媽在逃難的過程中沒有跟其他孩子一樣倖存下來,要是媽媽沒有把我……故事可以這樣不停說下去,許許多多的偶然與巧合,才使得今天的我置身於此,有時,這樣的因緣際會使我感到驚奇。我想弄清楚這一切是怎麼來的。我想知道過去那一切是怎麼一回事。我真正的外公是怎麼在戰爭當中離開娜娜的?我現在也才明白,突然間沒有了父親這件事,對媽媽來說的意義是什麼。那麼對娜娜來說呢?這件事情對她來說又是什麼意義呢?當她無可救藥地愛上了外公,就像我愛上了貝蒂。也許歷史是會重演的。所有的一切都是命運。難道不是嗎?

我翻閱著許多紙條與信件,它們散落在日記本中的書頁裡。每個東西都在講關於他的事情——有關外公的事。裡面也有他的信,但是字跡非常混亂,所以我很偶爾才能猜出其中一個字。信封的綠色已經變淡了。上面永遠都貼著兩張十芬尼的郵票,然後加上一個藍色小貼紙,上面寫著:「柏林臨時稅」,兩芬尼。我一張一張地閱讀。它們常常是好幾頁,但也有一封其實只是一張紙條。小小的紙條有時被折起來,顯然是在很匆忙的情況之下寫的。我把它放在書桌上,試著一個字、一個字解碼它。

一九四八年十月,**我最愛的妳**。那是信的開頭與稱謂。字跡混合著蘇特林花體字及拉丁文,所以非常難以破解。有一次我讓媽媽幫我列出所有的字母,然後她在每個字母旁邊寫下了蘇特林字體的寫法。她在學校裡曾學過這個古老的德文書寫字體。那張紙

當然是在家裡了。

妳對我來說⋯⋯重要？⋯⋯不是嗎？⋯⋯當下。這裡寫的字應該是指「重要」，否則就沒有意義了。妳的照片在⋯⋯始終持續著？⋯⋯超過了⋯⋯想像⋯⋯深深地渴望⋯⋯作為我們的心心相印的吻⋯⋯華特。

我花了至少二十分鐘的時間，才把幾個字猜了出來。剩下的部分就不管了，這樣的資訊已經足夠。這是一封給娜娜的情書，出自外公之手。從字裡行間看來，這是在非常緊急的情況之下匆匆寫就的。彷彿是他非寫不可，彷彿他也無可救藥地愛上了。

我把紙條塞回信封裡，再夾回日記本中。這件事究竟有什麼好奇怪呢？娜娜和外公當然曾經碰過面。而且他們的碰面肯定是天雷勾動地火。外公是一個異常嚴厲的男人，媽媽跟外公叔叔迪特，還有娜娜的母親、我的曾外祖母——他們一開始沒辦法跟娜娜一起住。外公就是不想要這樣。怎麼會有一個男人愛著一個女人，卻不喜歡她的家人呢？不過其實應該還是喜歡的；我現在就在這裡了，不是嗎？問題可能就在於這裡——為什麼外公想要我跟他住在一起呢？媽媽也可以把我塞給瑪爾塔阿姨，她甚至是個老師。顯然我對外公來說是重要的。是因為狗狗的故事嗎？因為我五歲時那愚蠢的勇氣嗎？我想不通。為什麼一個人會去喜歡那些對他來說其實算是生疏的人呢？而娜娜又是怎樣的一個女人，能接受這樣的安排呢？為了一個男人放棄自己的孩子？愛是這樣的嗎？我會為了

Der große Sommer

貝蒂而放棄艾瑪嗎？又或者倒過來──我會為了艾瑪而放棄貝蒂嗎？

我憤怒地關上了抽屜。這是什麼爛問題！根本就不該存在這樣的抉擇。我完全不懂外公。我也更加不懂我自己了⋯因為就算如此，我顯然還是違背著我的意志，喜歡著外公。

「今天下午你有什麼計劃？」

外公吃飯的速度不算太快，但是今天看起來好像有一點急。就連跳到他懷裡的貓咪，也被他有點不耐煩地趕走。我們坐在一起吃午餐。今天我的話不多，因為我一直在觀察娜娜與外公之間的互動，想藉此幻想他們年輕時愛上彼此的時候。

我搖搖頭。

「你可以跟我一起去院裡。總是有比平常多的事情要做。你可以來打工賺一些錢。」

娜娜看著她的丈夫。

「有什麼工作？」

外公作勢要她別多管。

「晚點再說。現在我們先吃飯。」

對，一直都是他在決定，什麼時候、還有什麼事情該在餐桌上說。一切看起來真的

179

最好的夏天

是那麼理所當然！當然，我其實可以理解，這種情境是有點吸引力的。

「外公，你到底是怎麼認識娜娜的？」

叉子突然間在空氣中靜止了。外公看著我，然後微笑。哇噢，這種事情大概每十年會發生一次吧。

「我們在醫院認識。」他有點沙啞地說，「腎盂炎。那是一種要靠增強體力才能夠避免的疾病。其實這種疾病根本不是我的專業，但是那時候大家找不到相關領域的醫生。」

娜娜開始插嘴了。

「那時候女人很容易得到膀胱炎，而且大家都在挨餓，身體虛弱。」

外公短暫地看了她一眼，從他的眼神可以感受到，他對虛弱有其他想法。

「妳挨餓的時候看起來非常漂亮。可能臉色有點蒼白，但是美極了。話說回來，那時的病房裡其實都只有年長的女人。」

「而那時候你還有一頭金髮。」娜娜說著，微微地笑了一下。沒想到那份回憶，到現在都還讓她眉飛色舞。

「所以那個時候你就戀愛了？」

這種感覺就好像你在他的盔甲裡面找到了一個縫隙。

Der große Sommer　　　　　　　　　　180

外公不情願地搖搖頭,然後把餐具擺回桌上。

「戀愛這種東西是一種暫時性的荷爾蒙中毒。大部分要靠自己才能夠治癒。你問完了嗎?」

我問完了。好的貝蒂⋯⋯我一點也沒有愛上妳。我只是荷爾蒙中毒。沒有關係,那東西會自己跑掉的。

不!感覺才不是這樣。才不是。我感覺我不是中毒,那是一種更真實的感受。

我拿起我的盤子,打算拿到廚房去,但是娜娜伸出手來。

「你去吧,讓我來。」

現在的時間還不到一點鐘。我們真的吃得很快。當我們走出外公家時,我感受到外面的熱氣就像一把沉重而軟的錘子。在醫院圍牆邊停放的汽車上方也有熱氣蒸騰。

「為什麼你對這個有興趣?」

外公又回到剛剛的話題,期待我理解他在說什麼。他常常這麼做,彷彿沒有他沒有任何事情會發生:如果他中斷了一場談話,那麼事情就結束了;只要他想繼續講下去,這個話題就會理所當然地持續下去。其他人彷彿等到他決定的時刻來臨,才能夠繼續談話。

181　最好的夏天

「人都會想知道自己從哪裡來的,也會想知道自己的來歷。」

「但是我們是親戚。」

「我們之間沒有血親關係。」

「有時候我要好好回答一個問題的時候,真的很機靈。有意識地成為親戚關係,大部分是比較好的情況。相反的,友誼的話呢⋯⋯」他看了我一眼,然後繼續說:「⋯⋯友誼是要主動去追求的。」

他開始顧左右而言他。你看,這個男人是不是變得比較柔和了呢?可是後來,我又想起了荷爾蒙中毒的事。「柔和」在外公身上,是相對的說法。

我們經過警衛室,直接走進我近來瘋狂幻想的未來情境——從門房到護士,每人都一一叫我的名字、跟我打招呼——我們頂著正午的熱氣,走進了研究所。

「你覺得該怎麼找到你還不知道的細菌?」

外公自在地走著。這個人是不是從來沒有流過汗呢?

「這種東西叫做『細菌』,是有分級診斷的。首先要抽血、檢查抗體,看看找到什麼類型的細菌,就會繼續往這個方向前進。如果沒有找到細菌,也不代表病原體不存

Der große Sommer　　　　182

在。接著是反向測試。我們會試著要把細菌隔離開來並進行培育。並不是每個細菌都會在各種細胞上成長。簡單來說——這種情況下,就像是在一個黑漆漆的房間裡尋找一樣你不認識、而且也不知道的東西,不管它的形狀是像椅子、刀子還是盤子,最後還有最重要的:它到底是不是在那裡。」

我從來沒有想過這些事情。

「可是原則上,你對房間是熟悉的,不是嗎?」

外公仔細地看著我。

「四十年來,我在這個房間跑來跑去,還是會撞到脛骨。可是⋯⋯至少我知道櫃子在哪裡。我只是不曉得裡面有什麼。」

一個小時之後,我才發現在實驗室裡根本沒有比平常多的事情要做,其實事情甚至比平常還要少。就像外公說的一樣,很多人禮拜五只工作到三點。事實上他是在跟我介紹實驗室。他想讓我知道,要怎麼透過採樣,也就是血液、唾液或者是糞便的採樣,來尋找細菌或病毒,以及如何將病毒與細菌分開。

「那是什麼?」

顯微鏡旁邊有一些小機器,看起來有點像碼表。外公拿了其中一個在手上。

183　最好的夏天

「是不是很像在清點貨物,或者是用來計數的機器?這邊。」

他把一隻手放在我的肩膀,然後把我推到一臺顯微鏡前的凳子上,接著便打開了機器。

「你看見了什麼?」

我看見在一張方格紙上遍布紅色塊狀的東西。

「這東西是血清測量儀。它可以用來計算細胞的數量。你有看見不同顏色的東西嗎?」

我再仔細地看。對,有些東西是藍色的,其他的話就全部是深色。

「藍色的部分是死掉的細胞,你要數的是活著的細胞。你眼前有二十個正方形,每個方形又被分成十六格。你看到它們了嗎?」

所有的話他只說一次。非常地精確。我再度彎下腰去看顯微鏡的鏡頭。現在我明白這個原則了,可以很精確地一個一個數出細胞的數量。外公把計數器放在我的手中。

「看到一個細胞就按一下。」

我再一次看著顯微鏡,然後開始計數。

「有一些只有一半在格子裡面,另外一半在格子外面,那怎麼辦呢?」

我沒有抬頭看他,但是外公的聲音聽起來很像在微笑。

Der große Sommer　　　　　　　　　　184

「這樣的思考非常好。要是你覺得它是在裡面的話,就要算進去。但如果有超過一半是超線了的話,那就不要算進去。隨著你的計算,一切會趨於平衡。」

答答,答答。我第一次看見真正的血球。答答,答答。然後我在看了一眼計數器上面的數字。

「結束了。二十七個。現在,為什麼我們要知道它們的數量呢?」

外公的身體前傾,把顯微鏡關起來。

「因為譬如說,白血球的總數會告訴你病人身體的發炎反應。缺乏紅血球的話,就代表缺鐵,或是得了白血病。感染的時候你會發現,要測試的細菌非常地多。」

我站了起來。實驗室的助理簡短地對我微笑,否則大家平常都很忙。這裡瀰漫著非常專注的工作氣氛,這種氣氛只有在寫學校作業的時候,我才會體驗到。現場一片寂靜,儘管旁邊有些像計數器這樣滴滴答答的小雜音,或者是離心器正嗡嗡作響,但這些聲音的存在,卻更加地襯托出實驗室裡的安靜。

「在醫藥領域有很多的嘗試跟謬誤。我們知道某種藥是有效的,但卻常常在很久之後,才會發現它為什麼有效。一個健康的年輕人死於肺結核,一個老人則倖存了下來,而我們會去問:為什麼?在這裡。」他簡單地做了一個手勢,意指整個實驗室,「在這裡,我們可以查明。數字、證據。我們在這裡,試圖賦予疾病的混亂一種接近數學秩序

的東西。」

對,這是可以想像的——外公親自處理了混亂的事物。也許就是應該這樣。

「好,今天講得差不多了。我會給你工讀費。」

太好了,軍醫先生。

實驗室變得很好玩。外公也是一樣。這就是當時,我現在才知道他們在這裡到底都在做些什麼毫無理由?是不是曾有一個人,在這裡不願意妥協?

當我在黃昏時分送完最後一批信件,回到院裡的時候,外面的天氣始終還是很熱。大樓門口花臺裡的花兒看起來疲憊且滿是灰塵。外公說過,星期五下午所有人都下班了,那麼實驗室變得很好玩。這是我第一次去他的辦公室找他。外公曾說,星期五下午所有人都下班之後應該要去辦公室找他。那個女人絕不是他的秘書。時間是四點半,我推開玻璃門走進來,她看來一點也不像打算要動身離開。她的電動打字機快速地答作響,我想我永遠都無法趕上她。打字機的墨水條早爸爸給我的老舊打字機,我曾經在上面劈里啪啦地打出我的幾首詩。打字機的墨水條早就已經鬆掉了,所以打出來的字母總是一半黑一半紅。但這樣也自有風格。反正我會用複寫紙謄寫一個副本;然後文章就會變成原本來該有的黑色。

「哈囉。」我說,「我想來接我外公。」

Der große Sommer　　186

女秘書抬起頭來。她是個美女。他到底是怎麼了？我怎麼也想像不到，他居然會聘用一個在他的領域並不怎麼專精的人。也許對他來說一切都是對的。外表還有能力。

「啊，」她說。「您就是腓特烈。請您進來，我告訴他一聲。」

她按下了一個按鈕，然後說：「教授先生，您的孫子來了。」

通往外公辦公室的門特別地厚，還鋪上一層深綠色的軟墊皮革。這種門我只在三〇年代的電影裡面見過。我推開門把，眼前出現另一扇門。現在我知道為什麼女秘書會需要一臺對講機了。外公大可以在裡面唇槍舌戰、砲火連連，而大家在外面也一點都不會聽到。我推開第二扇門。外公正坐在白色的金屬桌前，對著一臺機器錄音。他做出手勢，要我先不要說話。我四處張望。也許這樣的門不是到處都有，好像從六〇年代開始就不再製造這種厚重雙層門了。辦公室裡的陳設看起來彷彿將時間凝結在當下。一張玻璃矮桌，還有皮革製的單人矮沙發。桌上擺著看來其重無比的黑色玻璃菸灰缸，它的旁邊則有一些玻璃製的小動物。天鵝、大象、馬。還有無處不在的狗狗與貓咪。另外還有一隻長頸鹿。玻璃做的小動物占滿了整張桌子。牠們有跳躍的、飛翔的、躺著的、還有用後腳蹲伏著的……完全就是個玻璃做的動物園。我從來都沒想過，外公居然也是一個收集某些東西的……也許也是因為這樣，這些東西使他變得更有人性。玻璃的動物們就像人的弱點。我不清楚自己喜歡牠們，還是牠們會令我失望。

「我們可以走了。」

外公錄完音,然後站了起來。我把一隻天鵝拿在手中。牠摸起來光滑而冰冷。「帶回家吧。」他說。

房子裡真是冰涼得舒服!外公走進他的書房,而我則上樓去。當我回到房間裡的時候,娜娜已經在裡面等著我了。她站在房間的正中央,看起來滿臉通紅。我沒有辦法判別她的表情是什麼意思。我不曾見過這樣的她。她指著書桌。糟糕。桌上有日記本裡面的其中一封信。我忘了收回去了。

「你看了我的日記?」

她的聲音聽起來有點低沉。

「娜娜。」我說,「本來我不想⋯⋯」

她重重地甩了我一巴掌。然後砰一聲,關上身後的門離去。

噢,糟了。我真是史上最天大的蠢蛋!我的臉一陣灼熱,但帶給我痛楚的,卻不是那裡。我感到自己熱淚盈眶。顯然我失去了娜娜。這真令我心痛。

22

一輛除草機從我的身邊駛過,這個時候除草,或許為時已晚。秋天的時候應該要讓大自然休息才對。這個時節不宜除草。新鮮草地的氣味在此時已經不合時宜,我們應該要讓草地維持它既有的模樣。尤其是在墓園這裡。當除草機發出突突的聲響、在墓碑之間穿梭,空氣中便會瀰漫著柴油與液壓油的味道,氣味強烈,讓我直接回到以前在老家的某個時刻。在我房間裡。在夏天的某一日,所有的一切都變了調。災難從這天開始,我的童年就此結束了。直到今天,液壓油的味道對我來說,也是跟貝蒂聯繫在一起的記憶。

「你做了些什麼?」

艾瑪很震驚,但這樣也於事無補。我總希望她至少能稍微理解我一點。這個周末發生的一切事情都不怎麼令人開心。娜娜不跟我說話了。一句話也不說。甚至外公也察

覺到了。大部分的時間，我儘量靜靜地待在房間裡，或者是待在外面。我漫無目的地在星期天無人的街上遊走，這時我非常地想念貝蒂。這段時間，我甚至在星期六與星期天的早上都在讀書！這麼做是因為良心不安，也許也因為我想躲著娜娜。那時我並沒有意識到，這麼做會使她很受傷。另一方面，我也短暫思索並且想像，要是有人讀了我的日記，那麼我的感受會如何？我暗暗地相信，跟艾瑪見面會讓我輕鬆許多，可是她卻火冒三丈，真的很生氣。

「阿腓！你做人怎麼這麼不乾淨？你明明就不可以看娜娜的日記。你怎麼會想到做這件事？她才打你一巴掌，真是便宜你了！」

「話是如此。可是她再也不跟我說話了。整個週末都沒講話。」

「你發神經啊！這樣怎麼跟你講話？是我的話也不會再跟你說話了。阿腓，看看你做了什麼爛事情。你有沒有去道歉？」

「要怎麼道歉啊？」不知何故，我講話忽然大聲起來。「她就是不跟我講話了！我想說什麼的時候，她就轉過身去，不然就是離開現場。」

艾瑪彎下腰傾身，咖啡店的桌子搖晃了一下。

「自作自受！阿腓，現在我跟你說——你做出這種事情真的很糟。你一定要好好道

Der große Sommer

歉。」說完，她便退回自己的椅子。「我實在想不到！怎麼偏偏是娜娜！」

我受不了，開始大吼。不過我漸漸明白了。但是艾瑪只是點燃一根香菸，然後站了起來。

「我得走了，阿腓。你呢，就看你什麼時候才會把這些道理搞清楚。」

我什麼也沒說，只是喝了一口咖啡。我有自知之明。艾瑪騎上她的腳踏車，一聲再見也沒說就離開了。太好了。我的妹妹也不理我了！

當我坐在我的腳踏車上時，突然間，我不再確定自己是不是真的想去找貝蒂了。其實我並沒有想要去見誰的心情。笨蛋。另一方面，整個週末都沒有任何一個人可以跟我好好講話，所以我非常期待見到她。每次我們只要一陣子沒有見面，我就覺得，我們又變得陌生一些。事實上──我到底認識她多少呢？每次我看見她，總是有朦朧的背景襯托著，顯出她鮮明的個性與美麗。我對她的人生一無所知。就好像那些一哩約熱內盧的背景海報的其中一張，上面畫著糖麵包山──你馬上辨認出它來，然後開始渴望能夠去到那裡，卻對於背景那真實的城市樣貌，只有粗淺朦朧的斑斕印象。在這個時刻，我所辨識出、從而所渴望的，其實是對我來說仍然陌生的東西。我渴望所有處於未知的奇蹟。對她也是一樣。每次我們相見之前，我都會有些興奮。也許她是另外一種樣子？也許我的

回憶在在欺騙我？或者一切都是我自己的幻想，而與事實完全不符？又或者她真的充滿了奇蹟，所以我來到她的家門口。

我討厭對講機。從裡面發出來的聲音，沒有一個時刻是好聽的。我也聽不出來在另一頭說話的人是貝蒂，抑或是她的母親。

「呃，是我，腓特烈。我可不可以跟……請問貝蒂在嗎？」

真的是有史以來演得最好的一次。對講機發出了銀鈴般的笑聲——貝蒂！

「到樓上來！」

我開始爬樓梯，盡可能地快。樓上有一扇門虛掩著。我聞到了食物的味道。貝蒂從房間裡面喊：「把門關上。」

好的。我……我以為我們會出門去。像以前那樣。我把門慢慢地關上。然後用同樣緩慢的速度，往她的房門走去。

她躺在床上。T恤。短褲。我第一次留意到她有一雙長腿。她家的廚房跟我家看起來截然不同，但是她的房間卻跟我的非常像。地上散落著一堆卡式錄音帶。她的衣櫃上面有貼紙——「停止爭論」、「反對核武安置」。牛仔外套上別著「做愛不要作戰」的胸章，我還不曾見她

Der große Sommer

穿過。她的床旁邊的牆上，貼著許多從電視雜誌剪下來的圖片。

「這些是什麼？」

貝蒂轉身跪在牆壁前，我坐到她旁邊。

「這是所有我看過的電影。或是說幾乎全部。這樣我就不會忘記任何一部，你知道這部電影嗎？」

她指著一張照片，上面有三個男人正穿越漫步穿過荒野。

「《潛行者》[34]，那部很好看。」

我仔細地看著那張照片。風景看起來就像是在第三次世界大戰之後，詭譎而令人驚異。

「我有時候會夢見，我獨自一人生活在一個戰後的世界。再也沒有任何其他的東西。一切都屬於我一個人。」

「我也喜歡這樣，」她說。「所有的一切都被拋棄了，你可以就這樣開走任何一輛車子，然後在城裡兜風。」

---

34 《潛行者》(Stalker) 是俄國導演塔可夫斯基 (Andrei Arsenjewitsch Tarkowski, 1932－1986) 於1979年的電影作品。

最好的夏天

我也時常想像這種情景。可是在我的夢裡,這座城市大部分是淹水的狀態,我會划著小船穿過大街,就像在威尼斯那樣。儘管如此,貝蒂的幻想也有某種程度的意義。

「我會想要找一臺挖土機,然後用嶄新的方式去上學。」

她大笑起來。

「我曾經跑到一輛坦克車上,」她說,「那種感覺很酷。」

「在哪裡?」

我脫掉鞋子,然後背靠在照片牆上。我喜歡從外面聆聽城市的熙攘,並且同時去想像街上杳無人跡的模樣。那是一種漂浮般的感受。

「在森林裡。在村莊裡的奶奶家。那邊有軍事演習,美國人讓小孩子上去坦克車看看。你喜歡聽音樂嗎?」

她跳了起來,開始翻找卡帶。

「當然啦,」我說。「你有沒有這個樂團的音樂?Bossa Nova?」

她驚喜又爽朗地大笑。我不曉得那是怎麼一回事。

「Bossa Nova 不是樂團。那是一種風格。就像重金屬或者龐克之類的。不過這種風格來自巴西。」

Der große Sommer 194

我一點也不介意被她笑。她從那堆卡帶裡面撈出了其中一捲，然後把它裝進錄音機。錄音機的蓋子壞掉了，所以她就直接把卡帶塞進機器裡。

「等等，」她說著一邊倒帶，「我最喜歡聽的就是這一段。」

她同時按下快轉與播放鍵。歌曲快轉播送著，我問我自己，如果只是用這樣的方式聽音樂，會是怎麼樣的光景呢？人是不是也會習慣這樣子聽呢？這樣的話，音樂還能夠感動人嗎？它還能使人快樂或悲傷嗎？快轉停止了。她按下播放鍵。帶著一些簡單和弦的琴音，彷彿從遠方溫柔地流瀉出來。然後是女人的聲音。那聲音清晰而且非常慵懶，彷彿女歌手俯臥在沙灘上，她的雙手撐著下巴，彷彿不是刻意在表演，而是自得其樂地哼著歌。

「你注意到了嗎？」

貝蒂在我身旁的床上躺下。

「什麼？」

我正在仔細聽，卻完全聽不懂她在唱什麼。女歌手唱的並不是英文。

「她只唱出一些歌詞。第一段只有一個音符。這不是很荒唐嗎？」

真的很荒唐。其實我沒有察覺到，不過，還真的只有一個音符。唱到第二段的時候，她就換到另下一個音符，也許高了一個音，但是始終都只有一個音符。只有背景旋

最好的夏天

律讓它聽起來像一首歌,加上吉他的重音與歌手的嗓音。一個單一的音符怎麼有辦法變成一種旋律呢?

「這首歌叫什麼名字?」

這首歌的音調,就像小小的海浪沖刷在沙灘上。彷彿是五月時節的白楊樹,白雪般的葉片在空中飄蕩,為夏天開啟了序幕。然後我跟著貝蒂到河邊去。怎麼可能我人在她身邊,但同時又渴望著她呢?

「Samba de uma nota so. 這句話是葡萄牙文。在巴西大家都說葡萄牙語。」

「我知道。」我微笑地說著。我一直渴望去里約熱內盧,也知道那裡的人說葡萄牙語。

女歌手改唱英文了。現在我至少還能夠聽懂一些,但是這一點也不必要。音樂已經說明了所有的一切。

「只有一個音符!這實在是太……」我沒把話說完。我沒辦法。就好像要去形容白楊樹雪白的樹葉,我就是找不到適合的字詞。為什麼當想要形容一切美麗的事物時,可以用的詞彙竟是那麼少呢?

貝蒂兩腿交叉,坐在我的身旁。我始終半靠著牆,並且注視她。對啊。為什麼當想要形容一切特別美麗的事物時,可以用的詞彙竟是那麼少呢?

Der große Sommer　　196

「妳在發光。」我說。

她笑了。

「我覺得是音樂的關係。」

現在旋律的音域上上下下。我想是這樣子沒有錯。沒有一首歌可以比它更簡單了，即便是這樣，它聽起來彷彿……那種感覺就好像你花了一輩子等待某個人，然後他直接出現在街角，彷彿一直以來他都在那裡一樣。如此地理所當然。

「我是這樣想像巴西的。」貝蒂說，「我所想像的肯定跟事實不一樣，可是我就是喜歡這樣。」

「妳想念妳父親嗎？」

我。你看。」

「他會固定寫明信片給我。我生日的時候，他也會寫信。有時候他會寄小包裹給我。」

她跳了起來，然後拉出她櫃子的抽屜，取出一條帶有流蘇的彩色圍巾，然後好玩地將它掛在我的肩上。

「這條是他送的。不。我沒有想念他，可是……」她說話一下子吞吞吐吐的，然後才繼續說：「其實有時候，感覺就像是心裡缺少了什麼一樣。」

我起身，然後跪了下來。她在我面前盤腿坐著。她的腿是淺褐色的，但是短褲上

最好的夏天

緣露出了一小塊明亮的肌膚。看起來真的很美,就是很美,像一首歌一樣。而且也一樣地吸引人。我把身體往前傾。她也是。我們的額頭碰到了一起。那種感覺就像電流一般。她的味道聞起來就像海水,有一點鹹⋯⋯也許就像她本人一樣。我不知道為什麼我會突然鼓起勇氣這麼做,卻還是用指尖碰觸那一小塊明亮的肌膚。她把一隻手放在我的手上。然後就在那裡停止不動了。我們離彼此好近,近得只看得見彼此的眼睛。我們的嘴唇碰著彼此,我們呼吸著,但是我們卻沒有親吻。錄音機裡的歌曲結束了。我們聽見卡帶繼續轉著,然後磁帶跑完,按鍵跳了起來。一陣新鮮且冰涼的風從窗戶吹了進來。陽光在牆上映出明亮的四方形,上面有我們的剪影。影子親吻著彼此。影子融化了。然後也許就消失在這四方形中,因為我們兩人漸漸地躺下了。我們躺在彼此身旁,如此貼近、如此熾熱。我伸手撫摸她襯衫裡的背。撫觸她肌膚的感受多麼奇妙!就像溫暖的花崗岩那般光滑⋯⋯卻更加柔軟。

她伸出一根手指撫摸我的眉毛。非常溫柔。我從來沒有想過,也從來都不知道原來那是如此性感的感受。然後,我的手放在她的胸上。她沒有退縮,只是更多地靠向我。她的胸部跟我的手很適合,完美搭配。

我永遠、永遠都不會忘記。這樣的感覺會一直停留在我的手中,直到永遠。她的氣味在我的腦海中。

Der große Sommer　　　　　　　　　　　　　　198

我不曉得我們在那裡躺了多久。陽光從窗戶照射進來的方形影子，早已經從她的房間走遠。我感到精疲力竭，卻是奇怪而美好的那種疲憊。好像是經歷了好幾個小時的緊張。那緊張感沒有辦法消除，一直持續著，因為從頭到尾是如此使人怦然心動。

最後，貝蒂從床上滾下來，跪在錄音機前面，然後把卡帶翻面。

「你應該聽聽這個。」

這次她播放的，是截然不同的一首歌。目不暇給的鋼琴和弦，目不暇給的打擊樂。彷彿合唱團的聲音從遠方傳來。悠長的歌聲，沒有言語。只是一個簡單的「噢」。接著又出現一個極其清晰而慵懶的女人的聲音⋯「Mas que nada⋯」

我始終還躺在床上。我看著天花板，感受吹進窗戶裡的微風，聆聽那陌生的語言，一個字也沒有聽懂。那音樂的聲調就像流入了房間裡的水那般。它湧到貝蒂的床柱，抵達我的身體，然後飄揚。我於是從床上飄了起來，然後在她的房間裡穿遊。我飄著飄著，毫無重力，輕輕地旋轉。Mas que nada. 永遠都會是這樣的感受，而且那感受永遠都叫做貝蒂。

「希望我也能像那樣唱歌。」

貝蒂坐在錄音機前面，看起來充滿渴望。

「唱首歌給我聽吧。」

她的聲音比錄音帶裡的女歌手要低沉得多。打從一開始,我就喜歡她的聲音。我坐到她的身邊。

「不要吧,我唱歌很難聽耶。」

「就是!」

我們兩人哈哈大笑起來。

「真的就叫做 *Mas que nada*。」

我聽不懂她在說什麼。

葡萄牙語『*Mas que nada*』的意思剛好是『就是』。帶有一點諷刺的意味。『好的,瞭解啦。』我想你懂的。」

「妳怎麼會知道這個?我以為妳不會葡萄牙語。」

「我確實是不會。但是我問過我的母親,她會說一點葡萄牙語,雖然她平常不是很喜歡講。」

她站了起來。

「我們還要出去嗎?」

我其實只想要一直待在房間裡,聽她的音樂。但我還是站了起來,然後她就牽起了我的手。

「來吧!」

現在已經是傍晚,天要黑了。斜陽映照著我們,影子拉得好長。我再一次想起了在貝蒂的房間裡,陽光透過窗戶映照在牆上的四方形,我的身體於是熱了起來。

「這裡的味道很不錯。」我說。

城市的氣味聞起來就像是涼爽的夏日。跟炎熱的夏季有著截然不同的味道。沒有瀝青的味道,也沒有濃郁的甜味。沒有烤肉般的木炭味。偶爾會有一絲從前院傳來的玫瑰香氣。公園裡的草地剛剛被割除,發出了清新、消散的氣味。山上的釀酒廠傳來麥芽的濃濃香氣。

「你跟艾瑪。」貝蒂問,「你們兩個感情很好,對嗎?」

我們手牽著手,穿過大街小巷。為什麼人與人之間可以不用認識很久,就可以如此的親密呢?

「對。」我說,「她也有點瘋。我們大家在這個家裡面都蠻瘋的。但是今天我們吵了架。」

「怎麼了?」

我還真沒想到她會問這個問題。真是中計了。現在換我要跟她解釋,我是那個偷偷

201　最好的夏天

讀人家日記的人。我怎麼哪壺不開提哪壺,要提到吵架呢?

「是這樣的……這有一點複雜……我……」我開始口吃。但是接著我就跟她說,我是怎麼翻到娜娜的日記本,還有為什麼我會繼續讀下去。

「也是因為……我覺得,這也是我的故事。不知怎地,我是這樣覺得。」

貝蒂鬆開了我的手。她呆立了一會兒,然後轉向我。

「要是我的母親有一本日記,我也會想要去讀它。因為她從來都沒有跟我提過我的父親。我覺得這樣沒有關係。其實,那也不是真的都沒關係。」她補充說,「一方面來說那是錯誤的,但是另一方面來說又不是。規則並不是對每個人來說永遠都一樣,我覺得。」

我們繼續走下去,我一邊思考著她所說的話。她有些嘲諷地看著我。

「什麼?」貝蒂說。

「這麼說來,其實意思就是,妳可以自己決定哪些規則適用在自己身上,是嗎?」

我也懂得怎麼嘲諷的回嘴。

「是這樣沒錯。」

我們又牽起了彼此的手。貝蒂的手指纖細,緊緊握住我的。

「**我們是冠軍,我們制定規則**。告訴我你住哪裡?」

Der große Sommer　　202

「妳要知道我現在住哪裡還是我本來住哪裡?妳要知道,我的住所可是有一排的。」

貝蒂大笑。她是真的大笑,而不是學校裡許多女孩笑起來的那種方式。

「你真的讓我覺得很好奇。」

原來跟她在大街上散步是那麼輕鬆。就像跟艾瑪或者約翰那樣。如此理所當然。燕子在我們的頭頂上鳴叫,聽起來彷彿是金屬琴弦發出來的嗡嗡聲。在約翰尼斯教堂前,五點一刻的鐘聲敲響了。

所有的一切感覺都對了。

23

當我們轉進梅斯莫街的時候,一輛計程車停在屋前,引擎聲隆隆作響。外公一直都是步行、不開車的。也許是有人來拜訪娜娜。

「這就是我家。」

「很漂亮的花園。」貝蒂說,「你的住所還不賴。幾乎是一棟別墅了。你家也有傭人嗎?她漂不漂亮?」

我驚訝地望著她。她在說什麼鬼話?還擺出很嫉妒的樣子?我做了個鬼臉。

「超漂亮!」

她把我推到一邊。我上氣不接下氣,最後笑了出來。這個時候,外公從屋子裡走出來了。他依舊穿著白袍,像剛剛從實驗室裡出來一樣。他急匆匆地走下樓梯,看了我們一眼,然後用命令的口吻說:「上車吧。」

「去哪裡?」我問。

Der große Sommer　　　　　　　　　　　　　　204

「動物園站。」他只是非常簡短地回答,然後就打開了副駕駛座的門。

「貝蒂可以一起來嗎?」

外公已經坐進車子裡面,然後在車上抬頭看著我。儘管他是仰視,感覺卻還是像俯視我一樣。

「這位就是貝蒂嗎?好的,你跟我介紹完她之後,就可以帶她上車了。」

好的。現在換我有這份幸福,能夠有個對我朋友不感興趣的父親了。我爸爸花了一年的時間,都沒辦法把約翰的名字記起來。如果我有兩個父親,外公可能算是好的那一個。不過我沒有事先警告過貝蒂。

我有點猶豫地對她使眼神,示意她靠過來。

「這是貝蒂。」我說。

她毫不拘束地伸出手來。外公跟她握手,然後像看一隻稀有的鳥那樣地觀察貝蒂。

他沒有微笑,當然沒有。他只是等著。

我急匆匆地說:「這就是我的外公,雪佛教授。」

「很高興認識您。」貝蒂說。我忍不住想大笑,那笑聲介於放肆跟禮貌之間,外公發現了,於是鬆開了她的手。

「好。」他咕噥道。「上車吧。」

動物園站。也許去動物園是件幼稚的事,但我真的很喜歡去那裡。夏天就是一定要去動物園的呀。我們每次都是跟娜娜一起去動物園。我不記得爸爸是不是曾經跟著我們一起去的野地裡?真難以想像。如果要我們選擇帶誰到一座孤島生活的話,我們每個孩子大概都會選媽媽吧。純粹出於生存的本能。爸爸也許會試著跟猿猴進行一場哲學談話,討論有關純粹真理的存在。然後他就會餓死了。

跟著母親與娜娜在動物園,意味著——我們會有馬鈴薯沙拉、維也納小冷腸,還有水煮蛋。我們會有夾肉的麵包,還有草莓。娜娜會帶來所有東西,裝在小小的碗裡,然後放在寇佳的嬰兒車上。我們每次都在同一個地方野餐,那是位於幾塊巨大砂岩底下的一張大長椅。野餐完畢,我們就會爬上岩石。動物園位於那個廣闊的公園裡面,先前曾發生過砂岩坍方。建造碉堡用的石頭,全都來自這裡。有時候我們在學校裡學的東西也挺有用的。

「我喜歡動物園。」我跟貝蒂說。

她搖搖頭。

「那是動物的監獄。」她的語氣有些輕蔑。「在動物園裡,動物通常都會活得比野地裡的還要久。動物並不會用抽象的方式去

思考。牠們吃飯、睡覺、打獵。這就是牠們生活的驅力。自由對大部分的動物來說,意味著一種過早的死亡。大部分的動物們在動物園裡,會過得比在外面好。」

外公講起課來一語中的。貝蒂驚訝地看著我,然後一言不發,用奇怪而誇張的方式睜大了眼睛。唉,這就是她跟外公初次見面的情景。

「所以我們是為了要看這些動物過得多好,才要過去的嗎?」我問。

「你沒必要在這年輕女士面前展現你的聰敏伶俐。」

有時候我感到驚嘆,外公居然不是外科醫生。那些話根本就像解剖刀。貝蒂做了個鬼臉。太棒了。我是不是真的太容易被看穿?有時候我也想要顯得有些神祕。陰沉卻有趣,就像馬基維利[35]之類的人那樣。

「要是我說了什麼奇怪的東西,妳只要負責笑就好。」我悄聲告訴她。貝蒂把頭靠了過來。

「別擔心,」她也悄悄地跟我說,「我不會愛上他的。不過你外公真的很特別。」

真的,顯然是這樣。也許我長大以後應該要像他一樣。

我們坐著車,在通往動物園的大道上一路前進。真正的別墅都集中在這一帶。這裡

---

[35] 馬基維利(Niccolò Machiavelli, 1469-1527),義大利哲學家與外交官。

最好的夏天

有巨大的花園,裡面是城鎮中的森林。我不太確定自己怎麼看待這些。爸爸對資本家充滿不屑。我們用很少的錢就可以過活,也一直為此自豪。我能靠自己賺零用錢,我覺得這樣很好。儘管如此,這些有著古老樹木的花園們,有著白牆環繞,房屋不是只是房屋,每一棟都有其特別之處。大部分的房子依照青年風格[36]而建,它們不只是用來居住,同時也成為了高雅大氣的裝飾品。那是我所不認識的世界。我喜歡這種風格。有機會的話,我也想要住在裡面看看,體驗慷慨的生活。

電車叮叮噹噹地從我們身邊駛過。我問我自己,為什麼外公寧可搭計程車而不是電車?這樣不太像他。我做好了下車的準備,但我們的車子並沒有在門口前的大廣場停下,而是就這樣往右轉。

「我們開車到總站去。」外公指示司機。

「看來我們不用付門票。」

我可以感覺貝蒂現在更開心了。

一切都變得很好玩。我把背往後靠。貝蒂牽起我的手。每次她碰到我的時候,我都會全身發癢,不停地發癢。

「我們是因為工作而來。」

他打了個快速的手勢,要駕駛停在一扇大門前。計程車會繼續開進去,但我們只是

在庭院前停下來。

「您不用在這邊等我,可以離開了。我需要一張收據。」

外公付錢的時候,我們便下了車。

「我到底來這裡做什麼?」

貝蒂東張西望。前方有個像穀倉的棚屋,還有幾輛清潔的小卡車停在周圍,不是很起眼,我疑惑地聳聳肩。

「不曉得。我們會知道那是什麼的。」

計程車開走了。外公沒看我們就開始往前走。我們跟在他的身後。

「有時候動物會被人類傳染疾病,所以我們才會在這裡。」

外公開口再度一語中的,一如既往。要是我們不曉得這是怎麼一回事的話,那都是自己的錯。

他踩著大步往前走。我們行經海豚館。右邊是河馬之家。動物園裡除了我們以外,沒有其他的人。我聽見一隻孔雀在叫。此時夕陽西下,陽光落在樺樹之上。河馬之家後面的草地上,有陽光亮晃晃地灑在其上,在後面有幾個池塘,紅鶴立在那裡,就像一朵

---

36 Jugendstil,於1880-1910年間流行於德國的新藝術風格運動。

209　最好的夏天

遙遠的、玫瑰色的雲。

「我還沒有一個人待在動物園過。」貝蒂說。她說話的時候稍稍屏住呼吸,我覺得這樣實在太誘惑了。

「我在這邊做採樣。」外公說,「我們也可以讓人把它送到實驗室,但我覺得你們可能會比較喜歡這樣。這樣的機會不會再有了。」

我們經過猿猴區。附近則有圈養的山羊。這裡有那個古老的採石場,通往明亮的松木小森林,林間有些猛禽。在一個有岩石突出的地方,站著一隻山羊,牠往下看著我們。砂石發出光亮。外公選了一條路,從這裡一望便知。

「你看!」貝蒂拍了一下我,「是土撥鼠!」

我忍不住笑了出來。

「什麼?」

我小聲說話,以免讓外公聽見了。我說:「我跟妳第一次出遊,到動物園玩,居然有外公陪著一起⋯⋯跟我想的完全不一樣。比較浪漫。」

她也笑了。

「對,但我覺得這樣也很好笑。」

她很快地吻了我一下。

Der große Sommer　　　　　　　　　　210

在山羊這一區沿路往上，盡頭是一個岩石的通道。在我們還小的時候，會在這裡玩捉迷藏。穿過這個通道的時候，我心裡想著的其實是去看猛獸區，但是外公卻快步繼續走下去。他那棕色的皮革檔案包看起來比平常還要鼓。在這個安靜的園區景致當中，他身穿一襲白袍，看起來非常與眾不同。這一區有巴西鬃狼，其中一隻充滿好奇，快步地跟著我們走了好幾公尺。

我們走到一座小橋，它位於各種猛獸區之間，橋墩橫跨著護城河。猛獸的小屋則蓋在各種砂岩之間，它的左右兩邊與露天飼養場為界，裡面是熊、獅子與老虎的餵食區。兩個男人從猛獸區的屋舍裡走出，他們穿過小小的隧道，顯然正在等待外公的到來。

「這是我的孫子還有他的女朋友。」他簡單地向這兩位男人介紹我們。「他們也要一起進來。」

「我們也要……去哪裡呢？」

「你的外公真的很喜歡指揮別人，是不是啊？」貝蒂說話的聲音儘管小聲，但是卻沒有小聲到讓外公聽不見。但是他沒有理會貝蒂，而是打開自己的包包。

「這裡。」

他給了我們橡膠手套還有面罩。

「等我們出來的時候再把手套脫掉,這樣手才不會碰到外面。然後還要洗手。」

貝蒂戴上手套,然後問:「沒問題。可是我們到底要去哪裡呢?」

那兩個男人的其中一位微笑著。

「我猜這會是你們第一次、而且是唯一的機會,可以用非常近的距離看見一隻活生生的老虎。」他說完,便把手伸向我們。「史登貝赫,我是獸醫。看看你們的外公會不會找到他想要的東西。這個我不會。」

一隻老虎!我已經不記得自己靠在護城河旁的牆上多少次了,我很熱衷於觀察這些老虎。除了獵豹之外,沒有多少動物能讓我這麼著迷。

「真的太刺激了!」貝蒂說。我們一路往深處前進。

另外一個男人是動物園長。我們大家穿越隧道走進猛獸之家的時候,外公跟他簡短地交談。

「好刺激!」貝蒂又說了一次。「我⋯⋯好的,今天真的非常不一樣。」

大家都聽得出來她非常地激動,其實我也一樣。

我們走進猛獸之家。雖然一踏進去,氣味就撲鼻而來——那是濃重而刺鼻的味道。

我並不覺得那味道很臭,它聞起來就是一種野性的氣味。這樣的味道在所有任何其他

Der große Sommer 212

東西身上都沒有。充滿野性與⋯⋯當然也充滿了謬論,因為這裡到處都是囚籠,但聞起來卻仍然充滿自由的氣息。無論牠們在怎麼樣的地方,那味道聞起來就是這樣。

「看,那邊!」

貝蒂的手指向在我們右手邊的籠子。老虎躺在裡面。牠呼吸的方式很沉重,而且發出呼嚕呼嚕的聲音,彷彿將死了一般。夕陽的餘暉從猛獸之家拱頂的天窗落下,模糊地照在地面青年風格的瓷磚上。在柵欄前方有個很大的黑色皮革包,獸醫將它打開。

「我先幫牠麻醉,然後你們兩個,等我下了指令再一起進來。」他轉過頭來對我們說,「你們兩個人要走在最後面。什麼東西都不可以碰。如果我叫你們出來,好嗎?」

我們點點頭。動物園長打開了在隧道出口旁邊的門,我們走進去,從後面慢慢接近籠子。

「牠現在已經麻醉了嗎?」我問。

「還沒。」他說。貝蒂站在籠子前面,驚奇地觀察老虎。「我們只需要採檢,還有一些血液。通常我們在幫一隻大型動物執行麻醉的時候,會全部一起做好。包括清潔牙獸醫抽出兩條管子,然後把它們連在一起。那是用來輸送的管子。接著他從小袋子裡取出某種注射器。

最好的夏天

齒、身體檢查,以及其他東西等等。但是牠病得很重,所以體力也許完全沒有辦法承擔一個完整的麻醉程序。看這邊。」他把管線拿到燈光下,「這只是一個時程較短的麻醉,我們有大概十二分鐘的時間。」

外公同樣也戴著手套與面罩。他從包包裡抽出一個小塑膠盒,裡面裝著採檢用的小管子。

貝蒂跟我看著獸醫。隱隱約約,我們又聽見孔雀低沉的叫聲從外面傳來。其實整個氣氛都非常祥和。史登貝赫從他的包裡面拿出了一個腳踏車用的打氣筒。

「您是不是要用這個打氣筒把針頭從管線裡面打進去?」

我不是非常明白他打算怎麼做。史登貝赫笑了。

「不,你看!」

他抽出了有麻醉劑的針,拔掉針頭的蓋子,然後旋開打氣筒。

「如果針頭戳進去了,麻醉就會透過氣壓來注射。」他一邊解釋,「這時我會從後面來幫它加壓。」

他往柵欄靠近。老虎抬起沉重的頭看著他。史登貝赫拉起管線到嘴邊,針頭馬上就飛出去了。老虎中了麻醉針,身體開始抽搐,接著頭漸漸垂下了。史登貝赫觀察著牠,我們也是。漸漸地,牠的肌肉開始放鬆,眼睛慢慢地閉了起來。

Der große Sommer　　　　214

「就是現在，」他說，「趕快。」

外公跟他走在前面。貝蒂與我跟在後面。走過這扇門，我們便進入了一個通道，沿途可以看見所有的籠子。通道上有鐵柵門，關在籠子裡面的獅子與老虎就是穿過這些門來到露天飼養場。籠子的背面也有矮的金屬門。史登貝赫打開了小門。

外公弓著身軀，走進了籠子裡。

「我跟在妳後面。」我用極其禮貌的口吻對貝蒂說話，然後我們就一起進去了。

老虎躺在稻草堆裡，外公在牠的頭旁邊跪下來。史登貝赫把老虎的嘴巴用力地拉開來。我站在那裡一會兒。眼前的景象簡直要把我壓倒了。老虎比牠從外面看起來的樣子還要大得多。貝蒂蹲過去，用手去撫摸牠身上的皮毛，儘管外公說過我們不能這麼做。可是我也沒其他辦法。我彎下腰，讓身體越過牠的皮毛。老虎身上的味道跟猛獸之家裡面的氣味基本上是不一樣的。有一點像蒙著灰塵，但也像貓咪，還有，很奇怪地，有點像雪的味道。

貝蒂走到老虎的另一邊蹲下來。我們的眼睛注視著彼此。她伸出手來撫摸老虎。我則牽住她的手。這時，我們兩個人的手就一起放在那個強健有力的軀體之上。牠的身體因為呼吸而上下起伏。貝蒂的眼睛發出綠色的光芒。

215 最好的夏天

外公取得了採檢之後，就把小管子重新收回小塑膠盒裡面。

「現在我們還需要抽血。」他說。

史登貝赫有第二個注射器。

「前腿。」他簡短地說。外公看著我，然後點點頭。我很快地站了起來，然後幫老虎抬起前腿。太驚人，這個腿未免也太重了。貝蒂也來幫忙。外公似乎早就忘了，我們其實不應該碰觸老虎的。不過顯然他也沒其他辦法。在一個短暫的片刻，我看到外公把手放在老虎巨大的頭蓋骨之上。史登貝赫正在尋找老虎的靜脈。不曉得他是用什麼方式找到牠皮下的靜脈呢？不過他一下就戳到了。老虎的身體顫抖了一下。貝蒂現在站在我的身旁。當史登貝赫完成工作，我就把老虎的前腿慢慢再放回稻草堆裡頭。我的背緊緊靠著鐵柵欄，貝蒂跪在我的身旁。

「太驚人了。」她小聲地說。這個時刻，老虎的眼睛突然睜開了。牠看著我們。我簡直停止了呼吸。老虎看著我們，牠看著我，然後是貝蒂，接著又看我。

「現在出去！」史登貝赫尖叫，「快逃！」

我們兩個人背靠著柵欄站了起來，身體像麻痺了一樣。接著我們就經過老虎旁邊，往鐵柵門的方向去。慢慢地。彷彿是打著赤腳在走在荊棘之上。最後我們抵達了外面。外公與史登貝赫跟在我們後頭，獸醫把門鎖上。

Der große Sommer 216

「我們永遠不知道，麻醉會維持多久。」他簡短地說。

他拍拍貝蒂的肩，然後開始笑。真是緊張刺激，但是又已經安全了。

「這是最刺激的地方。」

外公也回過神來。

「趕快去洗手臺那邊。」他命令大家。「把手套脫下來，然後記得用肥皂洗。」

我們四個人就這樣站在水龍頭旁邊。外公從實驗室帶來了肥皂，我們一人拿了一塊，讓肥皂在手裡搓出泡泡來。然後脫下面罩，往廢棄的手套堆扔去。貝蒂的臉頰因為激動而紅潤。她看起來真的好美！在這個通道裡有獨輪手推車、堆肥的糞耙、牆壁上掛著綠色的圍裙，洗手臺旁則擺放著一堆塑膠桶。我們就站在這些東西之間，有說有笑、神采飛揚。

我們近距離地看到了一隻老虎的眼睛。

我們兩個人近距離地看到了一隻老虎的眼睛。

動物園裡面沒有人。池塘四周廣闊的草地某處，有水鳥駐足，還有孔雀發出獨特的叫聲。在這個地方，有一切在我孩提時代來郊遊的所有美好事情。那種氣氛像在漂浮，彷彿鞦韆盪到最高點時的那種令人屏息的時刻。當我們走經海獅的人工大池塘時，外公

217

最好的夏天

突然駐足了一會兒，然後輕輕地倚著牆邊，看著裡面的水。海獅以令人驚異的方式快速地在水中滑行。

「牠們看起來就像深色的水滴，」貝蒂輕聲說話，「如此輕盈、敏捷，彷彿牠們是用水平的方式在水中穿游。」

池塘中央有一塊岩石，海獅們都躺在上面。牠們偶爾發出大聲的呼嚕聲。聽起來真的很有趣。

外公繼續觀察水裡面的一切。也許他看得更遠，這個我就不曉得了。

「其實我是在柏林念書，但是我所實習的醫院把我送到了漢堡，去研究熱帶地區的醫療。我對熱帶地區的疾病很有興趣。那時我沒有很多錢，我可以以劇場醫生的身分去歌劇院。但是每到星期天……」說到這裡，他短暫地看了我們一眼，「啊，那時候我沒有女朋友。每到星期天，我都會去哈根貝克動物園。我去看大象，老是去看大象。那時我是個年輕人，有非常多浪漫的想法，我想像著，以後要跟我的孩子們一起去動物園玩。」

我想說些什麼，但是貝蒂輕輕推了我一下，用難以察覺的方式稍微搖搖頭。孔雀又在叫了。這裡的空氣充滿水邊的味道。此刻，其中一隻海獅正從岩石滑向了水中。外公這時候站起身。他穿著有口袋的白袍，在這裡看起來實在不合時宜，但是又奇怪地令人

Der große Sommer 218

印象深刻。

「唉，誰知道自己會變成什麼樣子呢？」他簡短地說完，整個人轉向我，補充說道：「有時候，跟別人的孩子在一起，反而更加幸福。我很高興今天有你們一起來。」

他說完，又繼續觀察了一下海獅，然後他沒有多管我們，就自顧自地往出口的方向走去。

有夠快！我還沒有見過動作這麼迅速的外公。

我們落在他的身後好幾步，當我們開始趕路的時候，貝蒂輕聲地笑著。

「怎麼了？」我問。

「我猜這是你第一次跟祖父一起到動物園郊遊。」

我把她推到一旁。

「對這個男人不要說什麼『祖父』。他是我外公！況且對妳來說，他一直都是『教授先生』好嗎？」

貝蒂又繼續笑了。

「『教授先生』剛剛跟你表白了。我也會被表白嗎？」

我停下腳步，開始吻她。

24

娜娜在接下來的幾天也不跟我說話。我曾經試過一、兩次去找她說話,但她只是別過頭去,或是根本不回答我。吃午餐的時候尤其嚴重。她只跟外公聊天,儘管外公什麼也沒說,但是他的眼神還是透露他正在思索。這種感覺好奇怪,突然間,我覺得他比娜娜跟我更親近。我面對這一切,往往在下午的時候離開家,直到很晚才回來。每天我都覺得更困難一點,那種沉默實在難以克服。

可是今天真的是一個非常祥和的夏日早晨,所有的事情好像都對了。面向花園的窗戶是敞開的。一些屬於假日的聲響,友善而遙遠地從外面傳來。一些花園傳來割草機運轉的聲音。前院有鴿子在雲杉上啼叫。不知道哪兒春藤裡蜜蜂所發出的嗡鳴,顯得更為清晰。外公一如往常在醫院裡。娜娜先前騎腳踏車出門買東西了。我沒有出門,而是待在房間裡念書,不過今天這對我來說一點也不難;因為我知道,下午我會見到貝蒂,然後

Der große Sommer　　　　　　　　　　　　　　220

再晚一點，接近晚上時，我還會見到艾瑪。在動物園的時候，我感覺到貝蒂跟我之間有些變得不一樣了。我說不上來那是什麼。也許是某些只屬於我們兩個的東西產生了。彷彿是一個共同擁有的祕密。

咖啡的香氣透過窗戶傳來。顯然，娜娜又回來了。我聽見她輕巧地在廚房裡忙碌的聲響。也許我該下樓去，試著再跟她說說話。但是……我不知道該說些什麼。不斷嘗試著跟她道歉。這一切都錯了。儘管如此，在我的內心深處，我始終都覺得──我們是相互交織的。她所經歷到的、她如何愛過，都與我有關。這個想法很愚蠢，卻一直存在著。彷彿我始終有權利去瞭解她的故事。也許這樣想根本不是件好事。我想著，手裡一邊轉著原子筆。也許我應該寫封信給她。但是這樣也蠻蠢的。況且──我又應該寫些什麼呢？

Audiatur et altera pars.[37]

當然，若她不想聽另一方說話也不成問題；問題其實在於根本沒有所謂的另外一方。該死的，為什麼我明明不會拉丁文，卻老是記得這些爛格言。

樓下的電話響了。這裡跟我家完全不一樣，我們家的電話經常響，可是這裡卻正好

---

37 此處為拉丁文，意為「讓另一方去吧」。

221　最好的夏天

相反。尤其是當外公在醫院時，電話根本就不會響。娜娜比較常打電話給別人，而不是接電話。我默默聽著樓下的聲音。聽見她走到電話旁邊，然後太令人意外了，她很快地大聲叫我：「腓特烈！你的電話！」

腓特烈！她不是叫我的小名。當我走到樓下時，她就把聽筒放在小桌上，便消失在廚房裡。我的天哪，也許那是貝蒂。我拿起聽筒。

「您好。」我用格外正式的語氣說，「我是腓特烈・畢希納。」

「嗨。」

約翰！我真的太吃驚了。他怎麼會在度假時打電話過來呢？

「代號紅色前線！」我開玩笑地說。「你在哪裡？你怎麼會打來？」

我只聽見電話的線路裡沙沙作響。

「約翰，你在嗎？」

「在，」他說，「我又回來了。」

「怎麼了？為什麼？」

我聽見他用打火機的聲音。他正在點燃一根菸，然後他什麼也沒說。

「約翰？你不說話嗎？」

「好。」

他聽起來真的太反常了。我又聽見他抽菸的聲音。然後他一邊說，一邊夾雜著捲菸紙的奇怪聲音：「我爸爸過世了。」

當我掛上電話時，我沒辦法清楚描述自己的感覺。我只是站在原地。誰會真正去認識最好的朋友的父親呢？無論如何，這不是好事。約翰的母親跟我比較親近。但我想，我也沒有其他辦法，只能去想像如果是自己的父親死了的感覺。想像那會是一番怎樣的光景。就這樣，他在吃早餐的時候倒在桌上，像羅曼先生那樣。約翰告訴了我一切，栩栩如生地在我的眼前成為一幅具體的畫面。約翰、弟弟、母親與父親正在格達湖畔吃早餐，陽光灑在露臺上，也許可以從露臺看見那座湖。然後，約翰的父親就這樣從椅子上跌下來，暴斃而死。陽光繼續閃耀，那座湖始終一片湛藍，而在桌上，連一杯柳橙汁都沒有翻倒。

娜娜從廚房裡走出來。我身上的氣息彷彿在告訴她──有些事不太對勁。

「阿胖！怎麼啦？」

「約翰的父親死了。」跟她說話的時候，我的語氣平淡。我一點也不覺得悲傷，只是難以置信。對我來說，是某個認識的人死了。既不是在養老院的女人，也不是在加護病房裡的男人。是羅曼先生，約翰的父親。

223　最好的夏天

「我的天。」娜娜用溫暖的語氣說,然後開始擁抱我。「唉,可憐的孩子。可憐、可憐的孩子啊!」

我們都忘了她不再跟我講話這件事。彷彿偷看日記的事情一點也不重要了。我想這是我的眼眶泛起淚水的原因,而不是因為約翰的父親去世了。

「想要的話就去找他吧。」娜娜說,「我會跟華特講的。」

「那我們就晚一點再見了。」我說,「他們才剛剛回來,我等一下就過去。」

我們就這樣站在走廊的電話旁邊半响。

「你也要來杯咖啡嗎?」接著娜娜問我。

我點點頭。

有她在真好。

Der große Sommer　　　　　224

25

司機正坐在羅曼家裡的客廳。在一樓，全部的百葉窗都是拉下來的。太陽透過百葉窗的縫隙照亮了地毯，形成一條一條的紋路。羅曼太太在這微弱的光線之中坐著抽菸。

「哈囉，羅曼太太。」我進門的時候說。「真的非常遺憾。我……實在很遺憾。」

「謝謝，阿胖。」她說。「節哀」兩個字。聽起來實在不太對。

「謝謝。這真的是很難熬的時刻。我根本就沒想到……我得打電話通知親戚們，可是我就是沒辦法。我沒有辦法對她說出「節哀」兩個字。聽起來實在不太對。

「謝謝。這真的是很難熬的時刻。我根本就沒想到要舉行葬禮。我們都在……我得打電話通知親戚們，可是我就是沒辦法。

「你要不要去樓上找約翰？」

我點點頭。然後我再一次地走到她身邊，我跪在她坐著的單人沙發椅旁。

她跟赫伯特兩人面前各有一杯白蘭地。她看起來比平常還要矮小一些。

「我真的很難過，羅曼太太。」我說，「如果有什麼事情需要我幫忙……請儘管

「說,好嗎?」

我說錯話了。她忍不住哭了。

「你先上樓。」赫伯特溫柔地說,然後他伸出手臂安撫羅曼太太。

「我沒事的。」羅曼太太說完,把自己的眼淚擦乾。

我站起身。從樓梯間,我可以聽見約翰的房間裡傳來音樂,跟平常沒什麼兩樣。約翰看起來就像平常一樣。只是現在他不用走到窗邊去抽菸了。他就站在電子琴旁,開始彈奏,嘴角叼著菸,眼睛半閉著。循環撥放的節奏從他的電子琴傳出,那是他事先錄好的。聽起來真的很棒。有點怪異,可是很棒。

「你們是什麼時候到的?」

我突然間覺得有點不知所措,於是坐到他的床上去。就像平常那樣。他停止彈奏,整個人跳上床,然後閉上眼睛。

「不曉得。今天早上,大概是四點的時候吧。赫伯特就這樣一直開,完全沒有停下來。當然,通過邊境的時候除外,其他地方都一路通暢。」

他並沒有表顯出世界正在崩毀的模樣。

「對瑪麗亞娜來說,這真的很困難。當然,對卡勒來說也是。」

約翰跟他的父母親說話都是直呼名諱。一方面我覺得那很酷,另一方面我也覺得

Der große Sommer

很奇怪。我真是沒有辦法想像自己直接叫媽媽名字的樣子。羅曼太太跟約翰一起去聽過巴布·狄倫的演唱會,而我母親的優點在於,她很懂得買車、設定錄影機,或者是去ＤＩＹ商店買東西時,在四包盆栽土中夾帶一罐油漆回來。買回來以後才說,自己是不小心多帶了。在她的人生中,從來都不曾跟我們任何一個孩子去聽過搖滾演唱會。

「星期五要舉辦葬禮。」約翰說著,感覺他還撐得過去,就像我認識的他一樣。

「你可以一起來嗎?可以?他從來都不想要在教堂舉辦葬禮,可是現在應該會是如此。我不知道我能不能忍受。你會不會來?」

「約翰,」我說,「你是我最好的朋友,我當然會去。」

他把菸蒂丟到窗外,然後又拿起他的香菸袋。

「我想現在我得去陪陪瑪麗安娜。今天晚上我們還會再見到吧?」

「會的。」

我們在他的床上躺了好一陣子,一邊聽音樂,約翰一邊抽菸。然後他又重講了一遍事情是如何發生的。

「反正他就是忽然死了。醫生也是這樣說。你說,這樣的死法也不錯,對吧?不然誰會想死呢。」

我點點頭。

「而且你們都在那裡陪著他⋯⋯他也許會想要自己獨自死去吧,在車子裡還是什麼的。但是這樣的死法,你們才能夠陪著他呀。」

我想約翰知道,我們只是想要從彼此身上找到一些安慰罷了。我們用輕鬆不過的語氣,聊那些一點也不好的話題。但是我們當中沒有人直白地說出來。實話是,我也不想讓約翰自己一個人。

差不多該離開了,我推著腳踏車前進。有時候,譬如說當我跑步的時候,比較能好好地想事情。今天天氣挺好,始終都和早上時一樣晴朗。我過得還不錯。我並不真的認得羅曼先生,我只是異常地安靜,因為這是跟約翰有關的事,還有他的母親。我覺得我只是感受到悲傷,悲傷卻不是來自於我。

我踩上腳踏車。今晚我們還會再見到面,在這之前,我還得去養老院那邊跟艾瑪說一聲,免得她像我一樣蠢,在電話裡不小心對約翰說錯話。我沒有辦法預料到這些,儘管如此,當我想起自己是如何回應他的時候,總感到不好意思。

這一天,晚上已經過了一大半,我還躺在床上,沒有力氣去脫掉身上的衣服或讀書。稍早,我們約在雞蛋花咖啡館前的老位子相見。貝蒂也來了,然而想當然爾,氣氛

Der große Sommer　　　　　　　　　　　　　　　228

非常奇怪。約翰再講了一次事情的經過，可是語氣聽起來好像他只是偶然在場，這件事完全與他無關。他說話的語氣，彷彿事情並不突然，彷彿他很愛自己的父親。約翰說，我們沒有必要感到哀傷，畢竟我們跟他爸爸也不是很熟。可是艾瑪卻開始哭了，她實在很少這樣。貝蒂說要出去走走，就再也沒有回來了，約翰喝了一瓶又一瓶的啤酒。貝蒂就這樣子走了，連個吻都沒有，就這樣走了。艾瑪覺得不爽，因為貝蒂就這樣丟下約翰，而約翰……最後就這樣喝醉了。

我躺在床上看著天花板，然後心想，我實在沒有權利覺得難受，畢竟在度假時死掉的人並不是我的父親。

突然間我想要寫封信給家人。我想問問他們是否都過得好。

我寫信給路易。他會把信朗讀給大家聽的。當我寫到看老虎的時候，有人敲了敲門。

娜娜走了進來。今天下午過後，我們終於又能夠彼此交談了，但還是有點尷尬。

她帶著自己的日記本過來。天哪！要是今天晚上還得談這些事情，我真的沒有辦法。

娜娜到我的床邊坐下，把日記擺到她身旁。

「你在寫信給雷吉娜嗎？」她問。

我躊躇地點點頭。

「也算是。」

娜娜把她的手擺在日記本上。

「我考慮過了，你可以讀我的日記。」她說。她手上的祖母綠戒指，在桌燈光線照耀之下，微微地發亮。

「什麼？」

我真的要暈倒了，我從來沒想到她會這樣說。

「我也寫進遺囑裡了，到時候日記歸你。我不打算給我自己的小孩⋯⋯可是，可以給你。」

「娜娜！」

我點點頭。

「你看她的模樣，讓我想起⋯⋯那時的我，也是這樣看著華特的。來吧，」她說，「我給你看一些東西。」

我坐到她的身邊去。她打開一本橫幅的素描簿。精裝封面的內側也貼著黑色的

娜娜把玩著她懷裡的小菸袋。那一刻，她看起來有點像媽媽。

「我看到你和你的女朋友了。在房子前面，那時你們正要上計程車。是貝蒂，對嗎？」

我真的完全不曉得該說什麼。事情一件又一件，這天對我來說，實在是過於沉重了。

Der große Sommer　　　　　　　　230

「一九四八」。那是用剪刀剪下然後貼上去的字。

「三十三年過去了。」她微笑地說。「那真是一場轟轟烈烈的愛情⋯⋯你看。」她翻開了第一頁。裡面是一幅小小水彩畫，顏色明亮清透。那是間有窗戶的病房，一名年輕女子半躺在床上。一名穿著白袍的醫師剛剛走了進來，身體微微前傾，顯得很匆忙。在這張速寫水彩畫，那小而清晰的臉龐，確實是外公沒有錯。我忍不住笑了出來。

「他到今天還是這樣。」

娜娜點頭。我從旁邊看著她。她看起來一直都像是還在戀愛中，這件事對我來說簡直如當頭棒喝。居然還有這樣的事情。這種事情是真的。

娜娜繼續往下翻。下一張是晚間的雨中風景。她真的很會畫畫，我可以感受到她的每一筆每一劃。我也希望自己有這樣的能力，看是會什麼東西都好。

路燈照在溼漉漉的街道上。一名穿著優雅短大衣的女子站在一棵樹後——那是娜娜。外公則站在再過去一點的街道的角落。他在跟另一個女人說話。在這張圖畫的底下沒有任何文字。但是畫裡面的一切都說明了——那是嫉妒！失望、憤怒，還有悲傷。所有的一切都在這張小小的水彩畫裡面。

「這個人是誰？」

娜娜用手指撫摸圖畫邊緣。

「那是他的前妻。」

我還真的不知道,外公居然在娶娜娜之前還有結過婚。

「這個女人真的是非常非常地嫉妒我。我對她也⋯⋯」

「唉,就長遠來看,好歹妳也贏了。」

她微笑著,繼續翻頁。現在這張,是外公攤在一張沙發上,他兩腿收攏,讀著報紙。那個動作跟今天一模一樣。現在我慢慢可以明白為什麼大家會對他這麼著迷了;這一點不只是從娜娜的筆觸可以看出來。現在我慢慢可以看出來了他的專注。

「這本畫冊真的很棒。」

「除了他之外,沒有任何其他人看過這本畫冊。到目前為止只有你。」

一陣強烈的羞恥感湧上我的心頭。我原本實在是不夠明白,這一切對娜娜來說到底有多特別呢?

她站了起來。

「謝謝妳,娜娜。」我輕聲地說。

「好好愛她。」她說完,就離開了房間。

這一天發生的事情不能再多了。

Der große Sommer　　　　　　　　　　232

26

我們太早到大教堂了。我並不知道約翰的父親原來是那麼有名，或者說，他是一個那麼有身分地位的人。

「我們應該在外面等嗎？」

貝蒂與我抬起頭，看著眼前巨大的教堂建築。兩座塔樓矗立、直上天際，藍白相間的天空是安詳的。今天天空那輕飄飄的白雲，很可能會被尖尖的塔頂絆住，或者就這麼懸在上面。就像兒童書裡畫的那樣。

「我不知道。」

我參加過的第一場葬禮，是我爸爸的父親的葬禮。我還有些許模糊的記憶，那時候我的年紀還非常小。

貝蒂跑去安全島上，想看看鐘樓上的時間。她走了回來。「現在是十二點半。時間還多得是。走，我們進去吧。我還沒有進去過教堂裡面呢。」

教堂的大門深鎖，向來都是如此。於是我們從側門進去。門口有個牌子，上面寫著：「**今日因下午一點半到兩點半舉行追思會，不開放參觀。**」

我們並不是訪客，我們屬於今天活動的一部分。走進教堂時，沒有任何人出來阻止我們。前方的祭壇空間裡已經放置著棺材，羅曼先生躺在其中。感覺非常的奇怪。在棺材上、以及四周，處處都擺放著花環。

「我實在不認識我父親。」貝蒂輕聲地說，「但當我開始想像母親怎麼樣的時候⋯⋯你覺得我待在他身邊，這樣是好的嗎？我一點都不認識他呀。」

「約翰說，這樣他會很高興的。」

話雖這麼說，但其實我也不確定。也許這是我的緣故，因為我並不清楚知道自己在想什麼。我不是真的那麼悲傷，我的感覺比較像是混合著對約翰的同情與感同身受。如果要我老實講，我也感受到了一點點的害怕，因為這樣的事情原來是會真實發生的，而不只在書本或是報紙裡出現。有關父親死掉這件事，是會真切地發生在每個人身上。

教堂南面的窗戶奇高無比，透出了光亮。在中間的走道區，長椅與地磚映著教堂彩繪玻璃的顏色，像一塊透明繽紛的布覆於其上。貝蒂撫摸著其中一張長椅的木質椅背，紅、黃、藍色與橘色，交錯在她的手背之上。她沐浴在陽光底下，臉龐被多彩的馬賽克照亮。

Der große Sommer　　　　234

管風琴開始演奏；音調有些散漫，因為它只是在試音，並無特別之處。這裡充滿著非常獨特且輕鬆的氛圍。在這個巨大的教堂裡，只有貝蒂、我、管風琴的聲音以及各種色彩。我走到彩繪玻璃窗旁邊，輕觸其中一片玻璃。

「噢！」我驚訝地說。

「怎麼了？」貝蒂問。

「妳過來看。」我說著，然後拉起她的手，讓她碰一下那片玻璃。她把手縮了回去，跟我一樣驚嚇。那些玻璃窗片是炙熱的，真的非常燙，幾乎要令人覺得痛了。

「因為我們一直都以為玻璃會是冰冷的。」

她是否也覺得非常驚奇呢？無論如何，我們兩個人都感覺到自己好像發現了一些很不尋常的事情。那是個小小的、屬於我們共同的祕密。不是什麼巨大的東西，只是一件微不足道的小事，但是除了我們之外沒有人知道。我碰觸著不同位置、不同顏色的玻璃，每一塊都有著屬於自己的溫度。

「紅色的玻璃是最熱的。」我說。

貝蒂走到我身旁，緊緊依偎著我。她輕輕笑著，然後將一隻手擺到玻璃窗上我的手旁邊。

「小心一點，紅色的很燙。」

最好的夏天

前面的棺材裡,有約翰死去的父親。我們兩個人在這裡,靠著牆,充滿欲望地緊緊依偎。彩繪玻璃窗很炙熱,教堂的空氣很冰冷。教堂的石頭地上,有各種顏色跳躍著。這座教堂即將瀰漫著悲傷,而我們現在感到奇異的五味雜陳。

教堂安靜了下來。管風琴彈奏的聲音停止了。當眾人趨於沉默、四周一片寂靜時,這裡聽起來與一間普通教堂並無不同,只是我們的主座教堂規模遠大於一般的小教堂,有那麼一瞬間,我感覺自己幾乎被這裡龐大的靜謐所壓倒。貝蒂和我始終緊挨著彼此,站在原地。我的下巴輕輕地靠在她的肩上,她身上的味道聞起來非常⋯⋯清新,就像是樺樹的葉子在風裡的味道。很清爽。那是一種沁人心脾的夏日氣息,就這樣傳到我的身上。這個夏天。我從來都不曾歷過這種夏天。我的嘴巴開始哼唱。那是我在這座大教堂裡所想到的第一首歌。我在幼兒園時,宗教課上學來的:「**出去吧,我的心。**」

有那麼一個片刻,我問自己,不知道貝蒂會不會覺得我很奇怪或很庸俗,就像個平庸的小市民那樣;幸好,並沒有。她也跟著一起哼唱。在這巨大的安靜之中,我們哼出的歌曲顯得很大聲。然後,我就真的開始唱了。

「**出去吧,我的心⋯⋯**」

我們一下子又變成了小孩子,手牽著手站在一起。貝蒂的聲音加入,跟著我一起唱,誰說她不會唱歌的呢,根本不是這樣。

「……在這可愛的夏日時光裡……」

在這廣闊的空間裡，充滿了我們的聲音。只有我們兩個。還有這首古老的歌曲。

我們聽見門打開的聲音。接著因為一時驚嚇而馬上分開。接著兩人相視而笑，沒有發出任何聲音。貝蒂牽起我的手，一起坐在最後一排的其中一張長椅上。教堂的大門愈來愈常被推開，喃喃細語的聲音愈來愈大，有愈來愈多的人走了進來。

「哇，真的是好多人。」貝蒂悄悄地跟我說。

我也感到非常驚訝。當約翰跟羅曼太太走進來的時候，我微微起身，好讓他看見我。約翰本來挽著母親的手臂，看見我們之後，就走了過來，讓母親在原地站著等待一會兒。

「你們好。」他說完，就跟我們握手。「見到你們真好。今天在這裡的場合真的很不尋常。」他停頓了一會兒，然後甚至微笑起來。「我們晚點見。我得……我得去前面。」

他先指著自己的母親，然後再指向唱詩班的位置。

「沒問題，老人優先。」我說。不然我還能說什麼呢？

艾瑪悄悄地換到我們這張長椅上坐下來，沒發出一點聲音。我完全不知道她是什麼

最好的夏天

時候過來的。

「嗨。」她跟我們打招呼。貝蒂跟她擁抱了一下。「約翰還好嗎？」她問。

「他好像還能夠挺得住。」我小聲地說。貝蒂有點驚訝地轉過頭來看我。

「你覺得是這樣嗎？」

我聳聳肩。其實我想是的。我倒是覺得，令他受不了的，反而是這個地方的所有流程太小市民，過於流俗，而少有真正的悲傷；但是在這個時刻，我並不想把它說出來。

「我都還沒有看到他呢。」艾瑪說。她又一次從長椅上站了起來，目光越過人群，往唱詩班那邊看去。

「他看起來很悲傷。」她說。

女孩子就是這樣，我並不這樣覺得。在我看來，約翰並不悲傷。他只是一直站在那裡。當你從遠方看著他的時候，也沒有辦法真正看得清楚。但是，也許她們感受到一些我沒有感受到的吧。在這樣的時刻，我怎麼想毫不重要，但忍不住思考自己是否缺乏了什麼。

管風琴開始演奏。我對於天主教的彌撒並不熟悉，當別人站起來的時候，我們就跟著一起站起來，當別人坐下的時候，我們也跟著坐下。神父開始宣講，我發現他其實並不認識羅曼先生。可以想像約翰不是很高興，但他反正一直以來都沒興趣跟教會有所

Der große Sommer　　　　　　　　　　238

牽扯。而現在他得待在這裡。我的話，大概會覺得無所謂。學校裡的同學們都會來嗎？貝蒂也會坐在教堂的後面嗎？那約翰呢？不過呢，他們無論如何是不會把我擺進大教堂裡的，這點非常清楚。我所做的事情與成就沒有那麼多。說起來，我一事無成，我只是在場，除此之外別無其他。我總是在想，要是我還有時間，那該多好。這樣的話，我可以展現我潛在的能力，也許成為一名演員，或者是一名電影導演，或者是作家。也許我根本沒有時間了⋯⋯要是我也像約翰的父親，就這樣倒下，那麼，什麼也不會留下來。貝蒂總有一天會忘了我，艾瑪則不會。但是其他人呢？日後留下來的，或許就只是個回憶。不過，有件事我很清楚，他們應該要在我的葬禮上演奏 Bossa Nova，不要彈管風琴。他們要演奏那首歌──Samba de uma nota so。只有一個音符，這樣和我的葬禮很搭。

唸主禱文的時候，大家全部站了起來，嚇了我一跳。該死的。我趕快跟著大家一起站起來。我真是個好朋友。

「她哭了。」

貝蒂微微地把頭往前伸，她的聲音裡帶著些許顫抖。羅曼太太真的哭到不行。約翰把他的手放在她的肩上，看起來怯生生地。

「妳會想念我嗎？」

我悄聲問她,連我自己也被這樣的問題嚇到了。貝蒂轉過頭,久久地注視我。

「我會非常想念。」她回答。

艾瑪帶著疑惑,看向我們這邊。我搖搖頭。什麼也沒發生。艾瑪帶著疑慮挑起眉毛。對,我就是說,什麼也沒發生。艾瑪淺淺地笑。葬禮的彌撒就這樣結束了。

「你們要怎麼去墓園?」約翰問我們。「要不要載你們一起去?在車裡一起擠一下好像也可以。」

我搖搖頭。

「我們都是騎腳踏車過來的。也許還會比你們快呢。我們要去墓園的哪裡呢?」

「我們先在入口處見,之後再一起走到墓碑的位置。這個活動還不錯,對吧?」約翰用拇指比比大教堂的入口處,一直都還有川流不息的人們湧進。

這話聽起來有點苦澀。

「我們只有面面相覷。」

「這裡有一半的人我完全不認識。他們突然間就這麼出現了。真是的。」

「那就等等見了。艾瑪,妳那邊有沒有一根菸可以給我抽?」

艾瑪把菸草遞給他。他站著,身高比我矮一些,快速地捲了一根菸。艾瑪微笑地看

著約翰,充滿溫暖是她的強項。

「氣死我了,」約翰說,「我現在寧可去喝酒,真的不騙你。」

羅曼太太的目光往我們這邊看過來。約翰又抽了一口,然後把抽了一半的菸遞給艾瑪,往汽車走去。我們三個人各自架著自己的腳踏車。這一切看起來都好不真實,彷彿一場遊戲。或許我們大家都假裝那是真的,但事實上,對我們來說那只是一場遊戲。這對約翰來說是多麼殘酷的事,因為這一切對他來說,恰恰相反,全都是真的。

27

儘管我們頭頂上的天空一片蔚藍，照在白楊樹上的烈日其實有些毒辣。在西邊，游泳池跳水臺的後面，已經可以看見天空上有些烏雲。天氣非常炎熱，我們提不起勁，全躲在樹蔭底下。貝蒂與艾瑪的頭底下墊著手帕，我把身體靠在樹幹上，約翰則是一件衣服也不肯脫下來。他沒有興趣游泳，所以就一直在旁邊跳來跳去。我們有一搭沒一搭地聊著。艾瑪身旁擺著她的皮革菸草袋，約翰身邊則是一包羅斯牌香菸。兩枚銅板在玻璃紙底下，經過太陽的照耀，像新幣一樣閃閃發光。他還沒把那兩枚銅板拿來用。不知怎地，我有點在意。我寧可把錢都擺在口袋裡，錢不露白。但可能是因為我平常總是沒錢的關係吧。每當我跟外公說要去游泳池的時候，他會塞給我十芬尼。

「這是預付給你的工資。」外公會這麼說。

葬禮過後的日子非常單調。那段時間什麼也沒發生；貝蒂又跟她母親一起去旅行了。艾瑪和我簡單喝過一次咖啡——那時我醫院那邊回來，而她之後則要去值夜班——

Der große Sommer 242

我回家看了一下，清空信箱，再多拿了幾張我的信紙。整個家空蕩蕩的。其實我很喜歡自己一個人，但家裡的空氣未免太枯燥了，於是我很快地又離開。

「約翰，你要不要一起去玩水？」

艾瑪突然坐了起來，她瞇起眼睛看著太陽，然後從地上跳起來。約翰搖搖頭，然後笑了。

「各位，你們現在又沒事做。去玩水吧！我去雜貨店幫大家買點東西，啤酒如何？」

他對我們做了個鬼臉。大家都點點頭。雜貨店那邊傳來了炸薯條的味道，我們都聞到了。炸薯條、番茄醬、玩水、還有剛剛修剪過的青草地。這些東西構築起夏日露天泳池的記憶，獨一無二，沒有其他地方可以取代。

艾瑪一邊走向洗手臺，一邊說：「他真的變得很不一樣。」

「不然你覺得他應該怎麼樣？」我問。「他父親才剛死一個星期。不然他也不會這麼奇怪。」

艾瑪聳聳肩。

「我跟他還沒那麼熟，」貝蒂說，「可是難道你不會覺得他有點過度開心嗎？」

「話是這麼說沒錯，但他一直都是這樣。他實際的感受應該不是如此。不過他寧可

243　最好的夏天

表現得很酷,所以就顯得很快樂。」

「裝酷也沒有什麼不好啊。」

我喜歡沒事就挑釁一下艾瑪,不過她完全不予理會。她碰了一下貝蒂,然後微笑。

「恭喜啊,妳是怎麼找到這傢伙的呀?」

貝蒂哈哈大笑。

「妳知道的,賭博都會贏,戀愛都會輸。」

我開始往前跑。

「看誰先拿到五分!」

「討厭!」

艾瑪嚇了一跳,跟著開始跑。貝蒂也是。當我們抵達跳水臺時,我們幾乎沒辦法呼吸了,這時艾瑪把我從樓梯上推下來,我失去了重力,跌到了地上去。然後我又開始大笑,一直往上爬,貝蒂站在我旁邊,忙著嘲笑我。

「哎呀,這個小朋友掉下去了嗎?他痛不痛啊?」

「我會讓妳痛死的,妳這陰險的毒蛇!」

我一邊笑著,作勢要打她。但這時候,她已經爬上階梯了。她的雙腿看起來真的好美。突然間,救生員出現在我身旁。

Der große Sommer 244

「什麼?你們這次付錢了?」

我看著他。這人其實還不錯。雖然有點瘋瘋的,但基本上是個不錯的人。

「別這樣,繳費處半夜又沒開。」

他微微一笑,樣子有些兇猛卻又友善。

「來吧,我們一起上去。這次我們跳七點五公尺深,當做跳水練習。」

我還真是沒有見過這樣的他。

「欸……難道您不需要去顧其他小朋友嗎?您不是應該要保護他們,別讓他們溺水之類的?」

他笑了。

「你是膽小鬼嗎?你明明已經跳過一次了。來,上去。」

我爬上樓梯。

「噢,不。」貝蒂說,她看見尾隨在我身後的那個人,正爬樓梯到了高處。原本她跟艾瑪都在五公尺的高度。

「我真喜歡大家這麼期待見到我的樣子。」救生員說。這個人真是幽默——我必須老實承認,而且不帶有嫉妒之情。

「哈囉,」他說,「原來你們白天看起來長這樣啊,請再往上到二點五公尺高。」

245　最好的夏天

「你好。」艾瑪對我打招呼,她還沒打算原諒救生員之前逼大家去跳水的事。

「還不錯囉。」我說,貝蒂就在我的後面。

「為什麼就是沒辦法好好習慣這件事呢?」當抵達上面的時候,貝蒂問我。我的心臟又開始以兩倍的速度跳動著,我知道她的意思是什麼。

「我也不曉得,我們明明就已經跳過兩次水了。」艾瑪跟著救生員一起上來。我吃驚地看著艾瑪。

「妳也要跳嗎?」

「我們大家都要跳水啊,不然就是沒有人要跳水。」她說,「親愛的小朋友,如果真的必須這樣的話⋯⋯」

貝蒂用拳頭輕輕地打在她的肩膀上。會做出這種動作的人,其實就只有我們這些年輕人了。我多喜歡她這樣子啊!

「你可以用最輕鬆的方式跳。」救生員說。他對我說:「你其實已經會了,只是跳的時候還是有點扭捏。不如你來跳給大家看看吧,用後空翻的方式。」

「是啦,我應該是會的。但是我並不一定要從七點五公尺高的地方開始跳吧。」他隨身帶著幾個紅色橡膠製的潛水環,並遞給我其中一個。

「你先把它擺在兩個腳踝之間。跳下去的時候,抬起其中一條腿。這樣潛水環就會

Der große Sommer　　　　　　　　　　246

「要先學會觀察，這真的很簡單。就算你在跳板上，沒有辦法用全部的力量往下跳，等到你下去的時候，就會轉出漂亮的轉圈。讓高度幫助你。」

好的，高度會幫助我……可是重點是，我真的很害怕自己會一個不小心倒栽蔥，畢竟我連站在跳水臺的邊緣都怕得要命。不知怎地，夜晚的時候，一切變得簡單許多。從上面這邊看下去，可以遠眺這整座該死的游泳池。我轉過身，退到跳板邊緣。接著彎下腰，把潛水環夾在兩個腳踝之間。我開始做些暖身動作，比如說用蹲姿往前走，然後把手臂抬高。可是我沒辦法跳下去。救生員靠在欄杆上。

「庫爾特。」

一定是我不小心瞄到他，所以他又說話了：「我的名字叫做庫爾特。你慢慢來，但是不要拖太久。不要想太多。專注力放在你的腳上。兩腿併攏。蹲姿。然後把兩隻手臂同時抬起，到一樣高的位置……嘿，你已經練了一千次了吧。我明明看過啊。」

好的。潛水環。蹲姿。把手臂抬高……不知怎地，我忽然已經在空氣裡飄浮了。我完全不知道我的潛水環跑到哪裡去了，但我完美地潛入水中。而且是腳先下水。衝進水裡時沒有發出任何巨響。我浮出水面往上看，艾瑪正站在那裡，往下看著我。

247　最好的夏天

「來呀！」我大叫。

庫爾特出現了，他對著我叫：「你先把潛水環撈出水面。」

啊……超討厭的。我喜歡潛水，可是每次最多潛到三公尺左右整個人就沒力了，只能折返。不過沒關係的……現在，我又跳了一次，我可以的。不知道為什麼，這次真的變得比較容易。我看見潛水環，感受到耳壓，但是我忍耐著潛至泳池底部，把潛水環一把抓起來，然後雙腳一蹬往上面游。當我再度浮出水面的時候，把潛水環高高舉起。然後我游到了岸邊，待在那裡，等著看艾瑪跳水。

當她真的跳下來的時候，她的潛水環並沒有跟著衝進水裡，而是歪斜斜地飛過泳池，差點擊中一個正要下水游泳的奶奶。我憋住不敢笑出來。可是艾瑪跳水的姿勢真的太完美了。浮出水面的時候，她興高采烈地叫了起來。接著換貝蒂。她也一樣，把潛水環擺在兩隻腳中間，整個人直挺挺地跳進水中。庫爾特站在上面，跟我們揮手示意。

再一次。

最後，我們每個人身上的潛水環都不再掉下來了。每一次跳水時，那種飛翔的感覺又更清晰。我感受到自己慢慢地在空中旋轉，彷彿是星球自轉般的感覺，然後整個人潛入了水中。我看著艾瑪還有貝蒂，這一切真的是太棒了。

「帥！」當貝蒂再度浮出水面的時候，她上氣不接下氣地喊出聲來。真的是這樣。

Der große Sommer 248

約翰站在游泳池畔,手裡拿著一瓶啤酒,一邊看著我們。我多希望他也能夠一起跳,可是他只是站在那裡看著我們。最後,艾瑪跟貝蒂開始跑,我也跟著又一次地爬上七點五公尺的高臺上,我們手牽著手,一起奔向空中,然後一起落下。

庫爾特跟我們揮手道別。

「就讓我們來好好練習用頭進水。」他喊道。

「我才不會理他呢!」艾瑪跟我們竊竊私語。「這件事情永遠不會發生的。」

我們又坐回毛巾上面,不過這次,太陽被遮蔽了,烏雲愈爬愈高。游泳池變得愈來愈空,天氣潮溼滯悶。我們隱約聽見轟隆的雷聲,從遠方傳來。

「終於,」約翰說,「希望這次打雷是來真的。」

這時候風吹起來,感覺還不錯,很舒服。儘管我們才剛剛從水裡出來,卻已經開始流汗了。艾瑪拿起她的啤酒瓶,跟約翰乾杯。

「你還好嗎,約翰?」

約翰搖搖頭。

「這對瑪麗安娜來說很艱難。她撐過去了。每天晚上都要吃安眠藥,可是還是沒辦法睡覺。至於我⋯⋯不曉得,我會挺過去的。」

249　最好的夏天

貝蒂轉向他。

「你一點也不想他嗎？我根本就不認識我的父親，可是其實有時候我還是會想念他。」

約翰不屑一顧地笑了。

「他幾乎都不在家，所以其實也沒有多大的差別。沒關係啦，你們別管我了。」他突然做了個鬼臉，然後就用打火機敲開下一瓶啤酒的金屬瓶蓋，發出清脆的聲音。「我可以的。現在讓我們來開懷暢飲，遠離這個世界吧！」

開始下起大雨，雨滴重重地落下。我們則坐在那裡，繼續喝著啤酒。

結果，我們變成了最後一批離開游泳池的人，這時候，雨勢已經變成傾盆大雨了。在游泳池的前庭，暴雨重重地打在樹冠上。我們大家都沒有辦法穿上衣服；艾瑪跟貝蒂還穿著比基尼，而我只把襯衫隨便套在外面。約翰反而把他的襯衫脫掉了，他站在那裡，眼睛緊閉，讓自己的臉不斷被大雨打溼。

雷聲如此近，你的體內都感覺到它的存在了。天空發出劈啪的聲音，這些巨響在我們的頭上，我們一直跳舞，一直大叫。當一道刺眼的閃電在黑暗之中將天空劃成兩半，約翰便對著天空咆哮⋯⋯「好，來吧！把我接走

Der große Sommer　　　　　　　　　　250

吧！來吧！」

然後他就把啤酒瓶遠遠地丟到了柏油路上,形成一道弧線後,摔碎了。雷聲讓地面開始震動。

28

在這裡,這個墓園,其實並不存在時間,人們毋須匆忙。為什麼這樣呢?因為這裡所有的一切都已逝去。沒有任何的約會,也因而不會有遲到。一切的一切都在先前發生了。我來到墓園管理處,它看起來還是像以前一樣,現在我大概知道墳墓位在何處。

有時人們會問自己,是不是在自己的人生也遲到了?我想起了里約,也想起我始終沒有去過那裡。但那是真實的里約。我想,當我穿過這座寂靜、充滿朝露的墓園時,這座墓園是如此閃亮,它對我來說永遠都像家一樣——而里約從來都不是我真正渴望的地方。只是那個時候的我還不知道。那時候,里約對我來說就意味著,在我生命中應該要發生許多故事的地方——冒險。音樂。盛大的愛情。當時我並不知道,如果某個故事已經在某個人身上發生,那麼,他就沒有辦法在其他的地方,或是在里約找到它。

原來八月已經過去了——我在快六點的時候醒來，發現外面的陽光並不像剛放暑假時那麼地耀眼。從木頭窗櫺的百葉窗看出去，我無法判別外面的天空是藍色還是灰白的。我聽見外公的聲音從樓下傳來。又到他泡冰水澡的時間了。這個男人有鋼鐵般的意志。我覺得躺在被窩裡面很溫暖，壓根就不想起床。更別說想泡什麼冰水澡了。窗外有東西敲著窗櫺，我無精打采地推想，那可能是一隻鳥或是一隻老鼠，反正牠們其中之一不時會爬上常春藤。我輾轉反側，然後從床頭桌上拿起娜娜的愛的日記。這本日記跟她其他的日記本在尺寸上有著顯著的不同，裡面的照片一再使我驚嘆不已。娜娜與外公在山上。外公赤裸著身體在一個森林湖畔游泳。這本書的最後，貼著一張報紙剪報，裡面介紹外公是新任的細菌學院院長。他在這張照片裡面不苟言笑。不知怎地，我覺得印象非常深刻，好像所有的事情他都不是很在乎。他才是制定規則的人。

外面又有東西在敲了。現在我才意識到，那不是一隻鳥。我站起身來，打開窗戶的時候，看見約翰站在底下。

「畢希納先生，您好啊。」他興高采烈地說，「我需要您的本子。」

拜託，到底是怎麼一回事！約翰怎麼會在清晨六點鐘出現在我的窗外呢？放假期間他通常不是睡到十點鐘嗎？

253　最好的夏天

「羅曼先生,你是有什麼陰影嗎?告訴我,你這麼早來這裡幹嘛?到底是發生什麼事了?」

約翰盤腿坐在草地上,然後拿出他的香菸來。

「我沒辦法睡覺。而且我覺得我需要你那個本子。」

我還是聽不懂他在說什麼。

「你到底在說什麼本子啊?難道你放假的時候也想念書嗎?那你就上來吧。」

約翰拒絕。

「那個本子啊,上面有我們的數字。我需要它。你在放假前的最後一天還有帶來學校。」

他說的是我們很多個零的筆記本。那是世界上最長的數字。

「等等……我不知道我有沒有帶在身上。也許我把它擺在家了。」

約翰急得跳腳,這下他生氣了。

「阿腓,你快點,我現在就需要!」

他為什麼要這樣子纏著我發牢騷?

「好的,羅曼先生。我現在來看看。」

我來外公家這邊時,當然是帶著書包一起來。更精確地說,我的書包是一個小提琴

Der große Sommer　　　　　　　　254

盒，裡面塞滿了我上學用的東西，看起來有點像是歹徒的行李，所以老師們覺得匪夷所思。彷彿存在著一種隱形的規定——書包要看起來就要像個書包才行。總之，本子還真的在裡面。當然啦，不然會在哪裡呢？我又走到窗邊。

「接住！」

我把本子往下丟。然後那本活頁簿就四散各地，飄落各方。約翰一張張地把它們撿起來，然後小心翼翼地放回活頁簿裡面。

「沒問題。」他說完，便從他的夾克裡面拿出一支原子筆，開始在信封上面寫些東西。然後，他又抬頭看我。

「今天下午五點鐘在採石場見？帶著艾瑪一起吧。我們可以去那邊拍照。」

我們已經好久沒有去採石場那邊了。我有點慵懶地對約翰行個禮。

「謹遵吩咐。告訴我，為什麼你沒有睡覺？你是不是半夜跑出去了？」

我感覺到一絲絲的嫉妒。他到底是跟誰出去混了一整夜呢？無論如何，他看起來真的是累垮了。

「等我死了我就可以睡覺了。」他扮了個鬼臉，然後說：「晚點見！」

他闔上筆記本後放下，我則把窗戶關了起來。這個人精神還是很好。不曉得他抽了什麼菸。

255　最好的夏天

後來我大概又睡著了一次。因為當我睜開眼睛的時候，外公已經站在房間裡面了。

「七點鐘，該起床了。」

娜娜的日記本始終都在我的棉被上面，他看著本子，什麼也沒說。

「醒了嗎？」他再一次簡短地問我。

我點點頭，然後把棉被拉回來。他離開房間，然後我突然間想起很久以前的事。曾經在這個房子裡，我還是一個小嬰孩。那時候他是不是也會在七點鐘的時候把我叫醒呢？我會心一笑。也許根本沒那回事……不過，會不會是因為這樣，所以我才這麼習慣住在這裡呢？雖然早上有煩人的規定……但其實跟在家裡也沒有什麼兩樣。媽媽也從來沒有在週末的時候讓我們睡得比較久，最晚八點就要起床。

我走進浴室，幫自己洗把臉，然後好好漱口。第一天早上，我下樓吃早餐時，他下了一道冰冷的注解。他提到嘴巴裡的細菌過了一個晚上之後會導致口臭。所以我們作為一個現代的文明人，就是要去抵抗這些事。

我走進客廳的時候，外公正在讀報紙，娜娜則在畫他。他們看起來的長相也大抵是這樣。我默默地坐在他們身邊。我喝著咖啡，娜娜拿了一些蝴蝶餅。我感覺自己好像置身一家精緻的旅館。先不

Der große Sommer

256

去管那隻從外公盤子上溜走的貓咪——我突然想起了某件事。

「外公，那隻老虎到底怎麼了？你有沒有查出牠生了什麼病？」

娜娜本來聚精會神在素描本上，現在抬起頭來。

「動物園頒給他一張榮譽證，因為他救了那隻老虎。」

她站了起來，拿起小櫃子上一個已經拆開的信封，拿出裡面的證件遞給我。上面寫著「榮譽證」。「**華特‧雪佛教授及其家庭因對本動物園之特殊貢獻，特頒此證。**」上面的空格裡有戳印的日期。

「你現在隨時都可以去動物園啦。」外公有點諷刺地說，「必要的話，就每天去。」

「所以你把牠治好了？」

外公把報紙放在他的盤子旁邊，把貓咪從桌子趕走。

「*Cum hoc, ergo propter hoc.*」他說完一句拉丁文，然後等待。只可惜我實在不曉得 *propter* 的意思是什麼。我曾經聽過，但是又忘記了。所以我什麼也沒說。

「因為，所以」。他開始上課了。「不過這個句子有諷刺的意思。這是一個古老的醫療用語，如果我們不曉得為什麼一個病患會恢復健康，但是又不想丟臉的話，就會這樣用。我們也會說這是『巧合』。你應該知道這是什麼意思吧？」

最好的夏天

現在的時間是七點十五分。約翰在六點的時候就把我從床上挖下來了。也許在十點鐘的時候，我就會知道什麼事情屬於巧合，像我的老師那樣；如果有人聽不懂老師說的話，他們也常會這樣嘆氣。那姿態不外乎是在告訴別人他有多笨。另一方面也表示笨的不會是自己。

「春天的時候，鶴就會出現。春天也是出生率提高的時候。意思也就是說，是鶴帶來了孩子，對嗎？」

我莞爾一笑。

「當然啦。娜娜每次都是這樣跟我說的。」

娜娜也微微一笑。

外公不為所動，他說：「如果有兩件事情剛好同時發生，意思並不是它們互為因果。我們得縝密地思考。我幫老虎打了一針，那個針劑對有類似徵狀的人體是有效的。但也有可能牠根本是靠自己的力量恢復了健康，藥物並不會對所有的哺乳動物都有一樣的效果。如果要我把這份成功歸功於自己，那麼我會說：Cum hoc, ergo propter hoc。但是如果要我說得更肯定，那我就沒辦法了。這麼一來，你覺得我該怎麼說呢？」

好的，現在輪到我了。

Der große Sommer　　　　　　　　　　258

「Cum hoc non est propter hoc？」『不是因為這樣，所以』？」

外公站了起來。

「好吧。」他說。

我差點也跟著站了起來，甚至向他鞠躬。眼前這個男人剛剛稱讚了我！娜娜在她把素描本往後翻了一頁，看著我。

「不要動。」

「我的嘴裡還塞著蝴蝶餅，妳現在真的要這樣子畫我嗎？」

「這只是你生活的剪影。」換娜娜諷刺地說，「這樣你的母親至少會知道，我們沒有讓你在這裡活活餓死。」

又是一個美好的早晨。

艾瑪和我出發了，我們要去接貝蒂。

「要是上帝沒有發明腳踏車的話，我還真不知道我們該做什麼。」我們沿著山路一路往下輕盈滑翔時，艾瑪一邊思索，一邊大聲地說出來。她的嘴裡叼著菸，脖子上掛著相機，看起來狂放不羈。

「那麼祂應該會用祂無邊的智慧為我們裝上翅膀。今天早上六點鐘的時候，約翰跑到我的窗戶邊來。」

259　最好的夏天

艾瑪賊賊地對我笑了一下。

「那他有沒有帶著梯子來?真令人驚訝,他變成男同志了嗎?」

我忍不住笑了。

「笨蛋,他要的是那本筆記本。」

「也許他是要讓你們吵架,然後趁機泡妞。畢竟他沒辦法帶著鋼琴一起出來。」

「真的嗎?妳們女生都喜歡這種東西啊?聽人家彈鋼琴以及講廢話?那我跟貝蒂的開始真是完全錯了。」

「唉呀,」艾瑪說著,一邊把抽過的香菸丟掉,「貝蒂比較純樸內向嘛。她很漂亮,可是很笨。所以你寫的詩也可以讓她臣服喔。」

我一把抓住她腳踏車上的行李籃,不讓她繼續往前騎,接著乘著力道往前衝,超她的車。

「妳這個該死的共產主義臭女人,還是死一死吧!」我大喊,「你們永遠不會贏的!」

她又開始猛踩踏板。

「你這個骯髒的法西斯,你也去死!」

我們一邊飆車一邊大笑,穿過住宅區後,大聲地互相謾罵。不知道為什麼,好像只

Der große Sommer　　　　　　　　　　　　　　　　　　　　　260

有跟艾瑪在一起的時候才能這樣瘋。

採石場在碉堡的對岸，有一半的面積位於河谷之中。整座城市在這裡忽然來到了終點，再過去一些，就是田野了。這是約翰與我不知在什麼時候發現的其中一個地方，它只屬於我們。我們並不清楚這座採石場是否真的繼續被使用。它的四周被鐵絲網重重包圍，雜草蔓生，有些地方還被踩壞了，彷彿這裡的一切早就為人所遺棄。但是有時候，卡車還是會進進出出，有一回，它甚至開始灑水。不過大多數的時候，這裡什麼也沒發生，它就這樣遺世獨立、孤零零地在那裡。這個場景實在帥斃了。

「我從來沒來過這裡。」貝蒂說，這時我們正在採石場小山坡上的鵝卵石路停留。天空被烏雲遮蔽。這樣的天氣很適合拍照。

「約翰在底下。」艾瑪指著圍籬裡面的某處，從上面往下望，我們無法看到全部的風景。「我看到他的腳踏車了。」

我們繼續騎著腳踏車往下滑翔，直到看見圍籬。約翰的腳踏車隨意靠在歪斜的圍籬柱子上，人顯然已經在裡面了。

我們一行人擠進了鐵絲網，艾瑪幫貝蒂與我拍照。緊接著是一個凹陷的地段，那凹陷雖然不是垂直的，但卻需要往下走八、九公尺。從這個位置可以看見約翰了。他在廣場中央盤腿坐著，一邊抽著菸。除此之外，他什麼也不做。

261　最好的夏天

「羅曼──約翰!」我朝著下面的方向吼。「哈囉,粉絲們!」我們揮揮手。艾瑪幫他拍了照,看起來真的很棒。我們下去到他那邊的時候,他這樣對我們說。他坐在最內層,身旁擺著一根拐杖,然後用它在煙塵瀰漫的沙地上畫了一層又一層的圈圈。我猜那是他父親給他的一個很酷的皮革檔案包。

「這個是巫婆圈。」他說。「這樣就沒有人可以讀我的心了。」

「你現在說話的樣子好像我外公。」我說。「下來嘛,你在那邊幹嘛?」

「不要踩到線!」他嚴厲地說。

他笑了。

「包準就是妳。」他回嘴。「我知道妳一直都在裡面。」

接著,他突然從地上跳起來。

「我們來拍照如何?」他問大家,然後看了一眼相機,說:「酷!」

「誰想讀你的心呢?」艾瑪說話的聲音顯得心情不錯。

不知怎地,他真的跟平常不一樣了。其實這樣也沒什麼不好。約翰有時候顯得如此自負,所以我們常常沒辦法跟他聊心裡話,除非大家都喝了點酒之後,才有可能聊開。不過,顯然他父親的死讓他的內心有所改變。他給人的感覺變得開闊許多。這並不尋

Der große Sommer 262

常，但也許是好事。

我們超愛拍照。那種感覺就好像可以把屬於我們的時光記錄下來。就像參加一場體育盛會那樣。今年復活節遊行的時候，艾瑪替我們拍照。還有我們夜裡爬上鐘樓的情景。我們有一本共同擁有的相本。裡面所有的照片都是黑白的，除了我們幾個，其他人都不准在裡面寫評語。總之，擁有大家的相本很棒，還有一件事情也很棒——那就是貝蒂也在裡頭。

「貝蒂，我們往上爬。約翰、阿腓，你們兩個呆呆站在底下就可以了。帶上這個吧。」

艾瑪把我們的空氣槍從棉布袋裡抽出來，她還真的把它帶來了。貝蒂爬上陡峭的石壁，看起來相當勇敢，約翰與我則站在那片峭壁之下。我一如往常，頭上戴著黑色便帽，約翰則帶著司機的皮帽。我們看起來都很不錯——應該非常好看！貝蒂兩腿岔開地站在我們上方，用相機瞄準我們。艾瑪正在狂拍一通，差不多可以拍成一部電影了。

「給我。」我拿走她的相機。「妳也要上鏡頭才行。妳去坐在後面那臺挖土機上。」

艾瑪跟約翰，你們可以坐在履帶上。貝蒂，妳現在負責飾演準備上車的樣子。」

挖土機看起來好像已經年久失修、沒有用途了。艾瑪爬上了駕駛室後方的引擎，貝

最好的夏天

蒂拉著門把……這時候，車門突然間打開來，她差點就摔下來了。約翰跳了起來。

「門開了！門還可以開。」

約翰站在她身旁的上車踏板上，貝蒂坐進了駕駛室。突然間，引擎啟動了。顯然是貝蒂發現了鑰匙。

「酷耶！」約翰喊道。他擠進駕駛室，靠近貝蒂，艾瑪幫他們兩人拍照。貝蒂跟約翰嘗試使用操縱桿。突然間，左邊的履帶開始動，挖土機開始慢慢旋轉，然後匍匐前進。約翰的手越過貝蒂的，想抓住操縱桿，但貝蒂不讓他拿，笑著拒絕他。轉瞬間，挖土機的手臂發出巨響，開始挖地，它輕輕地抬起手臂往上、再往前。他們倆同時放開操縱桿，挖土機的手臂又重重落地了。艾瑪笑了。

「該死的，真是失算！」

一旁還有另一個通用規格的操縱桿，可以用來移動挖斗。抬高、排土，或是旋轉駕駛室……真的太酷了。艾瑪幫大家拍照。她甚至坐進挖土機的挖斗裡，要我用操縱桿把她抬高，這樣她就可以捕捉到貝蒂跟我在駕駛室裡的樣子，拍出了許多史上最厲害的照片，一定還沒有人見識過這些──貝蒂跟艾瑪站在駕駛室的頂部；約翰站在挖鏟裡，挖鏟高高地掛在空中；貝蒂在駕駛室裡豎起挖鏟，彷彿是隻正在攻擊別人的動物。我們大聲笑鬧喧譁，從採石場的四壁傳來回聲。

Der große Sommer 264

碎石在地面上發出劈啪聲響。挖斗齒拖過岩石表面，發出吱吱嘎嘎的聲響，彷彿在巨大的黑板上摩擦。感覺就像狂歡。

採石場的工寮就在一棵高大的椴樹下，約翰開著挖土機，朝工寮的方向去，讓挖土機在樹下轉圈。底盤的履帶一下子往前、一下子往後，看起來就像是一隻大象在跳舞。接著，左輪的履帶就這樣滑了出來。

我們全部的人開始大叫，這時候，他才發現有什麼不對勁。

「爛透了。」他看到滑落的履帶，自我解嘲地說。「不管了，我們趕快走。」

一開始，我也有這樣的衝動。可是後來我環顧四周：我們把碎石灑得到處都是，這座採石場毀於一旦。難道真的沒有任何人看見我們嗎？我不知道。況且，挖土機上處處都是我們的指紋。

「我們不能就這樣一走了之。」艾瑪說。她跪在履帶前。「糟糕，我們得把挖土機抬高才行，這樣才能把履帶推回去。難道要用千斤頂？」

約翰的笑聲響徹雲霄。

「這樣妳需要十個！妳到底知不知道一臺挖土機有多重？走，我們走！」

「我們可以用鏟斗把它抬高。我們轉轉看方向，用鏟斗從旁邊撐住輪子，然後再抬起來。」我說。

「這個我辦不到!」約翰說。他突然緊張起來,真的非常緊張。「我現在要閃人了。」

「你不可以說走就走!」貝蒂的聲音聽起來有點惱怒。艾瑪也應聲附和。

「我們來試試看吧。」

現在我很確定我的點子行得通。

「讓我來。」我說完,便爬進駕駛艙,啟動引擎。我把挖土機的手臂高高抬起,駕駛艙轉向一邊,這時候,天空突然下起了黑雨。

我在操作時,挖土機的手臂擦過椴樹的枝椏,並且扯壞了液壓系統的管線。油從高壓管線噴湧而出,彷彿一股噴泉注入了樹木,最後化成黑雨四處落下。約翰、艾瑪跟貝蒂試著想要避開,可是油管的黑雨已經到處都是,滿目瘡痍。挖土機的手臂自行落下,砰地一聲掉在地上。我因為害怕而手足無措。

彷彿就要死了。

簡直衰斃了。

我們快步穿越採石場,氣喘吁吁地抄小路往上,沿途不發一語。正當我們要擠進圍籬之前,艾瑪停了下來,然後摸摸自己的棉布袋。

Der große Sommer 266

「糟了，我忘了那把槍！那把槍還在下面。」

「在哪裡？」儘管我仍然覺得很不舒服，還是喊出聲來。「艾瑪！槍在哪裡？」

她指著剛剛貝蒂站著的那塊岩石。忽然間，約翰整個人彷彿魂不附體。

「我去拿。」他說。「你們就出發吧。反正他們也見不到我。」

「什麼？」

艾瑪搖搖頭。「我們閃人。要不就是我去取槍。那把槍也是我忘在那裡的。」

約翰又一副要往下走的樣子。那種感覺就好像他只是要去散步。他不慌不忙，一邊吹口哨，笑呵呵地。貝蒂則緊張地看著他。

「他這個人，不是要酷就是會害到人。他到底是怎麼了？」

「當然了，他是想要酷給我們看。他現在是德國國王，誰也不怕。

「快去吧。」我往底下喊。約翰回過頭來，然後充滿戲劇感地鞠了一個躬。接著，他平靜地散步，往那塊岩石去，把槍撿起來之後，他回程走得更慢了。貝蒂急匆匆地環顧四周。

「這個人實在令我受不了。」

我忙著想自己的事情。我坐在這堆爛攤子的深處。我們大家都是，不過我是特別倒楣的那位。我感到一陣疲憊，而且不曉得自己該做什麼。約翰一直都在下面。現在他竟

然還在跳舞！是什麼鬼把他變成這樣的？我們彷彿站在火場上，而他竟然在跳舞！

「約翰！」艾瑪又喊了一次，這次聲音夠大，她的聲音充滿惱怒。他終於來了。

「你們放輕鬆。」當他回到上面的時候，已經是上氣不接下氣。「沒有人可以對我們怎樣的。」

貝蒂的聲音在顫抖。

「真的嗎？現在我們身上都是油的臭味！我們已經受夠了，我們等你等了十分鐘了！你怎麼會想到要這樣做？你瘋了嗎？」

約翰扶起他的腳踏車。

「不要跟我發牢騷。安靜生力量。」他說。「你們擔心什麼？沒有人看見我們。就算你很顯眼也不會有人發現的！」

「你在說些什麼鬼話？」我說。

他騎上車準備出發，然後轉向艾瑪說：「要不要再去喝點什麼？」

艾瑪看著我跟貝蒂。我無可奈何地聳聳肩。我搞不懂約翰到底是怎樣。他怎麼能夠在我們全身髒兮兮、散發著油味的時候，還想著要去哪裡喝東西？我根本不知道到時候回到家，要是沒有外公解釋發生了什麼事，我到底該怎麼進家門。

「這樣我沒辦法回家！」貝蒂說，「我媽會殺了我。」她氣得要命。而且她也開過

挖土機，這下慘了。

「那都來我家吧。」我一邊喘氣一邊建議。「我家沒人，所以我們至少都可以好好洗澡。」

艾瑪跟貝蒂都沒答話，但是大家就默默地往同一個方向騎去。只有約翰，他一邊騎車一邊唱歌，速度非常快，一路領先。我的腦海一直浮現各種念頭，但那恐怕會讓事情更糟糕。告發、賠償等等。那是媽媽跟我說過的事情，這些鳥事最後要由誰來買單？也許我們得去警察那邊自首，從實招來。

約翰在一個十字路口停下來等我們。

當我們都騎到約翰那邊的時候，艾瑪說，「嘿，我們現在怎麼辦？」

「我要騎回家。」約翰說。他瞬間變得很累。「我現在頭昏腦脹的。」

他把空氣槍遞給艾瑪，然後遲疑了一下才說：「妳有沒有興趣……妳想一起來嗎？聊聊天？」

艾瑪搖搖頭。

「現在真的不行，約翰。你……我們明天再聊，好嗎？我等等還要工作，我沒辦法顧到你。」

「好，沒關係。」

約翰低頭,然後再一次短暫地把手舉起來,接著騎上車,揚長而去。天空開始下起毛毛雨。艾瑪又一次不情願地搖搖頭,我們默默地一起騎車回我們家去。

屋裡沒有霉味,但是空氣卻有些混濁。這是貝蒂第一次來到我家,而現在我才發覺,原來我家是多麼亂七八糟,東西亂塞——走廊上有張狗狗專用的舊扶手椅,擺在一個多出來的櫃子旁邊。一整排凌亂的鞋櫃。衣帽架掛滿了琳瑯滿目的東西,冬天的時候,它會固定地從牆上崩落。

艾瑪脫下運動鞋,兩手一揮,把鞋子從腳邊丟出去。她忽然大喊:「這個爛傢伙!他怎麼會這樣?到底是怎麼了?」

接著,她把穿在身上的排汗衣扯下來,把它丟到角落。我見過她裸身的樣子,但是貝蒂一時之間感到不知所措,不曉得眼睛應該往哪裡看。

「這個人有時候就是這麼令人生氣!去什麼採石場,真是餿主意!現在我們大家都坐在裡面了,簡直要吐血!」

「艾瑪,」我說,「這都是我的錯。我不知道履帶會……無論如何,弄壞那個該死的東西的人是我啊。」

Der große Sommer 270

艾瑪轉過頭來，對我吼：「對啦！你這什麼爛到爆的點子！你們兩個就是這麼……」

她想表達心中的蔑視，卻沒把話說完。謝了，艾瑪。對，理解與同情，這就是我現在需要的。

她憤怒地對貝蒂說：「後面那邊有一間小浴室。妳就隨便拿一條毛巾吧。」說完，她就消失在前方。為了表現團結，我也學著她們去洗澡，儘管我是唯一一個沒沾到油的人。我把雙手抵在冰冷的瓷磚上。該死，該死，該死，該死的。我怎麼會這麼笨呢？

艾瑪在走廊上低聲叫我。她已經換好衣服，但是頭髮還是溼答答的。

「我去工作了。」她簡短地說。然後門旋即關上。

我聽見貝蒂還在後面沖澡的聲音。我走到我的房間。一時之間還以為自己已經離開這裡很久了。一直擺在床上一角的海豚布偶是小時候娜娜送給我的。書架上的《紅髮左拉》[38]與《愛彌兒與偵探》，就擺在圖霍斯基的《葛利斯城堡》[39]跟貝格魯恩的《大暴君》[40]旁邊。這組合也太奇怪了。我打開窗戶，然後整個人撲倒在床。以前我在房間裡聽的音樂，現在已經不再適合了。

貝蒂洗好澡了，她在走廊叫我。我繼續躺著。這是怎樣的一天哪！

她走進來了，身上只穿內褲，外面裹著毛巾。我不懂為什麼要把一般的內褲跟比基尼的底褲做出那麼大的區別？內褲代表私密。只有你可以看，而且跟性有關。比基尼的底褲則是用來游泳的。我不想別過頭去，但是我也不想盯著它瞧。貝蒂坐在我的床邊。

「對不起，之前一直唸你。我是真的嚇到了。我們現在要做什麼呢？」

她的頭髮還是潮溼的。我從床上坐起來，然後微微一笑。

「妳身上還是有油的味道。」

貝蒂把她溼漉漉的頭髮撥回來。毛巾有些鬆開，所以我就看見她的胸部了。天啊！

「你們家只有冷水。」

真的，因為暖氣都關起來了。沒人在家的話，反正也不會有人用。貝蒂讓毛巾就這樣落下。

「艾瑪的胸部比我的漂亮。」她說。誰知道……這是貝蒂的乳房。我的意思是，她的乳房說明了一切，不是嗎？

「妳不能這樣問我！」我大喊，心中充滿了緊張、不確定、渴望與憂慮，我擔心自己做錯事。「我是她的哥哥欸！」

「所以你不覺得我的胸部很美？」

噢，天啊，我做錯事了。我是笨蛋。我整個人呆掉了。

Der große Sommer　　　　　　　　　　　　272

「我覺得……它們非常漂亮！」我吞吞吐吐地說。

貝蒂微微欠身，我看見她的身體在顫抖。

「那你可以摸摸它們。」她小聲地說，欲言又止。

我小心翼翼地碰觸它們。我是說……我應該怎麼做呢？我該要……撫摸嗎？還是把手就這樣放在上面就好？顯然我又做錯了。她突然站了起來。

「你有音樂嗎？」

我也跟著站起來，然後走向她。然後，我直接從後面擁抱她，雙手放在她的胸部上。現在的感覺比剛剛好多了。她可能也這樣覺得。她把身體靠向我。她的背感覺很光滑，觸碰起來很舒服。即使隔著我的襯衫也是一樣。

「那你去找片好聽的音樂。」她說完，把雙手擺在胸前的我的雙手之上。這樣……感覺更棒了……我壓根也不想離開她，可是我沒辦法用腳去拿唱片。我只有鬆開她，這

38 《紅髮左拉》(Die rote Zora und ihre Bande) 是德國作家庫爾特·克拉伯 (Kurt Kläber, 1897-1959) 所撰寫的青少年小說，1941年以筆名庫爾特·賀德 (Kurt Held) 出版。

39 《葛利斯城堡》(Schloss Gripsholm) 是圖霍斯基的小說，出版於1931年。

40 《大暴君》(Der Großtyrann und das Gericht) 是德語作家維納·貝格魯恩 (Werner Bergengruen, 1892-1964) 所撰寫的小說，出版於1935年。

273　最好的夏天

時候,她就躺上了我的床,一隻手撐著頭。我在找那張唯一適合的唱片。裡面有一首歌我特別喜歡,也許會很搭,因為現在也是夏天,儘管此時正下著雨。我那便宜的塑膠喇叭發出一些破音,因為那張唱片我聽了太多次。

「可惜不是 Bossa Nova。」我說。

「沒關係。」她說。「我很好奇你都聽些什麼。」

我知道自己老是跟不上時代。幸好我還有約翰。他會固定為我更新最流行的音樂。也只能這樣。吉他個樂團的名字。每次都要等到大家都聽了好多年以後,我才會知道那的和弦出現了,這段旋律始終在我的心裡產生同樣的作用,打從我第一次聽見它,就有那種感覺。我的內在變得安靜,我感到渴望,並且感知到外面有一整個世界。我躺在貝蒂身邊,突然間,她幾乎赤身裸體這件事情,變得不再奇怪。

「這首歌叫什麼?」她小聲地問。「聽起來悲傷,可是很好聽。」

「〈比利喬頌歌〉41。我覺得那首歌很悲傷。我聽不懂她在唱什麼,可是真的很好聽。」

此刻,貝蒂轉過身來面向我,開始幫我的襯衫解開鈕扣。

「你有沒有過⋯⋯?」她的話才開了頭,就停住了。我搖搖頭。我們親吻彼此,對。我想我會愛上她。但我卻一點也不知道,當人真切地陷入愛河時,那真實的撫觸是

Der große Sommer 274

怎樣。像現在這樣。我的雙手放在她的腰際。我把身體微微抬高,好讓她可以幫我脫下襯衫。現在呢?現在要怎麼脫⋯⋯?好的⋯⋯這真的不容易,我好笨拙⋯⋯也許她根本就不想要⋯⋯於是我很快地把自己的褲子連同內褲跟其他衣物一起脫了,把衣服從床上丟出去。我渾身赤裸。太好了──我看見此刻她在微笑。

「動作很快喔!畢希納先生表現還不賴。」

我⋯⋯不知道,我什麼也沒說,用非常尷尬的方式親了她。但是這個方式對了,因為她的嘴唇吻起來真的非常舒服,始終都帶有一點油的殘餘味道。轉眼間,一切都不再困難了。她的胸部碰觸著我的,那感覺多麼神奇!我的雙手以非常緩慢的速度游移到她的內褲,我脫下它,她沒說話。外面的雨聲淅淅瀝瀝,裡面則有芭比·金特里唱著密西比的旋律。兩種聲音太搭了。

「不要太快。」貝蒂小聲地說。她轉身躺下。抓住我,撫摸我⋯⋯但只有一下子。我的心跳太快了。我太興奮,充滿欲望,欲望⋯⋯貝蒂。她渾身發燙。真的很燙,她的身體比我的溫暖許多,簡直難以置信⋯⋯對,發燙。沒有其他的字眼可以形容。

---

41 〈比利喬頌歌〉(*Ode to Billie Joe*) 為美國歌手芭比·金特里 (Bobbie Gentry, 1942–) 於1967年發表的歌曲。

275　最好的夏天

「現在換你。」她的唇語呢喃,然後把我拉到她身上,她張開大腿,好柔軟,我……我太急了,一下子我就溜進了她的身體裡。

「慢一點。」她繼續唇語呢喃,愉悅的聲音中帶有笑意,聽起來好美妙,我的動作變得更慢一些,但是不知何時,我們一下子就忍不住,動作愈來愈快,接著,突然就結束了。我恨我自己。然後只有從她身上滾下來,躺到一邊去。

「剛剛……我……對不起。」我吞吞吐吐地說,也許還滿臉通紅。

「阿腓。」貝蒂很小聲地叫我,然後轉過身來看著我,她的臉龐真是……她在發光。「這是我們的第一次。我想我們本來就不該期待彼此都會。」然後,她的口吻變得有些戲謔。「下次,我們再練習一次。」

這句話大概是我所聽過最酷的話了。也許我的暗戀在那一刻就終結了,取而代之的是愛情的開始。無論如何,這天對我來說,感覺就像是在某個奇怪的日子,在房裡聽著我的老派音樂,在我敞開的窗前,雨水淅瀝瀝打在洋槐樹上,我倆赤裸著身體躺在床上,冰涼的空氣在我們的肌膚流動,貝蒂令人難忘的氣味,還有油以及雨水的氣息。

Der große Sommer 276

29

「有你的信。」娜娜說。她走進房間裡來，把幾封信擺在書桌上。她的素描簿一如往常地擺在那邊。而她也一如往常地拿了一小碗水果加優格給我。

「秋天的覆盆莓快要成熟了。」

我背靠在椅子上，抬頭看著她。她饒富興致地翻閱我的數學課本。還小的時候，大家也許不會去思考母親跟外婆是否是美人。她就站在那裡，而當然是漂亮的，只因為她的角色是母親或者外婆。可是現在我的眼睛裡面有了貝蒂，所以看待自己家庭的目光也跟著改變了⋯⋯現在我看出來了，娜娜始終還是那麼美。媽媽的照片立在我的書桌上，她那時候也好美。

「今天下午會有幾個阿姨過來。你有興趣陪我們嗎？有人來訪的時候，如果有幾個年輕男人在家裡，會比較好⋯⋯」

她的語調聽起來有點狡猾。

277　最好的夏天

「娜娜,不是每個人都像妳這麼幸運,家裡還有個年輕男人住在裡面。」

她開玩笑地捏住我的耳朵,差點要翻過來。

「死阿腓!阿姨們會很開心的。她們上次看到你的時候已經是十六年前了。」

我的手裡拿著筆,敲著其中一本日記。

「娜娜,我讀過那封信了。」

「哪封信?」

那個信封夾在日記本的最前面。昨天我讀了不只一次。我把它抽出來。那是用打字機打字的,外公跟娜娜大部分的通信往來都使用打字機,當中部分的情書也是一樣。不過,這封打字的信卻稱不上信件。那是一紙合約。

「喔,這封啊。」娜娜說完便拿起它,用指尖把信封翻來翻去,卻沒有打開它。

我實在不知道該說些什麼好。

「娜娜,」我開始說,「妳為什麼……我想問的是,妳為什麼願意嫁給外公?妳那時候簽字了嗎?」

她把信擺了回去。此時是上午,家中一片靜寂。敞開的窗戶窸窣傳來外面安詳的夏日聲響,那聲響來自鄰近一個更好的區。遠方的除草機,溫柔地發出嗡嗡的聲音。還有郵務車,挨家挨戶地在路上行駛。其中一座花園裡,傳來了孩子們笑鬧的聲音。

Der große Sommer 278

「你會為你的貝蒂這麼做嗎？」她問。

「我才不會！」

再一次讀到這封信的時候，我已經不再像昨晚那樣憤怒了，可是還是很憤怒……不能用「生氣」來形容我的感受。我知道外公是個堅毅的人。可是……也許我對娜娜也有一點憤怒。

「如果要我一個星期只能見一次孩子，那我才不會簽名！況且我的母親跟小孩永遠不能見我的丈夫。某些時間，他們不能進樓梯間，也不能下樓來……而我只能放棄在家裡的各種活動，即使他離婚了也是一樣……娜娜！這……這是什麼鬼條款！這樣妳幹嘛還要跟外公結婚？」

娜娜坐到我的床邊，她打開她的菸盒，抽出一根菸。她其實很少在家抽菸。我起身去拿菸灰缸給她，上面有漂亮的馬賽克圖案，那是她親手做的。菸灰缸上的圖案是一對正在跳舞的佳偶，他們在黑色的底板上一邊跳舞一邊抽菸，畫面十分相襯。她按了一下打火機。

「這件事情你得用其他角度看。」她吐出煙霧。「我們從但澤市[42]過來，只帶了兩個皮箱。其中一個皮箱裡面裝滿銀飾，可是他們趁著雷吉娜在火車站等我跟母親的時候把它偷走了。」

對，我想起了這個故事。媽媽老是提起這個故事。她還記得在月臺上看到那個男人的情景，她不明白娜娜為何不追上去，把皮箱弄回來。後來她才知道，原來在月臺上有五千個難民，根本不可能找得到對方。所以她只能待在原地，至少讓孩子不要走丟。

「我們有三年的時間都是寄人籬下，他們根本不歡迎我們。我們是東邊來的難民。在巴伐利亞根本沒有人可以忍受我們的存在。他們把我們安置在其他的家庭裡。那是一個很小的頂樓房間。我、我媽、雷吉娜與迪特。後來有個人出現了，他跟我們說──我來蓋房子，我們一起住，妳的母親跟小孩會有自己的空間。我不想見他們，可是因為妳的關係，我可以給他們房子住。」

我現在才知道，原來我現在所住的這個房間，這幢公寓，也是媽媽小時候住的地方。就是這裡。

「可是⋯⋯好，就算是這樣，沒關係。妳就因此放棄自己的權利，一個星期只見家人一次。那不是跟坐牢沒兩樣！」

媽媽很少提起這件事情。老實說，我也不是很明白為何媽媽好像跟外公處得這麼好。只有她能跟外公相處！她這輩子一直都得用敬稱跟他說話，我也是。直到幾年前都還是這樣。

娜娜躺在我的床上繼續抽菸。這時候的她跟艾瑪有點像。或者說，是艾瑪像她。

Der große Sommer　　280

「你知道嗎?」她眼神迷茫,彷彿陷入回憶當中。「在這個世界上,根本沒有像樣的男人。戰爭造成太多年輕女人守寡。可是男人呢?不是太糟就是太老,或是太過年輕,尤其是男人根本非常稀缺。所有的男人不是被關就是死了。像華特這樣的男人——是所有女性夢寐以求的。我們年輕女人都⋯⋯我們想要活下來,你懂嗎?我們剛剛從一場戰爭當中倖存。我們想活下來。所有的女人都愛上了這樣一個男人,真的是這樣。可是偏偏這個男人,他也愛上了我。你懂嗎,阿腓?」

她又起身,把菸灰彈掉,然後看了我一眼。

「你知道那種感覺嗎?那種眼裡只有一個人,而且不能是別人的那種感覺?」

貝蒂。在我的房間,我的床上。我想起她唇語呢喃,愉悅的聲音中帶有笑意的模樣。還有她身上的氣味。她撫觸我的方式。我微微地點頭。儘管我不知道自己會不會為了她放棄自己的家庭。可是我很慶幸自己沒有受制於這樣的情況。

「他很照顧我們。照顧媽、雷吉娜跟迪特。他本來想幫迪特付學費,可是迪特不要⋯⋯」

---

42 但澤市自古為日耳曼民族於波羅地海岸建設之貿易城市,直到二戰結束前仍有九成市民使用德語。二戰結束後,但澤再度劃歸波蘭並改名為格但斯克,該市之德意志人口則被迫遷徙至今日德國境內,成為難民

281　最好的夏天

她輕淺地笑，聽起來不是很開心。

「迪特一直都覺得華特是個惡魔。每次他寫信給我都這樣寫。他們兩個是不說話的。他永遠都不懂，雷吉娜就不是這樣⋯⋯」

她把菸於在菸灰缸的佳偶身上捻熄。菸灰缸是玻璃做的，所以佳偶也不礙事。漸漸地我開始能夠理解娜娜所說的話，但是聽起來還是有點奇怪，令人覺得哪裡不對。

「為什麼⋯⋯他為什麼要這樣？如果他愛妳，就應該要接受妳的一切⋯⋯包括妳的家人⋯⋯這樣的話，他就不會寫這些東西了。」

整件事情就這點讓我覺得很不對勁。

「他跟第一任妻子的生活不太幸福。」娜娜說。「你知道他的個性，很有邏輯、凡事精確，尤其是想事情的時候很縝密。他一旦犯錯，就再也不會重蹈覆轍。」

她站了起來。

「真的？怎麼會變成這樣？」

「而且他也低估了雷吉娜。他大概沒想到自己會蠻喜歡她的。」

也許我的聲音聽起來有點不耐。可是我就是兜不起來。娜娜真的是一個很棒、很聰明的女人。可是讓我不高興的也許還包括了外公壓根就不肯讓步，而不只是表面上看到的那樣。他的殼很硬，內核更硬。娜娜起身

Der große Sommer　　　　　　　　　　　　　　　　　　　282

「其實都是因為你。」

「因為我？」

這下我真的完全聽不懂了。娜娜把那封信放回日記本裡面。

「雷吉娜住院的時候，華特非常反對讓你過來給我們照顧。那時候他說，如果雷吉娜死了，那小孩就得歸我們！他根本不想這樣。但是沒有其他辦法了，而我⋯⋯啊，如果真的必須要這樣，那麼就是因為我常常心想事成。」

她微笑的樣子就像想起了某些很美好的事。

「你大概是他人生當中的一個驚喜。感覺這裡好像是你家一樣。你一直都對這裡很滿意。還有，你醒來的樣子超可愛的。他馬上就愛上你了。也許是你令他印象深刻。雷吉娜竟然有這樣的一個兒子。也許那時候他也有點驚嘆於她的堅強。這部分根本不是從我這邊遺傳的⋯⋯而且她也跟他一樣不肯讓步。尤其是她從來都沒有放棄。也許是她無論如何都想要一個父親。一個像華特那樣值得信賴的父親，而不像她的親生父親那樣。她贏得了他的喜愛⋯⋯恐怕他愛雷吉娜比我還要多。她先是贏得他的尊重，然後是他的偏愛。你知道嗎？雷吉娜結婚的時候，華特還想著，接下來想見她一面，恐怕只剩下很少的機會了。除非是非見不可，譬如我的生日之類。不過，她卻每個月都來看他。她邀請他來參加婚禮、慶祝生日，還有受洗的觀禮，儘管他從來都不會出席。反正就是

像大家在邀請父親的時候那樣。這種固執令他欣賞。打從一開始，她回家看他一定帶著你們一起。他不想被叫祖父，可是她就教你們暱稱他『外公』。」

她摸摸我的頭髮。我心想，我所有的家人大概都有點瘋吧。我不知道自己該說什麼。有時候媽媽很難懂。她不常提起我或是其他小孩在嬰兒時期是怎麼過的。只有一件事她會提起——有一回，她把我忘在陽臺的嬰兒車上，外面正在下雪，我淋得全身都是。也許這就是某個第一個出世的孩子所擁有的命運。

娜娜站在門邊。

「他因此問了雷吉娜，想知道這個夏天你能不能待在這裡。」

此刻她開心地微笑著。

「你看，他就是這點讓我愛上，雖然說是那麼難搞的男人。最後他就是可以克服一切艱難，然後去愛。你會發現……」她欲言又止，然後說：「你會發現，到最後你沒其他辦法，只能也去愛他。對這樣的一種愛，你就是要去忍受所有的一切。」

對，顯然外公也有兩種面貌。就像娜娜、媽媽、我，還有世界上所有的人一樣。只是在他的身上，兩種面貌的差異顯得更大。

Der große Sommer　　　　　　　　　　　　284

30

約翰打電話來。

「我們約下午三點見面。在墓園。還是在你家？畢希納先生,一切都擺平了嗎?」

我沒辦法掛上電話,可是他真的很奇怪。為什麼父親剛過世,他會表現成這樣呢?約翰始終與眾不同,儘管如此——他實在是顯得太高興了,會讓人以為他根本沒在思念他的父親。也許約翰就這樣把他的死拋到九霄雲外。我實在也沒辦法想像,要是爸爸突然死掉的話,會是一番怎樣的光景。我也不會希望他死掉。因為這樣,我覺得自己更不瞭解約翰了。

我又是第一個到這裡的人。天氣很冷而且多風,細碎的灰色雲朵以非常快的速度從天空飄過。這是斯堪地那維亞才有的天氣。我喜歡這樣,這種日子總會令我想起海洋。風窸窣吹過墓園大門兩旁的栗樹與椴樹。大門左右兩旁的石柱上,站著兩個古老的天使

雕像，枝葉在它們的四周交錯生長，彷彿已被世人所遺忘。不知道約翰是不是想找我們一起前往他父親的墓？

艾瑪跟貝蒂騎著腳踏車過來了。我很驚訝，因為我以為艾瑪今天要值班，但她們兩個人在一起看起來還不錯。艾瑪穿著她的印度褲，貝蒂則穿著牛仔褲，這是我第一次看見她這樣穿。牛仔褲很貼身，腳踝的地方有束口，這樣穿讓她的腿看起來又更修長了。可惜天氣不夠溫暖，不然我還真想看她穿裙子的樣子。

「妳們是從哪邊過來的？」

艾瑪氣喘吁吁地下了腳踏車。

「我今天休假。」

貝蒂把一隻腳跨在自行車的把手上。

「我們剛剛在城裡。」

「很好看。」這個時候，我說話的聲音大概有點像我們學校裡的建築工人，他喜歡假裝自己是個社會教育學家，「在這裡先恭喜妳啦！妳買了一條新褲子，這樣太棒了。妳一定覺得很驕傲吧。不過呢，現在妳得好好聆聽妳內心的聲音。你要聽聽看，那是不是真的是妳要的⋯⋯」

貝蒂開始大笑。她在腳踏車上作勢要撞上我，可是失敗了。

Der große Sommer 286

「所以其實你不喜歡這條褲子。我不在乎!」

「誰說我不喜歡!」我抗議,「看起來超讚的。不過他們只有這種褲子嗎?」她語氣很堅持。

艾瑪開始插嘴。

「阿那,你這個討厭鬼。饒了她吧!這條褲子明明很好看!」

我笑著舉起雙手投降。

「沒關係。不要攻擊我了。我也覺得它很好看。」

這個時候,約翰出現了。他是走路來的。他最近每天都揹著他爸爸的皮革檔案包到處晃。

「各位粉絲好。」他說。「在多利亞號豪華郵輪[43]一切都好嗎?」

我鬆了一口氣,他終於又回到原來的樣子。他擁抱艾瑪與貝蒂,然後跟我握手。

「來吧。」

他率先穿過墓園的大門。艾瑪緊跟著他,貝蒂與我一起跟在後面。我想牽她的手,但是她因為褲子的事情對我還是有點生氣。

「我們要去墓園嗎?」我問約翰。

---

43 此指義大利安德烈亞‧多利亞號(Andrea Doria)豪華郵輪,1956 年發生船難。

287　最好的夏天

他沒有回答，只是停下腳步，然後開始翻找檔案包，拿出了我們的那本筆記本。

「地球呼叫約翰，」我說，「我們現在的計畫是什麼？」

「等等。」他支支吾吾，然後開始翻閱筆記本。這個動作是完全沒有意義的，因為每一頁都是我們寫下的零。我發現，有些地方他用紅色與藍色的筆畫了底線。

「真漂亮。」我說，「在這些零當中，你有比較喜歡的嗎？」

他看著我。

「當然。你又看不見。要是我先想到就好了。」

他轉向艾瑪，然後指著被他畫了雙底線的三個零。

「這一清二楚，不是嗎？」

艾瑪點點頭。

「一切都很完美。」他說。「來。」

貝蒂看著我。我揮揮手，表示我也沒有完全聽懂。

「沒關係，」我小聲地說，「他有時候就是這樣。」

我們沿著主要的道路走下去，接著約翰轉進了其中一條比較小的路。在這裡，大部分的墳墓都非常古老。幾乎上面都沒有一九〇〇年以後的出生日期。

「我喜歡這樣，」貝蒂說，「風在樹林裡的感覺。」

Der große Sommer　　　　　288

她微微傾斜著頭，然後看著我，我知道她的意思。我總是以哲學的方式深度思考風中樹葉的事，我大概永遠沒有辦法停止思考這些。然而她就在旁邊微笑著，讓我牽起她的手。那感覺真的非常美妙。今天的天氣非常特別的意義。不太穩定、涼爽多風。對我而言，夏天的日子裡出現這種天氣，往往有著突然溜走，彷彿是秋天或冬天來玩了一場不那麼嚴肅的遊戲，眼睛微微地眨了一下就會突然溜走，像在戲弄人一般。

墓碑上刻著古老的、早已被遺忘的名字。許多墓碑已經傾倒，靠在旁邊的墓碑上。

「它們看起來好像在跟彼此聊天。」我跟貝蒂說。她點點頭。

「它們好像很小聲，而且很親密地說話。」

約翰繼續站著。他站在兩個墓碑中間的空地。那裡有塊乾淨的地空了出來。

「這塊地被廢棄了，這樣很適合我們。」他說。

艾瑪蹲了下來，然後開始用手挖一些土。

「你的意思是說，我們可以把自己埋在這裡嗎？」她的聲音聽起來非常陰沉。「你怎麼這麼快就變成這樣了啊？是不是挖土機太快掛點，就把你變成瘋子了呢？」

我們有些尷尬地笑著。挖土機！有那麼一刻，我真的是忘了這件事。結果現在它又回來了。艾瑪，真是謝謝妳啊。

約翰走到艾瑪旁邊一起蹲下來。

「你們都過來吧。」他對我們說。

貝蒂與我也跟著他們一起蹲了下來，我們圍成一個圈圈。約翰把那本畫滿零的筆記本擺在中間。這段時間他到底都在做什麼呀！算了，沒關係……接著他就打開了他的檔案包，拿出一個信封。

「各位，」他隆重地說，「我們是好朋友。我們是一夥的，對不對？」

我們點點頭。艾瑪跟我互看了一下對方，眼神顯得放鬆。看來今天的事跟他的父親沒有關係。現在的約翰只是讓自己想到什麼就說什麼。貝蒂喜歡約翰理所當然地把她當作一分子。艾瑪從一開始就很喜歡她，這點我看得出來。至於約翰是怎麼看她的，我就不曉得了。不過現在，他認真詳著我們每個人的臉。然後他就笑著撕開那封信。許多張一百馬克的鈔票從信封端撒出來，落在我們之間的地面上。

「約翰！你怎麼……你哪來這麼多錢？」

他對我的提問沒有反應，而是把筆記本打開來。

「各位，重點是我們是一夥的。現在，永遠。所以我想我們應該要一起買一個墓。不管在我們身上發生了什麼事、不管事情是什麼時候發生的，我們死後會葬在一起。因為我們是好朋友。所有的一切都在這裡。」

他指著胸前的那本筆記本。這本該死的筆記本開始讓我有點受不了，不過我倒覺得

他的想法一點也不賴。

「約翰，一個墳墓值多少錢？」

「值八百塊錢，外加十年的管理。」約翰說。

「嘿，我才不會用兩百馬克買一個墳墓呢！」艾瑪說。「你瘋了嗎？你知道這些錢我可以買多少菸草嗎？」

「我身上也沒有兩百馬克。」貝蒂說，「至於我呢……我其實也是有點不懂。約翰，這是個很美的想法，可是……」

約翰沒有因此退縮。他突然間心情變得特別好。

「各位，這是我的遺產。昨天我賣掉了其中一枚金幣。賣了幾乎快一千馬克。我們可以這樣做——我先付清前面十年的費用。然後你們其中一個人再付接下來的十年。十年過後……我們都長大了，到了那時候，你們應該有辦法籌措到兩百馬克。如果我們要買墳墓的話。不然你們說該怎麼辦呢？」

他拍艾瑪了一下。她笑了。

「假如要我買墳墓的話，我就會給自己買十個。」

貝蒂的眼神看起來始終有點不確定。

「你真的要這麼做嗎，約翰？我的意思是……這是很大的一筆錢。」

「錢有什麼屁用?」約翰突然大聲說,「還不如友誼呢,不是嗎?我們是好朋友,我們應該要葬在一起,這樣我們才能在永遠在一起。」

大家忽然沉默了。我環顧四周。墓碑的預定地很寬敞,可是不知怎地⋯⋯

「這個點子很酷,」我說,「我的意思是說,這種點子沒人想得出來,對吧?這個點子很愚蠢,但也真的很酷。」

「所以,就這麼簡單嗎?」貝蒂說,「買一個墳墓?我是說,我們大家都還沒滿十八歲耶。」

約翰賊賊地笑。

墓園管理處的辦公室看起來單調至極。外頭的墓園是一片草綠色,有上百棵樹、灌木叢與花朵。相反地,裡面的班雅明打字機和躲在打字機後的人則死氣沉沉。

「你們不可以隨便買墳墓。」他說話時,眼神充滿了不信任。「你們根本就還沒滿十八歲。從來沒有人這樣。」

艾瑪把身體往前傾。這種事情她非常在行。

「所以,您的意思是這樣行不通?請問您騎過單輪車嗎?」

「什麼?」

Der große Sommer 292

「不過,那並不是說您不准騎,不是嗎?您有兩隻腳、一顆頭……您可以學習。而且那也會是合法的。」

眼前的人有點搞不清楚狀況了。

男人完全搞不懂艾瑪到底想要他怎樣。我於是湊了過去。

「請您聽我說。每個人都有商務往來的能力。我們就跟所有其他客戶一樣,也有能力買墳墓。我們會先預付款項,而且是用現金。請問這樣有什麼問題嗎?」

約翰開始在櫃檯上數鈔票。這個男人不知道自己該怎麼做。

「這筆錢是哪來的?」他問。

「那是他繼承的遺產。」現在換貝蒂急著插話了。「他的父親才剛剛過世,而且就埋在您這邊的墓園。我們現在只是想要買一塊墓地,到底是有多困難啊?」

他看著眼前的那些,然後再分別看著貝蒂、約翰,以及我。「我們買下這個墓地也帶不走的。」我說,「要是沒有出什麼意外的話……這塊墓地就會一直在這裡啊。」

他好像有點被說服了。他依序檢查我們的證件,並把我們的名字打進他的電腦裡,就這樣過了十五分鐘。我們在旁邊等著,一邊竊笑,因為這個人的動作實在是太慢了。他的班雅明打字機上積滿了灰塵。不過這也沒關係,因為我們只是要買個墳墓給我們四個人用。

我們終於簽完合約,離開墓園管理處。外面的天氣就像之前一樣,風吹不停。

「我還有二十馬克。」約翰說:「走,我們去買啤酒。」

我們之間彌漫著興奮的情緒。我們四個人剛剛合買了一個墳墓。現在我們跟所有其他人都不一樣了。沒有人有過這種東西。我們四個人又有了真正一體的感覺。就算約翰改變了,貝蒂跟我也許也不一樣了。我的意思是,沒有人能在第一次發生性關係之後還假裝沒事,表現得跟從前一樣。

約翰與艾瑪從加油站帶了一小箱啤酒出來,把啤酒放在我的腳踏車行李籃上面。

「去貝爾格如何?」

「酷耶!」我說。我早就想帶貝蒂去那間老釀酒廠的地底酒窖了。

「好,整裝出發吧。」約翰說。

「約翰真的是走運了。」貝蒂對這件事感到非常驚嘆。「你不覺得嗎?花了八百馬克買一個墳墓,就這樣!這真的很酷。」

我突然覺得芒刺在背。

「這樣是很酷沒錯。不然妳覺得為什麼我們會變成好朋友?」

她偷偷瞄了我一眼,然後狡猾地做了個鬼臉。

「你別緊張。他沒有喜歡我。」

Der große Sommer 294

真是謝謝啊。她大概還會說——我喜歡的只有你。

「親愛的,其實你只是我的第二選擇。」我刻意高聲地說。

她踩上前輪,試著抓住我,可是我逃得更快。我們就這樣子往前衝,經過了艾瑪跟約翰。啤酒的箱子在行李籃裡面危險地搖晃著。

「我會抓到你的!」貝蒂大喊,聲音裡面夾雜著怒氣與歡笑。

「這輩子妳別想!」我大聲地喊回去,然後盡我所能地奔馳。

通往老釀酒廠的小路非常難走,而且雜草蔓生,但我們還是順利通過了;當我們抵達的時候,大家簡直累垮了。

「這裡真是太帥了!」

貝蒂站在空蕩蕩的街道上,兩旁是紅磚建築,窗戶的玻璃都破了。

「這裡看起來好像《潛行者》的電影場景。」

「妳也知道那部電影。那部片很棒。」

約翰轉向她。他微笑著,一邊用手指敲打著身上的皮革檔案包。

「大爆炸,接著就是一片火海。還有火箭,到處都是火箭。但我們都準備好了。」艾瑪點點頭。我們曾經一起參加過抗議核導彈的遊行。我指著約翰的檔案包。

「神祕知識?」我諷刺地問。

「這種知識你大概從來不知道吧,不是嗎?」約翰用一種全知全能的語氣反問我。

接著他從包包裡拿出一顆檸檬,咬了檸檬皮一下。貝蒂笑了。艾瑪睜大了眼睛,什麼也沒說。約翰的臉色突然變得有點難看,他把檸檬丟出了籬笆之外。

「我父親的遺囑說明了一切。我讀過了,一行一行地讀了。字裡行間都是他。我還沒有辦法談這件事情,但是我們都化成了灰燼。到處都是火箭。」

又來了!艾瑪沒有回話,只從啤酒箱裡面拿出了四瓶啤酒,給每個人一瓶。

「無論如何,我們已經共同擁有一個墳墓了。敬世界末日!」

我看見茂密的草叢,從瀝青裂縫中長了出來。

釀酒廠的兩扇大門顯得陰暗衰敗,門片底下是專用的軌道。在高高的拱形窗戶之上,有許多的紅磚,一棵年輕的樺樹在這裡生了根,看起來彷彿與四樓拱型窗外的紅磚牆緊緊相依。在我們的頭頂之上,有幾朵破碎的白雲,快速地飄過亮灰色的天際。我們在地面上,感覺有風吹起。沁涼,但卻不冷。這是一個適合冒險的日子。

我們踩在踏板跟腳踏車的橫樑上,高度剛好可以踩著窗臺溜進室內。約翰把一些玻璃碎片踢到地上,方便大家一個個爬上去。裡面的地板比外面的再高一些。在這巨大的空間裡,我們的步伐發出了回聲。這裡有釀酒桶,高高的天花板上密佈著管線。幾隻鴿子受到了驚

Der große Sommer

嚇，從一扇窗戶飛了出去。地面上鋪有軌道，通往一處斜坡，還有個非常巨大的鏟子靠在牆上。

「哇，這裡簡直可以辦一場厲害的音樂會了。」貝蒂說。

我們在釀酒大廳裡四處探險。天花板的木片間有一條特別粗的縫隙，一束光線從裡頭透了出來。斜坡旁有個很大的空間，裡頭停放著一臺巨型推車。從推車的裝置看起來，過去它應該是由馬來拉的。我們試著把它從往外推。在裝載貨物的區域，有個古老的小木桶來回滾動，蓋子上烙印著「貝爾格酒」的標誌：一個非常有型的釀酒師，他穿著圍裙，手裡拿著一個大啤酒杯。

我們把推車推到了大廳正中央，約翰爬了上去。他喝了一口手中的啤酒，隨即又吐了出來。

「這是我的酒嗎？」他不耐煩地問，「阿腓，你是不是把我們的酒掉包了？是不是你？」

「什麼？」我一臉疑惑地望著高處的他。「約翰，你想要我怎麼樣？根本就沒差是嗎？」我們從來沒有過這個問題。我的意思是說，如果我們有紅酒的話，我們就會一起共喝一瓶。

「這個東西有毒！你沒有發現嗎？」

約翰把酒瓶甩到紅磚牆上。瓶子破了，泡沫流了出來。

「約翰，你冷靜一點吧。你最近真的很奇怪，事情並沒有變好。這陣子，我們一直都在忍耐，因為我覺得你正處在……一段非常艱困的時期。不管怎樣，你到底怎麼了？」艾瑪疑惑地望著他。顯然她已經受夠了。

她說得沒錯，我最近也在想類似的事。約翰突然哈哈大笑。

「妳說我很奇怪？你們沒有發現，對不對？你們根本就沒有一個人好好地跟我說話。我也知道是為什麼。」

他停頓了一會兒。然後他突然彎下腰，把艾瑪手上的酒瓶拿走，然後再把它丟到一旁。這次酒瓶掉到木板上，所以沒有破掉，但就遠遠地滾了出去。

「我很奇怪。」他突然非常安靜地說。「對，我很奇怪。因為我終於知道，為什麼妳都不理我了，就算我愛妳這麼多年。」

「約翰……跟艾瑪？他從來都沒有講過。從來沒有！艾瑪朝我這邊看，我可以感覺到她也是一頭霧水。

「什麼？」她問。我真的不曉得是這樣。貝蒂站在我的旁邊，什麼也沒說。她不想捲進我們之間的事情。

「你們嚇到了，對吧？」約翰的聲音在顫抖。「我都知道了，我現在才知道為什麼

妳從來都不給我機會。」

他看著艾瑪說。艾瑪試圖保持鎮定,但是我知道,現在她的腦袋裡一定亂成一團。

「因為我……約翰,我是最好的朋友。這麼多年了!」

約翰繼續大笑,那笑聲聽起來不是滋味。

「好朋友?才不是呢……我們才不是什麼好朋友。你們兩個上床了,你們這對兄妹居然!你們還記得吧?我之前不相信,但是現在我知道了,我沒辦法裝作不知道。」

我……我完全不知道該說些什麼。

「約翰!不要再說這些鬼話了。這一點都不好笑。」

「沒錯。」約翰鎮定地說:「這真的不好笑。」

約翰沉默。貝蒂從我身邊移開了一步。

「欸,貝蒂。」我說,「約翰瘋了,他說的話不是真的。」

貝蒂一下子看著我,一下子看著艾瑪。艾瑪走向她,這時她突然把手舉了起來。

「這是真的嗎?這……你們真的……?」

艾瑪搖搖頭。我真的沒辦法相信現在發生的事情。

「貝蒂!」我說,「不要相信他說的鬼話!」

「對，貝蒂！」約翰諷刺地說，「不要相信他說的鬼話！沒有人會相信的！因為這是鬼話連篇！」他開始鬼吼鬼叫。「這是世界上最鬼扯蛋的話！它會毀了大家的！貝蒂，不要相信，永遠不要相信！」他繼續吼，「永遠不會有人知道真相。他們兩個人⋯⋯妳永遠不會知道他們兩人之間發生了什麼。我不知道，妳不知道。沒有人會知道！」

我又看了一下艾瑪，我知道現在狀況實在糟透了，因為貝蒂正在觀察我，但是艾瑪跟我，我們實在不曉得該怎麼回應才好。她無助地聳聳肩。約翰到底是怎麼了？

「你說過的，『第二選擇』。」現在換貝蒂用冰冷的語氣說話了，「反正我只是第二選擇。」

過了一會兒，我才明白她在說什麼。

「那只是開玩笑！」現在我也開始叫了。「貝蒂，那是約翰在無的放矢！他說的不是真的。艾瑪跟我，我們⋯⋯」

「給我閉嘴！」貝蒂喊，「你給我閉嘴，讓我靜一靜！」

此刻艾瑪走到她身邊去。

「貝蒂！他說的不是真的。我不知道為什麼約翰要這樣說⋯⋯」

但約翰打斷了艾瑪的話。

Der große Sommer　　　　　　　　　　　　　300

「妳明就知道我為什麼要這樣說。妳心裡明白得很！」

貝蒂！我實在想不到，她居然相信了。她的臉色發青。

「我從來都沒有過像你們這樣的朋友。打從一開始，我就想，你們是特別的。你們是兄妹……我從來沒見過……像你們這樣的人。」

「是啊！」約翰說。

貝蒂走到我們闖進來的那扇窗戶旁。

「上床！」她的語氣充滿不屑。「真的，你們真的上床了！」

我往她那邊跑去。

「好，」我現在也喊了出來，「如果妳相信這種事情的話，那就乾脆消失吧！要是妳真以為我們……那你就滾得遠遠的！」

「給我消失，噁心的人！」她喊，「讓我靜一靜！你們生病了！」

我整個人都在發抖。貝蒂跳上窗臺，然後就鑽了出去。她怎麼能相信這些呢？我聽見她開始哭泣，但是我沒有辦法去找她。我已經通通不在乎了。

「你這個大爛人！」艾瑪對約翰說。她的聲音因為憤怒而顫抖。還有因為……我不曉得那是什麼。無助吧。就像我一樣。我剛剛失去了我最好的朋友。還有我的女朋友。我無法理解為什麼會發生這種事情。

301　最好的夏天

「艾瑪，」我面無表情地說，「走，我們走……隨便他們，走吧。」

我把我的酒瓶放在地上，走到窗邊。此刻，幾隻鴿子又飛過了其中一扇窗戶，回到大廳裡來。嘿，你們錯過了一場秀。我的膝蓋與雙手都沒有力氣。我試著跳出去，但是試了第二次才成功。

「所以呢？」我聽見約翰的聲音，他緊跟在後面。「你們好好回家吧！嚇到的話就趕快再做個愛？我會把事情抖出來的。在學校講，還是在你們的爸媽面前？」

我在窗臺上，伸出手拉艾瑪一把。可是她不願意碰我的手。等我鑽出去的時候，我看見貝蒂把我的腳踏車踢到街道的另一邊去了。我們得用跳的。

我們默默地把各自的腳踏車扶起來。然後牽著車，從圍籬的洞鑽出去。約翰跟在我們後面。

「來。」艾瑪聲音有點沙啞地說。我們騎上腳踏車，然後沿著山路一路往下騎。我回過頭看了一眼。約翰站在圍籬邊，旁邊放著啤酒箱，正在把啤酒一瓶接著一瓶地丟到路上去。

到底發生了什麼事？

Der große Sommer 302

31

雖然天氣很冷，艾瑪跟我還是坐在雞蛋花咖啡館的戶外。我覺得，我們兩個現在都不想獨自一個人。

「約翰真的是無的放矢！」艾瑪還是非常憤怒。她一直攪拌她的咖啡，咖啡都濺出來了。「他為什麼要說這種鬼話？」

我感覺自己一直在顫抖。大概是因為憤怒，不敢置信，還有為貝蒂而感到恐懼。

「她怎麼會相信這種事？怎麼可能？我是說，她明明就跟我們很熟⋯⋯她明明知道⋯⋯」

我不知道我還能說些什麼。彷彿我所經歷的一切、之前所發生的一切，全都是假的。艾瑪跟我，我們根本沒有做錯任何事。

「假如有人在外面看見我們，他可能就會相信這種事。我們太常手牽手走路了。」

艾瑪鬱悶地喃喃自語。

「我們真是一對很爛的兄妹,」我真的怒了,「但他們怎麼會這樣!」

「大部分的人不會這樣的。但是也已經無所謂了。」艾瑪急匆匆地抽著菸,一根接著一根。「你知不知道約翰喜歡我?天殺的,我怎麼有辦法感覺到?他從來都沒有講出來啊!」

我聳聳肩。

「我們是超級好朋友。結果沒有一個人告訴其他人真話。」

我的卡布奇諾一下子就涼了。不過反正我現在也沒心情喝它。

「你覺得,原因出在他的父親死了嗎?所以他才會這麼崩潰?」

現在換艾瑪無助地聳肩。

「我哪知道?但是他真的很不正常,你應該要打電話給貝蒂,還是我來打?」

我把我的咖啡往街上倒。約翰常做的事情,我一直以來都有樣學樣。

「不。」我說。

「你還要不要一起回家?我要拿點東西。我們還可以順便做個愛。」

我站了起來。

「笑死了!他們怎麼會這樣!他們到底怎麼了?我⋯⋯該死的,我以為我們是好朋友!」

Der große Sommer 304

艾瑪沒有回答。她只是一直呆呆地看著前方。也許她正在想，為什麼她從來都沒有注意到約翰已經愛上她了呢。但我們應該要怎樣反應才對？我從來都不曉得。我們一語不發，騎上我們的自行車。一小時之前，一切都還非常美好。然後，這一天就突然像炸彈爆炸了一樣，一切變得粉碎，最後留下一片廢墟。

我在我的房間裡來回踱步。我不曉得我為什麼該在這裡。我完全沒辦法看向我的床，我的腦海裡始終都是貝蒂。約翰說的話一而再、再而三地在我的腦海裡重複播放。約翰非常嚴肅且苦惱。但是他怎麼會想出這種鬼話呢？有關在露營地的那個夜晚，我的記憶已經非常模糊。艾瑪跟我的確有單獨待在帳篷，但那時一切都非常瘋狂。每件事我們都覺得好笑極了。可能是那種只有在家裡才會覺得好笑的事。就像小時候玩放屁比賽之類的。當然，約翰那時也許覺得自己被侮辱，在某一段時間忽然消失了⋯⋯但我們還以為他是跑去跟伊凡娜接吻。這也太厲害了。我們怎麼有可能知道這些呢？而他還真以為艾瑪跟我那時怎麼了⋯⋯真是見鬼了。難道他是真的一直這樣以為？

艾瑪走進來了。她手裡拿著一疊信，然後遞給我一個黃色的長信封。

「你的信。」她說。「看起來是不好的消息。」

她說的沒錯。信是警察局寄來的。信封上印著正式的地址資訊。我打開信件。

令人尊敬的畢希納先生，我們已經展開調查，發現您曾於某日對一臺機動車輛造成損壞，並且未經授權而擅自使用……在此傳喚您，以被告身分前來審訊與聽證，請您於……

太棒了。真的，真的太棒了。直到剛剛，我都還以為這一天不可能再更爛了。那種噁心的感覺又來了。我的膝蓋完全軟弱無力。還有我的恐懼。我把這封信拿給艾瑪看。

「他們怎麼發現的？」

艾瑪跟我一樣不知所措。她開始翻找信件，但是卻沒有找到其他來自警察局的信。看來他們不知道艾瑪也在現場。

「糟透了。」

沒錯，你可以這樣說。真的是非常糟。我完蛋了。我當時在想什麼？反正我絕對是完蛋了。

「我們現在該怎麼辦？」艾瑪問。

「嗯，我們現在該怎麼辦？我不知道。這件事情絕對不能告訴任何人。即使是對外公，也不可以透露出任何的線索……」

「我想，我們還是可以自我了斷。」我苦著臉諷刺地說。

「還是我們要寫信給媽媽?」

艾瑪聽起來很沒有自信。

「妳瘋了嗎?」

要把媽媽從度假的地方拉回來?這樣做大概就像是闖進了老虎的籠子,而且沒有把老虎先麻醉。這不是一個好主意。我突然間覺得累得半死。

「艾瑪,我現在要閃人了。我……我們可以明天再來考慮要怎麼辦。看看其他的人會不會也收到信。」

艾瑪只是點點頭。當我回到外公與娜娜的家時,我直接上樓到我的房間裡,整個人癱倒在床上。我一動也不動地待在那裡,直到接近午夜時分才終於睡著。在這個夜裡,我的夢境是最後的一塊黑點。

307　　最好的夏天

32

沿途我走近了娜娜與外公的墓碑。我從來都沒有留意到，原來這兩個墓碑距離如此近，但是我也從來不曾從這個方向走過來過。我停下來，在墓前站了一會兒，因為一陣突如其來的感傷，就像這早晨的微風般輕輕吹來，襲上了我的心頭。過了這麼久的時間，我已經不再感到悲慟。只在當我想起他們的時候，有一絲溫柔的感傷伴著我。墓碑是娜娜自己設計的，上面的圖樣是一對正在跳舞的佳偶，以抽象的馬賽克拼貼而成。第一眼看它的時候，你會感覺它的草圖源自一九五〇年代──對一個墓碑來說，這樣的圖像是非常美麗而輕盈的。當我站在這裡，我清楚知道我曾在其他地方見過這個圖像，但是我已經想不起來那是在何時何地了。我繼續走下去，然後一面想，要是我來到了人生旅途的終點站，那我也會說，我的人生就是一場舞蹈。人們可以為我建一樣的墓碑，因為這是真的。

Der große Sommer　　　　　　　　　　308

貝蒂娜聽到我的聲音，就立刻掛了電話。我再也沒有辦法忍受了。我在九點半時離開家，一路跑到電話亭來。前一天發生的事情，在我的心裡造成了刺骨的痛。我一點也不曉得她是因為昨天的事而掛了電話，還是因為她也收到了檢察官的信。反正她已經不再跟我講話了，這點是一清二楚的。

早上娜娜已經發現有什麼地方不對勁了。吃早餐的時候，她從頭到尾直直地看著我。也許我應該要跟她說些什麼，但要是我告訴她，她一定會跟外公講的。我還是不知道自己應該怎麼辦。我按下了公共電話的按鍵，投入了二十芬尼的硬幣，然後下意識地開始撥號。

「嗨，羅曼太太。」電話響了兩聲，她就接了起來，我說：「請問約翰在家嗎？」

「他現在在樓上。昨天他整晚都在聽音樂，也不讓我進去。」

她聽起來疲憊不堪，而且充滿了不確定感。但可以聽得出來，她非常高興我打電話來了。

「你不過來我們家坐坐嗎？前幾天他真的很奇怪。我以為他是承受不住⋯⋯」她停頓了一下，然後說，「阿腓，要是你能過來一下會比較好。」

「好的，」我說，「今天傍晚我可能可以過去。再見，羅曼太太。」

我躊躇不安地推開了電話亭的門。聽起來，約翰應該是沒有收到檢察官的信。這使

我更加沮喪。顯然是有人只認出了我來。我慢慢地走回去。陽光普照，看似一切都平和且美麗。但是在今天，我只感覺非常不真實。因為一切都不對勁了。我是怎麼樣走到這個境地的？我總覺得自己就像一個說話的玩偶，許多句子昨天晚上不斷地在我的腦海中搬演：「貝蒂，妳怎麼會相信這種事情呢？妳怎麼會突然就這麼淡漠？妳怎麼可以不相信我說的是真話？」

說這些話的同時，我也想著她的答案。因為約翰比我還認識你。因為你們兩個，艾瑪跟你，曾經做過一些事，那是別人不會去做的。為什麼我應該要相信你，而不去相信約翰？要是別人用這樣的有色眼鏡來看我跟艾瑪，就有許多地方會突然間變得非常奇怪。

變得陌生。我怎麼知道真實的你是什麼樣子？因為你對我突然真的糟透了。

我在家中走廊遇到娜娜。

「我的小阿腓，發生什麼事了？」她問，「我一看就知道你的狀態不好。」

我搖搖頭。

「我跟⋯⋯我跟貝蒂吵架了。還有約翰。」

她經過我身旁時，握了一下我的手。

「事情會恢復正常的。」她一派輕鬆地說，「這種事都會發生的。」

Der große Sommer　　　310

我點點頭，上樓回到我的房間。我想，事情不會過去的。這件事情反正就是爛掉了。我拿起我的數學課本，然後一頁一頁把它拆下來。我把它們堆成一疊，直到課本全部都拆光了，封面變成一個皮套。太帥了。此刻的我也這樣覺得──人為什麼要學這些爛東西？

餘下的早晨時光，我都在床上度過。我盯著天花板，從頭到尾想著我心中的恐懼，我害怕被警察審訊，害怕再也見不到貝蒂的同時也害怕再見到她。收音機鬧鐘上的分分秒秒以慢動作的方式流過。我感受到自己的孤單。彷彿子然一身。那種感覺真是遭透了。

五點鐘時，我已經站在養老院的門口，在那裡等艾瑪走出來。我沒興趣一個人去羅曼家。這個下午是一個糟糕到底的噩夢。我試著在外公的百科字典裡查詢相關的懲罰──未經允許使用一臺機動車輛，或者是損害賠償。這段時間，我好幾次試著想跟娜娜全盤托出，可是後來又覺得等媽媽回來比較有時間好好說，反正警察也會通知媽媽。

艾瑪看到我的時候很驚訝。

我跟艾瑪提起我跟羅曼太太的對話，然後她說：「我沒有辦法一起去。我不想跟你們一起。我就是沒辦法。如果他真的愛上我的話，那我去那邊該做什麼？這樣只會讓他壓力更大。」

「妳沒有辦法來⋯⋯」

我可以理解,可是還是非常生氣。

「晚一點我去碉堡那邊?九點鐘如何?」

這是個和平的表示。但是我現在不需要這些,我只需要幫忙。

「再看看吧。」我有點哀怨地說,騎上了我的腳踏車。

在這個時刻,我才想起自己人竟然不在醫院,我現在應該要去值班才對。太好了,又發生這種事情。外公應該會殺了我。

「太糟了!」我吼叫著,踩上了踏板。「笨蛋!你這個笨蛋!」

我是在咒罵這個世界還是我自己?我已經不曉得了。反正已經全都無所謂了。

當羅曼太太幫我打開門的時候,我非常震驚。她看起來真的非常不好,身形好像比平常縮小了一圈,而且異常地瘦弱而悲傷。

「約翰在樓上。你要不要趕快上樓?他一整天都還沒有下來過。我已經打算要打電話叫急診醫生來一趟了。我真的非常擔心。」

好。就像我們大家一樣,不是嗎?可是為什麼要找醫生來呢?他又沒生病。這件事情實在極端詭異。也有可能他在離開老釀酒廠前就吃了什麼東西。對於要吸毒這種事,

Der große Sommer   312

約翰不像我那麼膽小。但是儘管如此,這一切都非常奇怪。

「約翰在嗎?」我不知道他有沒有聽見我進門的聲音,於是又敲敲門,問:「約翰在嗎?」

這個時候,門鎖突然打開了。

「進來吧!」他說。他聽起來是個完全正常的人,好像什麼事都沒發生過般。但是他的房間凌亂不堪,一點也不正常。

「羅曼先生!」我幾乎要失去理智,「你到底做了什麼事?」

我的聲音充滿震驚,但是約翰置之不理。他從地毯上剪出一大塊四方形。地毯中央露出了一塊地面,我們的筆記本就攤開著擺在那裡。他用筆在混凝土地板上畫出了界線,裡面擺著散落的硬幣、他的菸草袋、整齊擺放的香菸、四顆檸檬以及他的打火機,其中還夾雜著許多黑色碎片──他打碎了至少二十張唱片,還燒了一些蠟燭。除此之外,整間房間聞起來像是煙燻過一般。

「怎麼回事?約翰,你到底在幹嘛?」他的房間令我感到不舒服,真的非常不妙。

他看起來已經是完全不正常了。

約翰穿起他的夾克。

「這是解決問題的方式。」他自得其樂地說著,「我現在終於知道了。來,我們去

最好的夏天

「城裡面逛逛吧。」

他就這樣走下樓。我在跟著他離開房間之前,先吹熄了蠟燭,然後打開窗戶。羅曼太太無助地看著我,可是我也不知道自己該怎麼做。我們兩人都覺得糟透了。

「跟著他去吧。」她說,「你好好照顧他,拜託你。」

當我走到街上時,已經幾乎看不見他的身影了。我很快地跳上我的腳踏車,趕去追他。我一直騎到山腳下的小鎮時,才勉強趕上。原來那個紅色的影子是他的雨傘。他騎腳踏車時正著撐傘。太陽仍然高掛在天邊,那把紅色雨傘也始終那麼的搶眼。無論如何,雖然現在我笑不出來,但這是個逗趣的景象;他看起來有點像瑪莉・包萍[44]。儘管他只用單手騎車,但他瘋了似的狂踩踏板,我得非常努力才能夠追上他。

「你要去哪?」我上氣不接下氣地問。

他沒有回答,只是直接轉往市中心的方向。漸漸地我覺得自己好像他的狗,氣喘吁吁地跟在他後面。我們穿過城牆,騎進行人徒步區。這個夏日的夜晚才剛要開啟序幕,路上並沒有非常多的行人。商店才剛剛打烊,對酒吧來說,現在的天色又太亮了。一些母親推著嬰兒車往地下鐵的方向去。一群龐克散亂地坐在基督教堂的階梯上。偌大的噴

Der große Sommer　　　　　　　　314

泉池周圍，有一小群印度僧侶穿著橘色袈裟，正在打包他們的搖鈴與書籍。我真沒有想到，原來約翰是往他們的方向騎去。他下了腳踏車，然後也不管車子，讓它摔落在地。他走到他們面前，打開最近一直揹著的皮革檔案包。印度僧侶友善地看著他。他們也必須這樣，我猜是他們的宗教使然。約翰從他的包包裡拿出檸檬，並且分給他們。我沒有聽清楚他所說的話。但是當約翰沒有把檸檬皮削掉，直接一口咬下檸檬時，這些薄伽梵僧侶用非常不解的眼神看著他。他們想把檸檬退還給他，但是約翰不要。

「你們是機器人嗎！」他突然大叫，「如果你們沒辦法吃這些檸檬的話，那你們就是機器人！」

我走到他身邊去，試著安撫他。

「約翰！不要這樣！」

這時候，印度僧侶把檸檬擺在人行道上，就離開了。

「機器人！」約翰一直朝著他們身後喊。漸漸地，我意識到為什麼羅曼太太會想要請醫生過來了。他已經不再是正常人了。

44 《瑪莉·包萍》(Mary Poppons) 為英國著名的兒童文學系列，於1934–1988年出版。

「約翰。」我用非常安靜的方式跟他說,「來,我們回家去。」

「我在家裡沒辦法呼吸。」他把檸檬收回包包裡,順便告訴我一件事,「他們在空氣裡面投毒。」

然後他就遞給我其中一顆檸檬。

「把它吃掉!」他命令我,「如果你沒有辦法把它吃掉,那你就跟他們一樣。衛星在控制所有的一切。可是檸檬會平衡這些射線。」

「嘿,我才不吃有皮的檸檬呢!」我說,「它們都有被噴藥。」

「我曉得啊。」約翰說,他的聲音裡面突然帶著恐慌,「我得趕快撤退,立刻閃人。」

他在我的面前往後退,我朝檸檬咬了一口。

「你看!」我喊道,「你看!」

約翰稍微鎮定了下來。一個男人在經過時往我們這邊看。這幅畫面真是太帥了。兩個穿著黑衣的年輕人,他們把檸檬吃掉了。

「你在那邊呆呆的看個什麼?」我喊道。緊張的事情總會過去。

那男人繼續走。約翰大笑。

他跟在那個男人後面嘰哩咕嚕的,不知道在說些什麼。他不斷用同樣的聲調說話,

Der große Sommer 316

彷彿他正在用陌生的語言跟那男人聊天。

男人轉過身來，揮了一下手，作勢要打他。但約翰一直在他旁邊糾纏不休。直到那人放棄不管他，繼續快步往前走。約翰走了回來，卻沒有停止他的舉動。彷彿我懂得他到底在說些什麼。他看起來愈來愈生氣，但口中吐出的全部是無人能懂的嘰哩咕嚕！

「不要再這樣了！」我對他喊，「約翰，你不要再這樣了！」

他沒有這麼做，相反地，他脫掉鞋子爬進噴水池裡。我們做過一次這樣的事情，在炎熱夏日的某一天，這是被禁止的——因為警察看到時，還逮住其中一個人。但是約翰，他現在坐在噴水柱旁開始洗澡。從頭到尾他都不知道在講些什麼。我站在他的正前方，漸漸地，我已經不知道他到底在幹嘛了。也許我應該要打電話給羅曼太太，但是這樣也沒有用，她也一樣無助。還是我應該要打電話到急難專線？然後又怎樣？這又不是真正的急難事件。畢竟這也不是需要叫救護車的那種緊急事件。我到底該怎麼說呢？也許他會自己出來？我走到噴泉旁。

「約翰，來吧。」我說，「我們去碉堡那邊。我跟艾瑪約了在那裡見。」

這招奏效了。終於。他不再嘰哩咕嚕地說話，然後站起來。

「你有聽懂嗎？」他問我，我不耐煩地搖搖頭。

最好的夏天

「我以為。」他繼續喃喃自語。不過他已經從噴泉池裡出來了。全身溼透。今晚的氣候並不溫暖,稍不留意就會著涼。

「我們用跑的過去吧。」他取車的時候我提議,這樣他的身體也許會比較暖和。況且,要見到艾瑪還需要一點時間,假如我們像他剛剛騎得那麼快,他可能就沒有興趣等待了。我不想跟他單獨相處。一直這樣下去,我覺得我會受不了。

我們推著腳踏車走過城區,然後往碉堡的方向去。天色漸漸變暗,約翰在他的雨傘底下,顯得稍微平靜了些。

「大家都覺得我不正常。」他說,「只因為我突然間看穿了所有的事情。」

「對,沒錯。」我小心地問。「為什麼你要這樣說我跟艾瑪?貝蒂已經不跟我講話了。她真的以為是那樣。」

「本來就是那樣!」他說。「但是你們也沒有其他辦法了。你們已經被遠端遙控那是英特爾的衛星。你要多吃一點檸檬才行。」

「然後還要撐著紅色的傘到處跑嗎?」我問。

「這把雨傘可以抵擋射線。在夜裡,這種射線會更嚴重。衛星會直接用射線控制我們。」

他是真的相信這些。我不知道要怎麼對待他才好。也許就是一起跑吧。但是這真的

Der große Sommer　　　　318

非常非常困難。約翰一直說、一直說，在我們沿著山區跑的時候。他從衛星講到射線，然後是他媽媽接到的奇怪來電，還有隱匿在我們筆記本上的消息，只有仔細讀的時候才會發現。他最常講的東西就是筆記本。一切訊息都在裡面。所有共濟會、猶太妥拉與啟示錄的預言——我巴不得把筆記本直接燒掉。他已經不再是我的好朋友約翰了。他已經變成一個我不認識的瘋狂人物。一個讓我害怕的人。

我們終於來到了碉堡花園。艾瑪已經在圍牆旁屬於我們的那塊空地上等待。幸好。雖然她看到約翰的時候，整個人顯得非常驚訝。但是能夠再見到她，約翰顯得非常高興。他把自行車丟到一旁，然後往她那邊跑去，同時拿著紅傘搖來晃去，直到艾瑪站了起來，無所適從地作勢擁抱約翰，中間卡著那把雨傘。

「不要碰！」約翰看起來非常驚嚇，害怕往後退了一步。艾瑪靜止不動，往我這邊看了我一眼，然後又坐回圍牆邊。我也坐到她的旁邊。約翰也上來了，但是他站在圍牆的樹冠旁邊，顯得很不安。他來回踱步，一度幾乎走到城牆邊緣。

「約翰，」艾瑪在某個地方，用溫柔卻充滿警告的語氣說，「請你小心一點。」

「不會有事的。」約翰說，「預言裡面有說，我在三十四歲的時候才會死掉。也就是西元兩千年的時候。」

「那是哪門子的預言啊？」艾瑪小聲地問我。

我憤怒地聳肩。我也小聲的說，「都是那骯髒的筆記本害的。我不知道我們應該怎麼辦。約翰⋯⋯真的很需要幫忙。」

「真的是該死！」艾瑪喊出聲來。

約翰帶著他的雨傘，忽然跳進了一個巨大的砲彈射擊孔，在那覆蓋著薄薄一層苔蘚的彈道斜坡上閒晃。他的眼前是一道沒有安全護欄的大洞，深度大概有十六公尺。

「我不會有事的。」

他講出這句話的時候彷彿在唱歌一樣。艾瑪往前緩緩挪動到圍牆邊，她有時會有懼高症。我在她的前面，從圍牆的裂縫往下看著約翰。

「約翰，」我盡可能溫和地說，「約翰，上來。拜託。」

「不如你們下來吧，這邊沒事的。不管我們在哪裡，反正都會被發現的。他們才不會讓我們發生什麼危險。我只想把他們引出來。」

突然間，他開始喊：「他們會有一天會露出真面目的，這些骯髒的渾蛋，這些豬。他們整天都在追我。他們已經監視我好幾個星期了。」

他指著上面。在我們的上方，有一架救難直升機正往醫院的方向飛去。當然了，時間真是剛剛好。

「沒有人在監視我們，約翰。真的，我向你保證。」

Der große Sommer　　　　　　　　　　　　320

艾瑪在發抖。她坐著慢慢往前挪動，然後伸出一隻手給他。

「約翰，真的。除了我們之外，真的沒有其他的人。你趕快上來，拜託。」

約翰轉了一圈，然後把紅色雨傘舉高。就快碰到裂縫的上緣了。我是不是該下去呢？只要艾瑪能抓住我？這真的太高了！

艾瑪全身顫抖地深深吸了一口氣。「約翰，」她盡可能平和地說，「我愛你。上來吧。」

約翰在底下呼喊：「我沒事的！」

「告訴他，妳愛他！」我在她的耳畔說。

「你在做什麼爛事情，」他憤怒地回答，「你跟他們是一夥的！」

「給我們一顆檸檬，」我很快地說，「我們會向你證明，我們跟他們不一樣。」

他雖然猶豫，但是人還是走到縫隙邊緣，然後抬頭看著我們。

「我已經沒有檸檬了！」他有點焦躁地說，「你明明就知道，不是嗎？」

「那我們會去買。」艾瑪很快地說，但是她其實根本不知道自己在說什麼。

「好耶。」約翰突然充滿驚喜，然後讓步了。他整個人往上跳躍，我們抓住他的手臂，然後把他拉了上來。

「好糟喔！」艾瑪說完，就哭了起來。

最好的夏天

約翰掏出他的菸草，然後給自己捲了一根菸。彷彿什麼事都沒發生過。我覺得這真的是夠了。他根本已經失去理智，而且我也不知道可以打電話跟誰求助⋯⋯除了外公。艾瑪始終都還在發抖，她請約翰也幫他捲一根菸。約翰隨即忙起來幫她捲。我立刻開始想，最近的電話亭到底在哪裡？但我現在的頭腦實在很難好好思考，簡直糊成一團。

「我們去加油站吧。」最後我說。「他們也許會有檸檬。」

約翰按了一下打火機。

「在多利亞號豪華郵輪這邊一切都好。」他說。

我真想一拳往他的臉上揍，我真的快要被他搞瘋了。

要把約翰送到加油站，是一件無比艱鉅的事情。他拒絕穿越馬路，因為那時候，突然連著三輛漆黑的轎車駛過。已經打烊的菸草店櫥窗依然明晃晃的，他站在櫥窗前，把他的檔案包清空，將所有東西都往人行道上丟。艾瑪逐一清點所有的東西，然後寫在他的筆記本上，之後約翰再將它們一一擺回去。他坐在公車站的一張長椅上，然後開始數對面房屋燈火通明的窗戶，因為他誤將黯淡的窗戶也算了進去，所有世界的問題在此有了新的解釋。他再次把自己的雨傘打開，並把它擺在街車底下的軌道上。幸好現在已經很晚了，幾乎沒有人街上，街車也沒有行駛。我抓住時機，小聲對艾瑪說，我會打電話

Der große Sommer

給外公,她得在加油站裡好好陪著約翰。她點點頭,顯得異常清醒,然後從她的錢包裡面掏出零錢,全部倒在我的手上。我差點忘記身上幾乎沒錢了。

艾瑪終於跟約翰一起消失在加油站,我則立刻奔向對面街上的電話亭。電話無止盡地嘟嘟響,最後娜娜終於接起了電話。

「娜娜,」我說,我的呼吸依舊非常急促,「外公在家嗎?」

「他已經睡了。」娜娜有點驚嚇地回答,「你在哪裡?發生了什麼事?」

「那妳現在得叫他起來。」我說完,接著盡量簡短地告訴她,約翰發生了什麼事。

娜娜只說了,「噢,你等著,我去叫他。」

我聽見她在敲外公的門。我不斷往加油站的方向張望,想知道他們的狀況是否一切都好。艾瑪的身影在明亮的櫥窗邊隱約可見。

「怎麼啦?」話筒裡冷不防地傳來外公清楚的聲音。他沒有問我為什麼沒去打工,也沒有多說任何其他事,只是說:「怎麼啦?」

我急忙地跟他解釋在碉堡發生的事情。這幾天下來,約翰已經變得愈來愈奇怪了。現在我們全都在加油站那邊。還有……這時候,外公打斷了我說話。

「待在那邊,不要動。也不要讓他離開。你們就待在那邊,我再過十五分鐘就會到。不要走,好好看著他,阿胖!」

323　最好的夏天

話筒傳來喀嚓一聲,他掛了電話。「好好看著他們,阿腓……」不然呢,我又回加油站那邊。幸好他們一直都還在裡面。他們兩人走出來的時候,手裡拿的並不是檸檬,而是啤酒。無所謂了。重點是我們人都還在這裡。艾瑪看著我。我低調地點點頭。然後我們就圍在一起站著喝啤酒。突然間,一切都變得很和平。我才發現我剛剛真的太不安了。要是外公現在過來,但是卻沒有發出警報聲,然後什麼事也沒有的話怎麼辦?一輛閃著亮藍光的救護車駛過來,但是卻沒有發出警報聲,它駛經我們身旁之後便停了下來,然後倒車。救護車的車門打開,這時約翰抬起頭。一位看來非常疲憊的女醫師走下車,往我們這裡走來。

「你們當中的哪一位是腓特烈‧畢希納?」她問。語氣談不上禮貌,但也沒有情緒。只是就事論事。

我舉手。

「你外公馬上來。」她說,「到底是什麼狀況呢?」

約翰立刻轉頭看著我們。我不知道該怎麼回答,才不會讓約翰起疑心。我覺得自己好像是個叛徒。

「他……約翰……我們在碉堡那邊玩的時候,他有點奇怪。已經好幾天了。我們……我們有點擔心他。」

「不用你們擔心!」約翰大聲說,然後用力地把酒瓶往地上一擺,啤酒的泡泡從瓶

口冒了出來。「我們走。」

女醫師轉向他。

「你叫做約翰,對嗎?」

一輛計程車抵達加油站,外公從裡面下車,約翰很快地認出他來。

「原來!」他說,「你們這些搞陰謀的人!他們來了,打算把我們趕跑。你們要把我關起來,是不是?」

外公往他那裡走去,完全沒有看我一眼。

「約翰,」他的語調中帶著自信。「現在請你好好聽我說話。」

約翰用雙手摀住耳朵。外公默不作聲,觀察了他一會兒。最後,他伸手把約翰的手拉下來。

「約翰,你的朋友腓特烈覺得你身體不舒服。我的同事很樂意在這裡幫你做檢查。這樣好嗎?」

約翰看著他。然後,他舉起他的包包往我身上丟。

「我就知道!」他開始喊,「我就知道你們兩個人……你們都早就講好了……在做愛的時候……就講好要怎麼擺脫我了。我不要!」他怒吼道,「不要,我不要!」

接著他開始跑,但是外公跑得更快。他用閃電般的速度將他牢牢抓住。兩名剛剛沒

325　最好的夏天

有出現的醫護人員從救護車下來。約翰一直喊叫、一直掙扎。艾瑪飽受驚嚇，用雙手摀住嘴巴。當我看見醫護人員衝向約翰的時候，心裡突然覺得糟透了，醫生在混亂中為他打針。眼前的畫面看起來就像一部恐怖片。約翰搥胸頓足、哭天搶地，不停地反抗。最後他們把他的腳捆綁起來，直接把他抬進了救護車。我也想一起上車，但是醫生阻止了我。

「現在你什麼也做不了。」她嚴厲地說，「請你把他的名字跟地址寫給我。」

她遞給我一個書寫夾，約翰喊叫的聲音不絕於耳，醫護人員把車門關了起來。

該死的。

我開始填表。我的手一直在發抖，所以字跡也非常潦草。艾瑪則站在我旁邊。

「該死的，」她極其震驚地說，「我根本沒想這樣。」

外公陪女醫師走向救護車，車子開動了。然後外公就轉向我們。

「你應該要早點告訴我的。」他簡短地說，「如果事情已經到這樣的地步，那往往只能以暴制暴。」

艾瑪看著他。她的聲音跟我的一樣。我們都累垮了，而且聽起來好像快哭了。

「他到底想怎樣？一定要把事情鬧成這樣嗎？我的意思是說⋯⋯他是怎麼了⋯⋯到底為什麼？」

Der große Sommer　　　　　　　　　　326

外公吹了一下他的雙手。顯然他的手擦傷了。接著他指著那輛正在等待的計程車。

「今天妳可以睡在我們家。」他跟艾瑪說，「現在回去宿舍也太晚了。」

於是我們往計程車的方向走去。

我們上計程車的時候，外公告訴我們：「戰爭的時候，常常發生這種事。因為壓力導致精神疾病。最近他的父親過世了，對不對？」

我們坐在後座。艾瑪拉住我的手。我牽著她，感覺著實有點奇怪，因為之前約翰胡亂嚷嚷，說了我們的不是。

「我們每天在槍林彈雨中，有些士兵實在無法忍耐。或是某位同志死在沙場上。又或者……」他不尋常地有些遲疑，過了半响才接著說：「……抑或是他們無法忍受眼前所見到的一切，於是他們的大腦就會用精神疾病來做出反應。首先會出現狂躁，接著是過度傲慢，甚至是妄想，最後接踵而來的就是恐懼與憂慮，以及被害妄想症。」

「那他還會再恢復健康嗎？」我非常害怕地問。外公沉默了好久。車子轉了彎之後，我們就幾乎已經到了家門口。

「我想要跟你們說實話。」他就事論事地說，「要是幸運的話，那麼他就會恢復健康，然後疾病不會再復發。更可能的卻是，這種精神疾病會不斷地復發，大概沒幾年就會再回來一次，而最嚴重的情況是，它會變成一種

慢性病。不過……」計程車停下來了，因而打斷了他說話。他付錢之後，我們下車。房子裡的燈還是亮的。

「妳可以在我樓上的房間過夜。」我跟艾瑪說。她點點頭。外公爬上門口的階梯，然後開門。

「不過，」他進到房間之前，又開口了，彷彿也在對自己說：「真正的友誼只有在患難時才經得起考驗。晚安。」

我們到樓上的時候，娜娜幫我們煮了熱可可，一如我們小時候來這裡拜訪她時一樣。我已經記不得外公是怎麼制伏約翰，並把他捆綁起來的。也許這麼做是對的。艾瑪跟我都感到自己彷彿是膽小的叛徒。在這個夜裡，我好想變成小時候的那個我。

33

接下來的幾天,我們都感覺到一切彷彿蒙上了一層霧霾,陰鬱滯悶,彷彿你永遠無法看清楚或是聽清楚。他們不許我去拜訪約翰。即便是羅曼太太,也只能短暫地看一下他。某個午後,我去拜訪羅曼太太,再一次告訴她那天事情發生的所有細節。

「他大部分的時間都在睡覺。」她說。羅曼太太也關心了一下我們的狀況,然後我們一起走到樓上去,幫約翰整理了他的房間。映入眼簾的是他擺的蠟燭陣、地毯的洞,以及破碎的唱盤,我實在無法理解不久前的自己,為何看不出約翰發生了什麼事。我把那本筆記本帶在身上。一想到要是他從醫院回來,就會再把這本筆記本找出來,我就無法忍受。

這是千篇一律的一個星期,感覺就好像我自己也病了非常久,而且我也不曉得應該要怎麼做才能恢復健康。每天早上我都在讀書。也許我讀的書並不像之前那段日子那麼多。當我不在醫院工作時,中午過後的時光,我大多是躺在床上閱讀度過。有時我會跟

艾瑪約見面，然後，我們就會一直聊起約翰。至於貝蒂，貝蒂不跟我們聯絡了。我無法承受再去談起她，更不要說是跟艾瑪談起她了。我非常地想念她，不管我怎麼做都一樣——我滿腦子都是她。我一聽音樂時，我會想起她房間裡的卡帶；當我從窗戶望出去，會想起我們第一次在河邊散步時所看見的該死的水龍頭；當我轉開那該死的水龍頭，就會想起水邊、游泳池，還有她。每樣東西的名字都叫做貝蒂。有一次，我騎腳踏車去她家，等了一個半鐘頭，只想看看她會不會走出門。我躲在她家旁邊的房屋後院，觀察她的窗戶是不是開著的。

愚蠢。

同時，假期的最後時光愈來愈短暫，警察審訊的日期無情地向我襲來。挖土機的事真是把我害慘了。夜裡我都是醒著的，而且我整晚都在想，應該要怎麼講這件事情。或者是我根本什麼都不該說呢？我問我自己，到底是誰認出我來了？我只能夠想起一個人，那天他牽著一隻狗在散步，但是當那個人出現的時候，我們大家已經走在路上了，而且只有約翰拿著槍。到底會發生什麼事呢……青少年的拘留處分嗎？我會不會被判刑，而且不能再持有駕照了？發生在我身上的這一切，相較之下或許一點也不重要。這時我心想，這天是星期六。約翰已經待在精神病院超過一個禮拜了。一個星期之後，媽媽跟爸

爸會回來。但下星期一就要進行審訊了。我坐在書桌前，試著給貝蒂寫一封信。我寫到要為自己所說的話道歉——我說她是我的第二選擇——可是這個時候，我又不由得想起她離去的模樣。我想起了她相信約翰所說的話，她真的是把我跟艾瑪想成那樣。如果她是這樣的話，那麼她對我而言，其實根本就無所謂了吧。我把信紙撕碎，然後把那些碎片放進娜娜的菸灰缸裡燒掉。

這樣做的效果很好。我意識到她對我來說並非無關緊要。不管她是怎麼想的，她永遠不會是無關緊要的。

我突然再也無法承受這一切了，於是我就走去找娜娜。畫布上面只有灰色調。一名年輕的女人正在奔跑，手裡抱著一個孩子，她轉身回眸，眼神充滿渴望與恐懼。這是一幅逃跑的畫面。又來了。

「娜娜，我可不可以跟妳說話？」

她迅速地又畫了幾筆。畫布隨即出現了光禿禿的柳樹以及結了冰的河堤。她是怎麼畫出來的呢？

她擦了一下畫筆，然後轉過頭來看我。

「我的小阿腓，你隨時都可以跟我講話。要不要幫我拿一下我的菸袋？然後我們可以坐下來喝杯咖啡。」

我非常喜歡娜娜的咖啡壺。咖啡壺有個特別的拼布套，上面有古老的玫瑰色小花，看起來彷彿來自上世紀。這能讓咖啡一直保持溫度。旁邊有個銀色小壺，專門用來裝鮮奶油。媽媽好像也有一套這樣的器具，但是我們從來沒有用過。在我們家裡，牛奶都是直接裝在袋子裡然後放在桌上。我去幫娜娜拿香菸袋，又再次回到了陽臺。今天是陰天，陽光只有偶爾才會照進來，顯得軟弱無力。跟我的心情也很類似。娜娜幫我倒了一杯咖啡，然後把鮮奶油小壺推了過來。她幫自己點了一根菸。所有的一切都在散出香氣，咖啡、菸味，還有畫布顏料的松香水氣味。

「星期一我得去警察局。」我說。

娜娜沉默不語，她等待著，一邊抽菸。然後我開始說話了。我先說挖土機的事，接著講起老釀酒廠，最後提到了貝蒂。

「約翰突然說，艾瑪跟我⋯⋯我們⋯⋯」我吞吞吐吐。這個時候，我真的找不到適合的字詞來形容。

「他說你們兩個睡在一起。」娜娜接話了。我抬頭看著她。我太驚訝了，她怎麼猜到這些呢？然而，娜娜只是微微一笑，小心地把香菸捻熄。

「華特告訴我了。這應該是你朋友約翰的妄想症。他愛上艾瑪了，不是嗎？華特有去醫院看他，他的妄想又開始了。」

Der große Sommer　　　　　　　　332

「什麼?」

我也太事不關己了。外公居然已經去看過約翰了!娜娜彎著身子靠近我,然後用兩隻手牽起我的手。

「小阿腓,你得跟華特說。這個審訊會令人非常不舒服,如果要你去警察局,你一定會非常害怕。跟挖土機有關的事固然不是什麼好事,但它並不是一場災難。」

她指著身邊的那幅畫。

「就算這樣,也稱不上是災難。」

「逃難嗎?每年一月,媽媽都會說起這件事。妳畫了好多類似的圖畫。這不算是災難嗎?」

娜娜放開我的手,站了起來。她彎腰越過桌子,從菸袋裡再拿出一根菸。

「那個時候算是吧。」她說,「天寒地凍的時候,帶著兩個年紀尚小的孩子,坐在馬車。沒有男人,沒有父親。可是⋯⋯」她繼續講,然後把菸點燃,「雖然這件事始終烙印在我的心裡,使我一而再、再而三地畫它──但是它並不是一場災難。我們已經逃過一劫,並且倖存下來了。現在我在這裡,跟我女兒的大兒子一起,這是我的長孫。我們正在討論一臺被需要被修理的挖土機,那不過年輕人的惡作劇。」

我覺得事情沒有那麼簡單。

333　最好的夏天

「娜娜。」我又開始說話,但是她不讓我插嘴。

「在警察局,你一定沒辦法說實話。他會讓你們感到害怕,然後嚇唬你們,就是這樣。但是,」她又喝了一口咖啡,「事實上,一切都沒那麼嚴重。所以呢——你只要先跟外公好好談談就行了。」

我不確定外公看待這件事情的眼光,會不會也像娜娜一樣。該是看見了我的臉上寫著懷疑,於是把杯子又擺回桌上去。

「華特覺得你們處理約翰的事情,是做得非常好的⋯⋯」

「這樣很棒。這樣子他就也會覺得挖土機的事情也很好。」我打斷了她說話,「要是我現在還去找他,然後請求他幫助的話,我簡直就是個愚蠢的孩子。」

娜娜的臉上逐漸浮現笑意。

「小阿腓,」她說,「你可以體認到自己需要幫忙,而且還要去求人家的話,那這已經是某種成人的行為了。」

她轉過身去,面對她的畫,重新拿起了畫筆。

「真的嚴重的事情是⋯⋯」她若無其事地說,「如果你因此再也不跟貝蒂說話,那才是真正嚴重的事。你的行動是否合法並不要緊。因為愛是不會因為一個人做出蠢事而改變的。不然那就不是愛了。」

沒錯，我想。不然那就不是愛了。

媽媽應該會呼天搶地，但是那樣也不礙事。我們大家早就習慣了。

我跟外公說起挖土機的事時，他只是不動聲色地看著我。太陽正露出了笑臉，外公坐在陽臺上的躺椅上，貓咪在窩在他懷裡，對什麼事情都毫不在意。這一刻，我非常難得地，居然渴望自己就是那隻貓咪。

「你們都知道挖土機不是你們的，對嗎？」

啊，真是謝謝了。他怎麼有辦法面無表情地說出這麼精準刺耳的話呢？不過另一方面來看……對，您說的沒錯，我們知道挖土機不是我們的。但當時那一點不重要。

「我們……覺得無所謂。」我說。

他是怎麼做到的？他只是從頭到腳打量著我，眼神說明了一切──他對我的愚蠢行為有些輕蔑，還夾雜著一點驚嘆，以及許多的優越感。為什麼他不跟奧特女博士結婚呢？他們兩個應該會是完美的一對。光用眼神就能教育別人……。

「那你打算怎麼跟警察怎麼說明？」

「我會說，這件事是自己一個人做的。艾瑪跟其他人……他們都沒有收到信。」

「我想應該是這樣。貝蒂的話，我就不曉得了。」

「這是一件很嚴肅的事。而且非常愚蠢。他們不會相信你的。把你認出來的人，大

概也看到其他人了。只要十分鐘的時間,他們就會讓你抖出其他人的名字。」

他又開始講課了,他說的都對。腓特烈・畢希納,數學五分,拉丁文五分,邏輯學五分。恭喜啊。

外公閉上眼睛,撫摸貓咪的脖子。陽光照亮了他的胸口與貓咪身上的毛。貓咪發出呼嚕呼嚕的叫聲,外公正在深思熟慮。

「你的朋友約翰會因為生病的關係而不會被起訴。艾瑪是妹妹,你沒有義務幫她作證。至於你的小女朋友……那就要看證人是不是非常確定,自己看見的是四個人,而非三個人。他擁有最後翻供的權利。」

「還是我什麼都不該說?為什麼我非得去呢?」

「你當然不一定要去。」他簡單地說,「但這個起訴會一直存在,而且會有後續追蹤。你應該要出席才對,至少一次。」

我被他的最後一句話擊倒在地。

「你可以上樓了。」外公冷酷地說,「我需要想一想。」

娜娜顯然覺得該為我做一份豐盛的死刑臨別餐。她做了奶油馬鈴薯濃湯、火腿通心粉,還有奶酪丸子搭配棕色奶油與肉桂。一頓飯裡面就有三樣我最愛吃的菜。

Der große Sommer　　336

「Comedent qui morituri.」外公看著我的餐盤，然後這麼說。

我抬起頭來。

「我不知道 Comedere 的意思是什麼。」突然間我鼓起勇氣說出來。

「吃食。」外公說得非常簡短。

啊。「**被賜予死刑的人在吃飯。**」真可笑。

他遞給我一個信封，上面有他潦草的字跡。這不是在說笑，醫療人員的手寫字都長那樣。醫生在診所開給我的處方，我總是得很努力才能看懂，外公的字跡也是一樣。

「這是什麼？」我問。

「這是波曼先生的地址。他是採石場的擁有者，是他舉發你的。顯然有人把他的學生證掉在挖土機裡面⋯⋯」

在他的目光之下，我完全無地自容。我多想在地上挖個洞把自己埋起來，或者就讓自己消失，就這樣永遠離開。腓特烈・畢希納，世界上最笨的罪犯。我可是從來都不曾掉過自己的證件！

娜娜開始收桌子。外公把他的盤子擺到地上的貓咪面前。就這樣，他沒再說話了。

他拿起報紙，又到陽臺上坐下，彷彿一切都已經清楚了。我把紙條塞進口袋，然後起身離開。

34

這位波曼先生未免也住得太遠了。我在地圖上找了半天，最後還是決定騎腳踏車過去，因為這樣我才有時間在路上好好思考。先想好總比事後補救好。外公沒有再多說什麼，但有一點現在很清楚——沒有人看見我們。只有我收到了告發信函，因為我的證件掉在現場，這個消息可以說一半好一半壞。好的部分是貝蒂、艾瑪與約翰，他們沒有捲進這件事。壞的是我就得全權負責了。我也不知道該跟這個男人怎麼說才好。

雖然天氣已經放晴，但空氣仍然冰涼。至少能到外面走走是好的。儘管我很害怕即將發生的對話，此刻我卻愈騎愈快。當我距離城市邊緣愈遠，路上的房子就愈小，花園則愈大。採石場老闆的家是一幢毫不起眼的獨棟房子。我把腳踏車停在圍籬旁，走過花園小徑，來到他家的大門前時，心想他的房子在人們的想像中，可能是由採石場巨石砌成之類的。我吸了一大口氣，按下門鈴。一名有點年紀的婦人幫我開門，我全身顫抖地說話，「早安，波曼太太。請問您的先生在家嗎？」

Der große Sommer 338

他在家,並且走到了門口來。他看起來就像他的房子一樣,一點也不顯眼。波曼先生是一名中年男子,頭髮禿了一半,說話輕聲細語,跟我想像中的資本家完全不同。

「有什麼事嗎?」

我深吸了一口氣。我想說些什麼,話到了嘴邊,又把它吞了回去,於是我開始咳個不停。他等待著,直到我最後我終於說出了自己的名字,以及其他的事。

「我叫腓特烈·畢希納。我就是那個把您的挖土機弄壞的人,波曼先生。」

「把他送走!」他的太太從後面大喊,「要不要我來叫警察?」

這個男人突然面紅耳赤,我想他可能很想大聲吼我,可是他卻從房子裡走了出來,關上身後的家門。

「你現在來這裡做什麼?」他對我咆哮。

「我想要道歉。」我慌張地說,「我會付錢賠償的。真的非常抱歉。我知道這麼做很糟糕,但是我……」

「付錢!付錢!」這個男人看起來受夠了,「你在弄壞履帶之後,為什麼還要把液壓系統的管線也一起弄壞?」

什麼?為什麼他要這樣問我?

「我……我以為我可以用挖土機的手臂把輪子抬高,就可以把履帶推回去,結果就

339　最好的夏天

在我控制挖土機手臂時卡到了樹枝，我才發現我闖禍了。然後我只好趕快跑掉。」

他看著我，臉部表情開始改變。

「這樣啊？履帶掉出來？你想都別想⋯⋯不過，這個點子並不算愚蠢。」他講話的聲音突然又變大聲了。「你到底是哪裡來的蠢蛋？你就這樣子闖進來，然後爬上挖土機？你到底有什麼居心？」

我無助地聳聳肩。這到底應該怎麼解釋才好呢？

「我沒有要幹嘛。我只是想試看看。我⋯⋯這樣一臺挖土機，我只是覺得那樣很酷。我真的覺得非常抱歉。波曼先生，真的。我真是太愚蠢了⋯⋯不曉得您這邊是不能夠撤回提告。我⋯⋯我們會付錢的。波曼先生，我沒有很多錢，但是我父母會給我的。」

虛擬式！這樣又講得不清不楚了。媽媽真的會把我打死。

眼前的男人看著我。他的家門打開了，波曼太太又跑出來，把我罵了一頓。

「你不要再跟他說話了！要我去叫警察嗎？」

讓我驚訝的是，波曼先生示意拒絕了。他把眼神轉向天空，然後眨眼表示拒絕。

「我馬上來，妳先把門關上吧！」

他看著我，整個人始終面紅耳赤。

「是不是你外公說，你要來這裡找我才行？」

Der große Sommer　　　　　　　　　　　340

「才沒有!」我搖搖頭。「他只有給我……您的地址。只有地址。我……真的非常的不好意思,波曼先生,這樣的事情……我不會……以後我不會再犯了。如果有什麼我可以幫得上忙的,不管是工作或是在採石場整理東西……我都很願意做。」

「你是一個人去那邊的嗎?」

我的胃忽然一陣翻攪。我看著那個男人。我想著他的太太,還有他受不了她的模樣。我想著,事情的真相,也許只是因為貝蒂。

「不是。」說話的時候,我一直在發抖。「不過……其他的人跟這件事一點關係都沒有……東西都是我弄壞的。」

「蠢蛋!你這個蠢蛋!」眼前這個男人說,但是聲音來沒那麼兇了。「你這樣真的很對不起你外公。現在給我滾。」

我不懂。現在是怎麼一回事?這件事情跟外公有什麼關係?

「所以您去……那麼起訴的事情怎麼辦?」

這時波曼先生已經走到家門口了。他再次地轉過身來。我有沒有看錯,他是在微笑嗎?

「我馬上會打電話給警察。如果我太太堅持的話。」

然後他就消失在他的屋裡了。我走去牽我的腳踏車。啊哈，我對不起我的外公，不配當他的孫子。波曼先生看起來不像會放棄賠償。他的太太好像也不會。那麼，外公是不是……我騎上腳踏車。我不曉得我是否配不上擁有我外公。但不知怎地，我想這個世界上，不會有那麼多人像我一樣，擁有一個如此聰明的外公。

35

結果星期一我不用去警察局,也許真讓我鬆了一口氣。但一放鬆下來,那無法消退的渴望就開始反覆出現。每個晚上,各種畫面在我的腦海中翻湧,每次都會帶來新的傷痛——因為這些回憶實在太過於美麗。貝蒂與我,在河邊、在教堂、在游泳池、在我的床上、在游泳池、在碉堡、在她的房間、聽Bossa Nova,在我的夢裡。

無論如何,我已經再也無法忍受這種沉默了。反正要是我今天得去警察局,原本也沒辦法讀書。補考的事情,根本不是我生命中現在最大的問題。不過,當我在上午走下樓去花園裡找娜娜時,我的良心不安還是升到了最高點。她正坐在草地上的姑婆芋前面。每年春天,路易跟我都得把那盆姑婆芋從她的地下室搬到戶外去,然後每到秋天,我們又得使勁把它推回地下室去。它的花盆幾乎有一公尺高。我喜歡花盆上面的馬賽克。上面有一對一對跳舞的人們,就像娜娜其他的創作上會有的圖案。非常的抽象。無論顏色或是形狀,都是來自一九五〇年代的感覺。人們的上半身是玻璃做的三角形,尖角朝下。

343　　最好的夏天

女人的裙子是其他的三角形，所以上半身與下半身的兩個尖角碰在一起。他們根本沒有腰，但看起來真的很酷。娜娜身邊有個裝修補溶膠的小鍋、一個小勺子和裝滿許多彩色玻璃的小塑膠碗，她正在修補馬賽克。這是夏末的一個早晨。有那麼一秒鐘，我問我自己，這一切在娜娜的眼中看來是怎樣呢？她是否在這樣的一天感覺到幸福？如果已經活了一輩子，到底是怎樣的一種感覺呢？

「娜娜，我可以在哪裡買到杏仁糖？」

她抬起頭來，有點驚訝。她拿出眼鏡戴上，平常她很少戴眼鏡的。今天她穿著一件老舊的男襯衫，搭配亞麻褲。

「你想在夏天買杏仁糖？這樣很難買到的。你為什麼要買？」

我支支吾吾地說。

「因為貝蒂說她喜歡杏仁糖遠多過薑餅。」

娜娜幾乎用讓人看不出來的方式微笑了，同時她又補上了一片馬賽克。

「噢！」

「什麼意思？」

「當你想把一個女人追回來的時候，買甜食通常不是最好的辦法。」她說。

「我不是因為想追她回來。我是⋯⋯我第一次去找她的時候，我偷了薑餅給她。那

Der große Sommer　　344

可以說是……一種表態、一個屬於我們的故事，或者是一個象徵……我也說不上來。」突然間，我覺得這個想法很愚蠢。娜娜刮下小勺子上的黏著劑，然後站了起來。

「走，那我們得去採買。」

一個半小時過後，我們就又回到廚房裡了。在瓦斯爐上面有一個鍋子，裡面裝著水；廚房桌上擺著我們各處採買的東西。有杏仁果與洋槐蜂蜜，所以我們跑了三間店才買到。苦杏仁與玫瑰香精在藥房才買得到，娜娜說一定要用洋槐蜂蜜，娜娜跟我解釋說，因為苦杏仁有毒。結果，藥劑師真的問了我們為什麼需要這個。水滾了，娜娜把杏仁果都倒了進去。

「如果你自己手做杏仁糖的話，也許會讓她更加印象深刻。至少這會變成未來的一個小插曲。要是她最後真的不要你……」她聳聳肩，「那麼也是她自找的。她已經沒辦法找到更厲害的杏仁糖了。」

她把煮好的杏仁倒進篩網，然後再用水沖涼。

「現在，你要幫它們去皮。」她說，「所以我幾乎沒辦法自己做……我最討厭去皮了。」

我喜歡去皮。因為這樣就可以看見果仁漂亮地從棕色的軀殼裡滑出來。

345　　最好的夏天

「妳怎麼知道如何自製杏仁糖？」

娜娜從櫃子裡拿出了絞肉機，拴緊螺絲，把它固定在桌上。「呂貝克的杏仁糖，但澤人連碰也不碰呢。」

「這是我奶奶教我的，但澤菜單。」她回想起這件事時笑得很快樂，我在一旁幫忙。

她用一雙手捧起白色杏仁，然後將它們丟進絞肉機的漏斗。

「就像這樣，開始轉！」她一邊對我說。

絞碎的杏仁開始一束一束地落入瓷碗中。苦杏仁的味道不斷地散發出來。娜娜打開玻璃瓶，讓晶亮的洋槐蜂蜜在杏仁上流竄。

「一定要選光澤透亮的蜂蜜，這種蜂蜜的味道最新鮮甜美。呂貝克人做杏仁是用白糖粉。」她說，你可以聽出她的語氣有點不屑。

我忍不住笑了出來。「呂貝克的杏仁糖，但澤人連碰也不碰呢。」

我伸手去拿裝著玫瑰香精的小瓶子。

「這是全部的香精了嗎？」

她點點頭。「但我們要再過一次絞肉機，讓它變得更細緻。」我的雙手沾滿蜂蜜和油脂，黏黏的。苦杏仁、玫瑰香精，還有蜂蜜……這些香氣混雜在一起。是杏仁糖的味道。娜

Der große Sommer　　　　　　　　　　　346

娜從從流理臺上的櫃子裡拿出了一個瓶子與一個盤子。

「這是真正的可可粉，完全沒有加糖……」

她讓我把處理好的杏仁碎倒入圓形模具，變成球狀，然後教我如何在盤子上鋪上一層薄薄的可可粉，再讓杏仁球滾過去，看起來就像被一層細緻的泥土所包覆，這樣就會變成杏仁糖了。我試著做出一顆。太好了，我會了。要是貝蒂不要我，至少我還知道怎樣做出世界上最好吃的杏仁糖。

娜娜正在卸下絞肉機。她微微點頭。

「外公也會做什麼吃的送妳嗎？」

「會啊，但不是這種東西。不過，他也有點瘋狂。」

「什麼？」我問。

娜娜把做好的杏仁糖全部給我，然後開始笑。

「這跟你沒有關係。你好好照顧自己的愛人吧。出去。」

36

墳墓位在距離圍籬很遠的地方。我差點錯過它。沒有墓碑，沒有十字架，只有一塊石頭，上面刻著數字。一看到墓碑上的數字，我就知道我找到了對的墓碑。這個跟數學好壞無關，僅出於對於數字的神奇記憶。我蹲下來，用手撫摸草地。沒有花環，什麼都沒有，只有一個簡單的墓碑，就像其他成千上百個墓碑那樣。當時是怎麼結束的，又是怎麼開始的？我不知道。我只知道，在那個時候，夏天是在這裡結束的，我始終都知道。

我的手機又在振動了。「你在哪裡？」

「墓園。」我回覆了訊息。

精神科療養院位於城市邊緣的森林裡。我打了電話，終於可以去拜訪他了。搭巴士的話，要花上非常久的時間，但是如果騎腳踏車，我也根本不知道該怎麼過去。我問了

Der große Sommer 348

艾瑪，但她無論如何都不想一起來，一路顛簸、行過漫漫長路，去尋找那個遺世獨立的地方。我很熟悉城裡的醫院，但在這裡，一切都長途跋涉才行。我花了二十分鐘才找到病房建築，又過了十分鐘，他們才讓我進去。我在入口處的大門按鈴，在療養院的門口按門鈴，每一次，我都得報上自己的姓名，並且說明要拜訪誰，有沒有帶尖銳物品或者毒品、玻璃瓶。我都沒有帶。只有香菸與捲菸紙，要帶給約翰。

「他在陽臺上。」當我問起約翰在哪裡的時候，其中一名護士這樣告訴我。在穿過療養院時，我對沿途遇到的每個人禮貌地點頭。這裡的每個人都有精神上的問題，可是沒辦法從他們的外表看出來。大概有十個人跟我要了香菸，顯然這裡每個人都抽菸。牆壁上，每隔一段距離都掛著一個點菸器，旁邊有一個小小的按鈕。這樣一來，病患不用打火機就能點燃香菸了。這個景象令人安心。

通往陽臺的路上，會先經過交誼廳。在陽臺護欄上，從上到下都覆蓋著金屬網。約翰不能在這裡燒東西，也無法跳下去。我不記得上次感覺如此不確定是在什麼時候。約翰坐在一張小桌前的塑膠椅上，桌子是鎖死在牆邊的。他正在畫畫。

我站在他面前，說了聲，「嘿，約翰！你在這邊做什麼呀？」

「嘿。」他說。他的聲音聽起來彷彿是回神了，而不像過去四個星期那樣胡亂講話。雖然他說話的速度很慢

「你帶了菸草給我嗎?」

我把香菸遞給他,以及娜娜託我帶給他的水果。他收下了所有東西,然後慢慢地把它們鋪在桌上。一切都非常緩慢。

「藥丸,」他說,「吃藥之後,不管做什麼都很困難。」

「可是你聽起來好像恢復……」我不想說「正常」,於是在半途改口,「你聽起來好像好多了。」

他微微拉扯一下嘴角,稱不上是笑容。

「我整個人離開了,對嗎?」

我點點頭。一方面覺得稍微放鬆一些,因為約翰聽起來真的回神了不少。另一方面——他的動作跟說話的語氣,不知怎地,感覺都有點像機器人。

「艾瑪問候你。」我說謊。

他點點頭,有些心不在焉。他開始捲菸。

「你真的暗戀艾瑪這麼久?為什麼從來都不跟我說呢,羅曼?」

我試著用我們平常聊天的語氣講話。他站了起來,然後拖著沉重的腳步走到點菸器那邊。甚至在陽臺上也裝了一個點菸器。然後,他就用非常慢的動作聳聳肩。

「為什麼要跟你說?艾瑪喜歡我。即使最普通的人也會注意到。如果沒人愛他,他

Der große Sommer 350

就會成為一個更棒的搖滾歌手。」

他試著做鬼臉，我也用鬼臉逗他。這個玩笑真的很難笑，但有個開始也好。

「你到底什麼時候可以出來啊？」

「我不曉得。」他說完，便開始抽菸，然後透過鐵絲網看向森林。療養院後方正好連接一片森林。「可能還要住上一段時間吧。我……我覺得我現在的狀況還不太好。」

我到他的身邊坐下來。然後好長一段時間，我們兩人都不說話。他又抽了一根菸。要是一直待在這個精神病院的話，顯然抽菸會上癮的。

「約翰，」我按捺不住，終於開口問了，「我們兩個人的友誼還在嗎？」

他用疲憊的眼神望著我。

「在吧。」他緩慢地說，「一定會恢復原樣的。我覺得自己有點暈頭轉向，還沒辦法判斷什麼是對的，什麼是不對的。但總有一天會好的。」

他站了起來。「我現在要睡覺了。下次再來看我，好嗎？」

我點點頭。真要命。我怎麼會突然眼中泛著淚水？

「我會的。」終於我說出口了，然後我舉起了拳頭，說：「紅色前線！」

約翰也舉起了他的拳頭。因為藥的關係，他的微笑顯得非常疲憊。

然後我就離開了。

最好的夏天

37

我精心準備一切。淋浴、刷牙、換上乾淨的襯衫。我沒刮鬍子也不擦香水。刮鬍子感覺有點太誇張了,而且娜娜的香水實在是⋯⋯我又聞了一下香水,然後把它擺回去。

外公去外地參加會議已經好幾天了。星期日之後,我們就沒再見到彼此。當我走出家門,到車棚去牽我的腳踏車時,載著外公的那輛計程車剛好駛了過來。外公看我的眼神有點不一樣。

「你要出去嗎?在這個剛過中午的時間?」

我只是點點頭,然後站在原地問他:「外公,你是不是付了挖土機的錢?」

他放下旅行袋。

「還沒付。挖土機還沒修好。」

「我會在醫院一直幫你工作,直到把錢都還清。」我很快地說,「謝謝外公,真的謝謝。」

Der große Sommer　　352

他點點頭，然後說：「這會花上一點時間。」他拿起了旅行袋，在走進門時跟我說：「代我問候年輕的女士。」這次我又不曉得他到底是在諷刺我還是沒有？但好像也無所謂了。現在要決定的是我在我的人生中是不是還要再聽一回Bossa Nova。我騎上腳踏車，踩著踏板出發。我其實並沒有那麼匆忙。騎腳踏車的時候，我呼吸四到五次，胃就會一陣發熱。

我到底是在怕什麼呢？事情不會比現在更嚴重。然而，我騎車經過了一家小小的露天啤酒館，它位於兩條街道交會的一角，周圍綠意盎然，出於某種不可解的原因，所有人都成雙成對坐在那裡，在栗樹下、在午後模糊的光線裡。我意識到事情的確可能比現在更嚴重。因為我直到現在都還懷抱著希望，想回到過去。然而，要是我現在⋯⋯要是一切真的都過去了，那麼這個希望也就此破滅了。在這個瞬間，我真的差點決定掉頭折返。

下一刻，我站在她家門口，按了電鈴，並且等待。直到一個聲音問：「是誰？」顯然那不是貝蒂。

「安德斯太太，」我說，「貝蒂在家嗎？我是腓特烈。」我連忙補述對講機傳來一些聲響。

「哈囉？」他母親的聲音又出現了，「她不要跟你說話。」

好的。不過,我想從約翰身上學到了一些事情。有時就算別人對你的態度不如預期,你還是可以不必為此介意。

「請您告訴她,我會在樓下等她,直到她下來。」

我聽見對講機裡面發出叮叮噹噹、短促的笑聲,接著又一片安靜。因為她肯定一秒鐘之後就會下樓來,然後我會澈底放棄,並且永遠離開。我把腳踏車停靠在牆邊,坐在欄杆上,背靠著溫暖的磚牆。在起初的十分鐘,每當我聽見房子有什麼動靜,就會跳下欄杆。順手玩著車鈴,並開始撥弄換檔的鋼絲。我看見對面房子的一樓,有人一直撥開窗簾,一張臉短暫地出現,正朝著我的方向看。我無法判斷那是女人還是男人,不過無論如何,可以看出那是個好事且市儈的小市民。

燕子呼嘯著,飛往天際、越過大街。牠們尖銳的叫聲讓我更加悲傷。我不由得想起坐在約翰身邊,從窗戶看出去的模樣⋯⋯初夏的事情,彷彿已經過了好久一樣。那個時候,一切都還很美。

我頭上的其中一扇窗戶打開了又關上,一個男人拎著一個藝術家般的檔案包,打開貝蒂家的大門,然後走進去。我好想跟在他的後面鑽進去,但這樣又有什麼用呢?教堂的鐘聲在十五分時敲響,每過十五分鐘,我的耐心跟希望就又減退一些。其實只是出於

一種固執，讓我一直在原地等待。不，或許不是等待，而是忍耐。有一次，我試圖牽著腳踏車離開，但走到角落的地方又再折返回來。不，我要在這邊繼續待下去。反正我已經沒有其他的地方可以去了。

「你到底在那邊做什麼？」

對面的男人婆也忍不住了。我顯出非常驚訝的表情，然後我低頭看著自己的身體。

「看起來好像是我坐在我的腳踏車上。」我喊回去。

「不要那麼沒禮貌，不然我就要出來了。」

那聲音聽起來還是不知道是男生還是女生。

「哇喔。」我又喊回去，「我真的快怕死了。希望資本主義還沒有到這個地步，難道人行道也是您的嗎？不過，如果您想的話，我也可以給您唱首《國際歌》[45]。」

我開始唱：「**人民，聽那信號⋯⋯**」窗戶隨即關上了。看看這個男人婆敢不敢真的跑出來。

「哈囉。」

我幾乎要失去平衡。我沒有聽到她走過來的聲音。她整個人顯得好蒼白，不如以

---

[45]《國際歌》(Die Internationale) 為最著名的共產主義頌歌，誕生於1871年法國巴黎公社運動。

往。我的胃一陣發寒,我的心跳得如此地快,以至於我沒有辦法好好說話。燕子的叫聲突然變得非常刺耳。

「假如你不想跟我說話,我也可以再上樓去。」聽起來有點不妙。聽起來,她好像不是很高興見到我。我現在也變得不開心了,因為我們面對彼此的時候,感覺只剩下陌生、陌生與陌生。彷彿我們從來都不曾做愛,從來都沒有牽過手一樣⋯⋯這是詛咒嗎?真該死,爛透了。我不知道我應該說些什麼。

「我們要不要去走一走?」

不管做什麼,都比站在這邊什麼都不說得好。她點點頭。我把腳踏車停在一旁,沒有花時間上鎖。因為等太久的話,她一定又會跑回家裡去了。我們沿著街道往下走。我們一直走,但就是沒有到河邊去。這樣會太⋯⋯現在就是不行。

「妳知不知道約翰在精神病院裡面?」

她驚訝地看著我,然後搖搖頭。

「為什麼?」她問。

太好了。這樣至少我還可以跟她解釋事情發生的經過,至少我們還能聊些什麼。她

幾乎只是靜靜地聽。

最後我猶豫地說，「所以關於他說我跟艾瑪。那件事情……那不是真的，貝蒂。真的不是。」

我們一直走著，沿途她只是一直看著地面，什麼也沒說。我多想有把她搖醒，在她的面前跪下來，不管是喊叫或者崩潰，做些什麼建設性的成果。我始終保持沉默。多沉默一分鐘，就讓我想對她說話的念頭愈來愈渺茫。我們走過一九五〇年代社會住宅的社區拱門。其實這條路本來很漂亮的，只是現在已經崩頹。

這是我們第一次走到河的這一頭，在橋上時，她開口對我說：「我跟我媽媽到山裡面去玩了一星期。」

我覺得出去玩是好事，但卻沒有答話。

「我……」她吞吞吐吐的，然後很快地看了我一眼，「我在那裡認識了一個男孩，結果……」

她又沉默了。好的，然後我就可以回家了。這樣我就不用飾演被虐待狂。我現在只

357　最好的夏天

要轉身走人就可以了。

「等等!」貝蒂說,「拜託你等我。」

我們兩個人就站在那邊不動。她現在說話的速度非常快。

「我⋯⋯我們有做接吻之類的事情。那感覺⋯⋯感覺也很棒⋯⋯」

「我是替妳高興啊。」我說,「那我現在可以走了嗎?」

「不過,跟他接吻的感覺好像少了什麼。」現在她幾乎是比較大聲地喊出來。「雖然跟你⋯⋯」

「妳說什麼?」

此刻我講話也變大聲了。

「妳真的相信艾瑪跟我上床?」

我故意這樣講。因為我想要所有人都聽我說話。我想傷害她。貝蒂沒有看我。

「對。」她說,「有那麼一刻,我是真的相信。約翰講得這麼嚴肅,而你們⋯⋯你根本就不知道你們的情況到底是怎樣!」她的聲音愈來愈大。「你們的關係太⋯⋯太緊密了。你們一直都知道對方想說什麼,不用開口就知道了。你們完全理解對方做的事情⋯⋯你們會用只有你們兩人懂的語言溝通。這時候,人們會有各種猜測。真的是各種

Der große Sommer 358

猜測。反正你說過，我只是第二個選擇！」

「我們居然是他媽的兄妹！」我憤怒地大喊。「兄弟姊妹們！讓我們從頭開始認識自己。」

「大部分的人卻不是這樣想！」貝蒂用叫喊聲回嘴。「你們兩個這樣子，到底要把我擺在哪裡？」

為什麼我現在要拚命不讓眼淚流下來？她明明就……

「貝蒂，」我盡可能用安靜的語氣說，「事情不是這樣的。艾瑪跟我……我們只是兄妹。我們本來就是一國的。但是這樣的意思並不是說……妳……」我欲言又止。

「什麼？」她倔強地問，態度顯得憤怒且咄咄逼人。

「妳是我的真愛！」我終於忍不住爆發了，我一股腦地把這句話大聲地說出來。

「妳才是那個我想要在一起的人！我沒有喜歡別人！約翰說這些鬼話的時候，妳居然就這樣頭也不回地跑掉了。妳明明也注意到他瘋了。而妳竟然跑開，再也不跟我聯絡、不跟我說話，就這樣跟另一個人開始了。這該死的每一天，我都坐在這邊等妳，從早到晚，還有每天夜裡，我都在想妳……」

我沒法呼吸了。我們面對面站著，然後兩個人因為憤怒與悲傷而發抖，天知道還有什麼原因，不曉得。

「過來，」貝蒂也有點喘不過氣，「我們再一起去河邊走走吧。」

我們安靜地肩並肩走在一起。一陣微風吹來，讓白楊樹的樹葉發出窸窣的聲響，這時我再也承受不住了。傍晚的天氣還像夏天那樣炎熱且安詳，我們兩人卻在裡面迷失了。我們沿著水邊走得愈遠，城裡的喧囂就更顯得消失無蹤。這裡的花園都種著蔬菜與水果，草地也愈來愈寬廣了。我依然什麼也無法說。我們離開河堤，然後橫越雜草蔓生的青草地。

「你看。」貝蒂說。她的聲音聽起來非常小聲。她指著眼前的地面。現在我也看見了。我們每走一步，就有一小群蚱蜢從草地飛起來，降落在一公尺遠的地方。每走一步，我們的雙腳就更優美、更確切地帶著我們逃離。一步一海浪，一步一海浪。看起來非常美妙。數百隻灰綠色的小蚱蜢同時跳高、飛遠，然後一起停下來。貝蒂蹲了下來，久久地注視牠們。

「我們接吻了。」她小聲地說。「我們也有撫摸對方的身體，可是感覺就是有哪裡不對勁。我一直想到你。」

我也蹲了下來。

「但是，」我問，「那現在的感覺對了嗎？」

Der große Sommer   360

這是她今天第一次好好地注視我。

「我不知道。我已經不曉得了。只是……」她停頓了一下。「只是沒有你以後，什麼都不對勁了。那你呢？」

我從我的包包裡拿出紙袋，我怎麼忘了這件事呢？裡面的杏仁糖都有些被壓扁了。

我把紙袋遞給她。

「我幫妳做了杏仁糖。」

她拿起其中一顆，聞了一下，然後塞進嘴裡。然後，她突然開始哭，袋子掉到地上，我坐到她身邊擁抱她，她把頭埋在我的胸前，繼續無聲地哭泣，我則小心翼翼地把手放在她的頭髮上，我擁著她，然後在她的耳畔說我有多麼想念她，我再也不想去其他地方，我只想在這裡，跟蚱蜢一起待在草地上，將貝蒂擁在懷裡。

361　最好的夏天

38

當他們把行李從巴士上卸下、拖進屋裡的時候，發出很多聲響。他們的皮膚曬成棕色，一邊嘰哩呱啦地說著話。我一從腳踏車下來，寇佳便飛奔到我懷裡。他看起來實在是可愛極了，身上的味道跟以前一樣，像個小男孩，淺色的頭髮沾有一些沙子。

「你知道嗎？」他充滿天真與信任地問，彷彿他並沒有離開幾個星期那麼久。「我現在真的會游泳了，我也有去潛水，在水裡，我看見一隻好大的螃蟹，可是我幾乎不害怕，我的害怕只有一點點。」

我忍不住親了他胖胖的小臉頰，直到他吱吱叫了出來。路易手裡拿著一本書，搖頭晃腦地走過來，然後開始抱怨我怎麼這麼少寫信給他。他也問了貝蒂的情況。我微笑著。

「我們不會發展出這種布爾喬亞式的過時關係，這種關係大家都司空見慣了。我們可是搞革命的一對璧人。」

路易大笑。

「真的。我還真不認識比你還浪漫的人。如何？你過了外公那關了嗎？」

寇佳在度假時得到一副新的蛙鞋,現在正忙著玩它。我抬頭看路易。

「他還是一如往常的酷。」我回答,他報以鬼臉。

「啊,歡迎光臨權力的黑暗面。我知道你不會通過考驗的。」

「阿腓!你看我!」

寇佳穿上蛙鞋,辛苦踉蹌地前進。

「你要跟我一起去露天泳池嗎?我現在會潛水了!」

我忍不住笑了。

「當然了,小惡魔。」

我們站在家門口的小巴士旁。我告訴媽媽,這幾天我還會繼續待在外公家讀書,直到補考的那一天。然後我問媽媽:「你為什麼從來沒告訴我,我還是嬰兒的時候,曾經在那裡住過四分之一年?」

媽媽從後車廂裡抬出了露營桌。

「把這輛車往前開兩公尺!」她命令道,「不然我過不去。」

最好的夏天

可不能讓爸爸去開巴士!我爬到前面的座位,然後發動車子。嘿!這個夏天我已經開過挖土機了。所以我大概也能開個兩公尺遠。等到我下車的時候,她對我人生中第一次開車這件事不予置評。

「那已經是很久以前的事了。」她反而回答我,「來,幫我扛上樓。」

我們一起做了很多事。我只能期望媽媽不要哪天忘了把我其中一個兄弟姊妹帶回家。搞不好我們原本有更多兄弟姊妹。

「我會再騎車來的。」我從樓上下來的時候對她說。

「你玩得開心嗎?」媽媽問我,彷彿她這個假期也玩得很開心。「事情並沒有那麼糟,對嗎?」

我搖搖頭,事情真的不糟。

「情況比我想的還要好。」

媽媽微笑著,然後一如往常地親了我一下。

「幫我問候娜娜。祝你好運!」

我回到腳踏車旁。跨上坐墊時,我不由得想起了約翰,心中忽然升起了一股溫暖的感謝之情。真感謝我有這樣一個很酷的家庭。

39

「今天是不是重要的那一天?」

今天,我們吃早餐的時間比平常還要早。外公抬起埋在報紙裡面的頭。我點點頭。

「祝你好運!」娜娜說,然後遞給我一塊午休可以吃的麵包。麵包的紙袋上,娜娜用幾筆畫上了一個歡呼的畢業生。

「沒有努力的人才會需要別人祝他幸運。」外公又開始咕噥。「祝你成功。」

「謝謝。」我說完,接著把頭低下來,以免他看到我在偷笑。真是典型的外公。儘管如此,我還是很緊張。我的拉丁文課本看起來像是被好幾代學生重覆使用過。數學課本則是一頁一頁地黏回來,導致現在它比之前更厚了。我只希望許瓦茲先生不要發現,否則我實在沒辦法跟他解釋這是怎麼回事。

騎上腳踏車時,我感到一陣冰涼。這是一個明媚的九月早晨。你會發現,夏天漸漸地結束了。也許剩下的只有心中的激動。我沿著醫院圍牆一直騎,然後短暫停下來一

會兒,好讓我的手能夠貼著磚牆,感受溫度。磚牆還是溫著,昨天陽光的餘溫竟還殘留著。我騎車經過老釀酒廠,經過墓園。此刻我才想起,整個夏天我反覆騎過的這條路,其實也是通往學校的路。我不確定這是否有什麼含意。這裡面也許浮現著數學的美。

我轉彎進了學校,看見艾瑪站在大門口。寇佳也在那裡,他在大門的鐵桿旁活蹦亂跳。貝蒂站在他們旁邊。腳踏車還沒停下來,我就跳下車,因為我覺得那樣看起來一定很酷。結果差點撞上他們,還好我及時煞了車。艾瑪賊笑。寇佳笑得東倒西歪。

「祝你好運!」艾瑪說。

「沒有準備的人才會需要別人祝他幸運。」我驕傲地說出這句話,以維護我的尊嚴。我看著貝蒂,眼神有些沒把握。她靠過來,幫我拿起包包,然後放在地上。她站在我的面前,一隻手放在我的胸前,然後踮起腳,在我的耳畔說:「親我一下。」

「咿咿咿!」寇佳尖叫著。

現在,我可不能把事情搞砸了。

考試教室當然是K24了。為什麼他們要選在最高樓層的教室?我爬上幾乎被踩爛的石頭階梯。跟我一起的還有三、四個人,我不認識他們,但在學校曾經打過照面。我得承認,放假期間的學校感覺有點特別。氣氛冰冷安靜,彷彿聽得見整幢建築在呼吸。

Der große Sommer　　366

「早安，畢希納。請您坐在那邊。」

是許瓦茲老師。他該不會整個假期也都穿一樣的西裝吧？真奇怪。要是我搞砸了考試，那我就再也見不到他了。突然間，我覺得自己一點也不想讓他失望。也許是因為外公的關係。假如有人經歷了這整個夏天的一切，那麼他肯定會覺得許瓦茲老師真是世上最親切的人了。

「早安，許瓦茲老師。很高興見到您。」

他當然沒有微笑，只是不為所動地說：「畢希納，我以為您的假期只是有條件的放鬆。」

他當然可以這樣說。這是最輕描淡寫的說法。

考試開始。在教室裡，大家的座位距離很遠，窗戶是敞開的。許瓦茲老師發下試卷給大家。其他兩個人補考德文，一個考生物，我們三個人都得考數學。他們的德文是怎麼被當的？這對我來說是一個謎。真想跟他們交換考卷。

「你們可以開始作答了。」許瓦茲老師說。他沒有看手錶，但時間精準地指向八點。我聽見市政廳塔樓的鐘聲，然後深吸了一口氣。我想起貝蒂的吻，接著把答案紙翻到背面。

最好的夏天

十二點半，我從學校大樓走出來，這時艾瑪跟貝蒂又出現了。突然間，我覺得很想念約翰。他應該也要在這裡才對。

「考得怎麼樣？」艾瑪問我，一邊捲著菸。貝蒂環顧四周，然後從她的印度肩背包拿出半瓶的藍柑橘古拉索酒、一個塑膠杯，以及一袋柳橙汁。她把藍色飲料倒進杯子裡，再加上柳橙汁。底下是藍色、上面是黃色、中間是綠色。她把飲料遞給我。我喝了一口。簡直像微溫的青蛙。有點噁心，但是又像酒精。

「還可以。」我說，「我覺得拉丁文比數學難。欸，你們該不會整個上午都在喝這個吧？」

女孩們笑了。真是如此。這種事情我永遠沒興趣迎頭趕上。

「你什麼時候會知道成績？」

貝蒂把我杯子裡剩下的飲料喝光。她整個人都在發亮。我搶過她手裡的杯子，可惜動作不夠快。

「各位女士，就在明天。明天我們就會知道，未來我的人生與我寂寞的頭顱，將會在哪裡安放。」

「可憐的男孩。」貝蒂呢喃，然後諷刺而溫柔地拉住我的頭，靠在她的胸前。

Der große Sommer　　　　368

這是那些漂浮的午後的其中一個，在整個夏天僅此一回，而這樣的午後總是不經意地出現。九月的太陽仍高高掛在市政廳的塔樓上方，學校的銅屋頂閃耀著綠光，藍色的晴空映著一個黑色的Ｖ字形。一群鵝正初次練習飛翔。在這樣的情境下，我們彷彿也跟著飄了起來。我們騎著腳踏車在城裡穿梭，看見一名街頭樂手，便停下來許久。我們坐在橋墩的牆邊，望著河水，以及擺在我們之間的柳橙汁與藍色古拉索酒。感覺有點像在度假，我們彷彿置身在一座陌生的城市。最後我們發現，假期就要結束了。沿途幾乎沒有觀光客了。我於是從牆邊跳到地面。

「走，我們去碉堡。」

我們漫步走過廣場，穿越陡峭的石子路，愈是往上、小徑愈窄，我感到自己所居住的，是一座美麗的城市。

「妳有上去過砲塔了嗎？」我問貝蒂。

她搖搖頭。

「那座塔需要門票。」艾瑪說。

「市儈，」我說。「我們跳過十字旋轉門，這樣今天就不用門票了。」

我們三個人都有點醉意。但是在入口處還真的沒人。我扶著貝蒂跳過旋轉門，然後我們就爬上那一百八十階的樓梯。抵達最上面的空間時，我們大家都喘不過氣來。窗戶

369

最好的夏天

沒有玻璃，只有欄杆，那圓形的頂樓大廳有風吹拂，使人彷彿置身在外面的湖邊。

「好美。」貝蒂走到其中一扇窗邊，然後說。我站在她的身旁。

「真的。」我也附和。

在陽光的照耀之下，下方的整座城市盡收眼底。河流像一條彩帶，閃耀著波光，在城市中穿流而過。瞭望遠方，可以看見一望無際的鄉野。從另一頭的窗戶看出去，可以看到採石場──但是非常地小。我幻想著，以為可以看見一個黃點，就是那臺需要我工作好久以賠償的挖土機。一架飛機正往天上飛去。一群蒼鷹圍繞著我們飛翔。我們三人一起站在窗邊，看著前方，沒有說話。

「我的父親寫信給我們了。」貝蒂終於說話。她的手牽起我的。

「過了這麼久？」艾瑪問。「他想幹嘛？」

貝蒂注視著遠方許久。

「他邀請我去巴西玩。他會付機票跟所有旅費。」

我的胃又一陣冰涼。但是貝蒂沒有鬆開我的手。

「去多久？」我盡可能輕聲地問。

「六個星期。」貝蒂說。

我望著飛過的蒼鷹，以及飛機在天際留下的白線，儘管飛機已經不見蹤影，飛機雲

Der große Sommer 370

仍然清晰可見。六個星期——那不就跟暑假一樣？真是該死的久。我想起阿爾卑斯山上的無名少年。

「妳不用上學嗎？」

我聽出艾瑪的語氣有點嫉妒。

「我母親幫我請假了。」貝蒂說。

我們又沉默半晌。夏末的風吹過塔樓。我們可以自在地呼吸。這座城市與所有發生過的一切，都在我們腳下。往西邊看，再經過一個村莊的遠處，可以看見一群鵝在野地裡。貝蒂用力握住我的手，然後把頭靠向我的頭。

「我會回來的。」她輕聲說。

最好的夏天

40

這是在外公和娜娜家的最後一晚。我們坐在露臺上。外公在讀書。娜娜也是。我讀的是《萊茵斯堡》，圖霍斯基寫的短篇小說。我查了一下，萊茵斯堡現在位於東德。儘管如此，我還是希望自己有機會可以去看看。我翻了一頁，然後抬頭看，發現李子已經成熟了。秋天來了。桌上有娜娜的一小壺茶，以及外公的一杯酒。我從廚房裡幫自己拿了一杯娜娜親手做的覆盆子氣泡水，頓時感到自己像個小男孩。天色漸漸暗了，我聽見遠方傳來蟋蟀的叫聲，這時我想起了蚱蜢。我一直以為約翰會先去，但那時候我也還不認識貝蒂。我想，我們不得不找個時間也一起去里約。

電話響了，娜娜起來接電話。

「我不想講電話。」外公頭也沒抬地說。他不是說「說我不在家」，而是「我不想講電話」。其實他也不一定要這樣直接否決。

「你的電話！」娜娜回到露臺，然後跟我說。我起身。也許是媽媽？但是當我接起電話時，我聽見的是約翰的聲音。他有些沙啞地說：「阿腓，你那邊一切都好嗎？」

「在多利亞豪華郵輪一切都還好。」我小心地回答。他聽起來很正常，但是沒人可以確定是不是這樣。

「我明天下午可以自由外出。」約翰說，「四小時。我們要不要見面？」

「好啊，在哪裡見？」

「墓園的西邊。有公車從療養院這邊直接開過去。問問看⋯⋯」他遲疑了一會兒。

「也問問艾瑪跟貝蒂要不要來，好嗎？」

我告訴他，貝蒂就要飛去巴西了。他的笑聲有些疲憊。

「畢希納，我們也可以去得成的。總有一天。」他又遲疑了一會兒。然後他連忙問：「告訴我，你有沒有那本寫滿零的筆記本？我母親說在你那邊。」

見鬼了。他又開始了。這件事情根本沒有過去吧？真的是活見鬼。

「約翰！」我簡直用求的，「約翰，我拜託⋯⋯」

他打斷我說話。

「放輕鬆，阿腓。真的。事情都過去了，可是⋯⋯拜託你帶給我吧，好嗎？我⋯⋯事情真的過去了。所以你應該帶過來給我看看，可以嗎？」

373　最好的夏天

「好,」我說,「明天見,約翰,保重。」

「會的。」他說,「這裡面的人全都瘋了。等我出院,我會寫一本書。Vale[46]。」

「Vale。」我學他說,然後掛掉電話。明天,好的。好啊。

我慢慢走回露臺。

「外公。」我問,「這種精神疾病通常會延續多久?」

外公把書擱在一旁。

「在十九世紀跟二十世紀交替時,大家才漸漸體認到瘋人院根本沒用,建立了第一間療養院。平均來說,一個精神病患的發病,通常是兩年半到三年的時間。」

兩年半!我太驚訝了。但是外公又繼續講課了:「不過,自從三十年前第一種精神病藥物被發明後,發病的長度就被控制在三到六個月。你的朋友還好嗎?」

「他明天可以自由外出。」

「這是好預兆。」外公說了這句,就繼續讀他的書了。娜娜站起來說:「小阿腓,跟我來,我有東西要給你。」

我跟著她走到樓上的客廳。畫架上有一幅我的畫,那是我剛到的時候她為我畫的。她為那幅畫裱了框,現在看起來就像一幅真正的畫作。

「謝謝,娜娜。」我說。「明天我就不能睡在這裡了,我簡直沒法想像。也謝

「謝……妳的日記。」

她笑了。

「那時候，小雷津把你接走的時候，我端詳著那幅畫，然後小心翼翼地把它打包起來。樓上，通往陽臺的門是開著的，我可以聽見娜娜跟外公在樓下說話。當我走出陽臺，想從樓上跟他們說晚安的時候，我看見他們靠在一起坐著。他們沒有繼續在讀書了，而是握著彼此的手。天色幾乎已經全黑，蟋蟀唧唧地叫著，彷彿早晨永遠不會到來。我靜悄悄地走回我的房間。

我繼續待在樓上，讓她先下樓去。

46 Vale 為葡萄牙語的「好的」。

41

今天是開學的第一天。我們幾個補考的學生必須特別早到,因為我們得先來拿成績。天氣已經很冷了,我們默不作聲地站在校門口。有些人在抽菸。一批住在市郊的媽媽們,開著她們寬敞的賓士車,送剛剛升上五年級的孩子們來上學。天啊,過了這麼久了!接著,工友打開校門,我們終於可以進去了。

教師辦公室跟校長室都在一樓。我不知道自己是否還有機會再踏上這些老舊的樓梯。我每次的好預感,最後往往都被證明澈底失敗,因此當我們敲秘書的門報到時,我整個人倒吸了一口氣。

「等等會點名叫你們進來。」芬克小姐說。我其實很喜歡她。我們站在秘書室,等秘書進去辦公室通報。

緊接著秘書回來了,她指著門說:「畢希納!」

有時候依照字母順序點名真不錯。我轉開門走進去。這裡也太神聖了。我還沒進去

過教師辦公室。裡面幾乎是空蕩蕩的。只有許瓦茲老師跟奧圖女博士已經坐在裡面，還有一位實習老師，沒人知道他的名字。

「畢希納同學，」許瓦茲老師從一小堆文件裡拿出了我的考卷。

「目前看來，這次你的成績跟你妹妹的影響沒有關係。」

什麼意思？六還是兩張考卷。他不像季波那樣，做事拖拖拉拉的。

「歡迎加入十年級。」他面無表情地說。「這次記得不要隨便脫隊，好好跟上進度。等等請把克朗茲同學請進來。」

他看著我。「還有問題嗎？」

有，其實還有問題。我盯著我的分數。數學我拿到三分。拉丁文四分，甚至三點五分。我不知道這是怎麼一回事。

「請你回到原來的班級。」許瓦茲老師說。「二十六班。我們等會兒見。」

我看著他。不。他沒有微笑。當然沒有。可是在他身後那是……？那是我們做的大字報。許瓦茲老師把它收在椅子後面的角落。雖然它是捲起來的，但是不會錯，那是我們做的，「**體育就是謀殺**」。

「許瓦茲老師，」我說，「您真的很酷。」

「我聽不懂英文。」他無動於衷地回答，「你要不要請克朗茲同學進來？」

我走出去。沒有尖叫。沒有歡呼。沒有丟東西。不然每次高興起來我最喜歡做這些事。補考通過了!

因為很早就輪到我了,所以我可以進到教室裡隨意找個位子坐。否則每次搶位子都是場戰鬥。我坐在教室的右後方。靠窗。一如往常。敲鐘的時候,所有人魚貫進入教室。嘈雜的聲響。大家都曬黑了,每個人都去度完假,正在亂聊一通,笑鬧著、搶座位、開玩笑地互推對方。迪路到教室後面的我這邊來。

「欸,畢希納,恭喜你過了!我可以坐在你隔壁嗎?」

我搖搖頭。

季波老師進來了。他跟大家打招呼,然後把課表寫在黑板上。這學期他會教我們德文與拉丁文。唉,也許我的德文可以加點分。

我望向窗外,看著河流的另一岸。深綠色的樹葉經過一場夏天,看起來有點疲憊。對面河岸的草地,有一架飛機在上空盤旋。

我想起約翰、艾瑪與貝蒂。我尤其想念貝蒂。我們都還沒在河裡游過泳。不過也許十月可以來試試。明天,她就會坐在裡面了。

季波老師低沉的嗓音響徹教室:「各位同學,我們馬上開始上課。假如你們每個人都有好好讀書,那麼寫個作文是不會有問題的。但是,*variatio delectat*。畢希納,請告訴大家這是什麼意思。」

Der große Sommer 378

我做了鬼臉。眼前這男人顯然不知道過去六星期,我被拉丁文諺語折磨得多慘[^47]。

「變換心情。」

季波老師有點吃驚地看著我。

「各位同學,我們今年要特別嘗試詩歌,唯有當你們知道怎麼運用字詞最真誠的意義來寫詩,你們才能真正理解詩歌。現在,請大家把自己的假期寫成一首十四行詩。」

他把詩的格律寫在黑板上。大家一陣騷動。季波老師又來了!才開學第一天!我望向窗外,然後闔上作業簿。至少我知道我的詩的標題。〈最好的夏天〉,我寫下它,然後靠在椅背上。至於詩的內容,目前我的腦中一片空白。

現在是兩點半。我們站在墓園門口的公車站牌前等約翰。艾瑪是被我勸來的。她緊張得要命。貝蒂則相反,下課時,她已經在學校門口等著我了。

「如果他繼續發作怎麼辦?」艾瑪問。

「不會的。」我說,儘管我並不是那麼確定。但我還是把筆記本帶在身上了。貝蒂的話不多。我們從頭到尾都在聊約翰的事情。她也有點擔心他。

[^47]: 此處原文為法文。Je suis désolé.

最好的夏天

公車來了。約翰下車的時候，我一瞬間嚇到了。他胖了不少，不過整個人還是像以前一樣，看見我們時他面帶微笑。

「哈，女孩們好。」他這樣問候。仔細聽就會發現，他說話的速度比平常慢，但聽起來應該是回過神來了。他看著我們的目光，然後諷刺地拍拍自己的臀部。

「我知道。很快地我就會像肉塊[48]那樣走路。醫生說等藥效退了就會恢復。」

「嗨，約翰。」艾瑪靦腆地說。他有點沒把握地對她微笑。

「艾瑪，我……老實講，我真的不曉得自己到底說了什麼。發病的時候，世界看起來完全不一樣了。可是……我還記得一些東西……我這真的很難解釋。真的完全是另一種樣子，所以我才會說出那些話……我非常抱歉。」

「你真是一個大笨蛋。」艾瑪的語氣有些顫抖，她走到他身邊，緊緊地擁抱他，因為太用力了，約翰差點無法呼吸。「別再做這種蠢事啦！」

「我沒辦法保證。」約翰緩慢地說，但是聲音跟語調還是跟以前一樣，「但他們有厲害的藥。」

「我們到底是在這裡幹嘛？」貝蒂插話。「你要把墳墓退掉嗎？」

約翰放開艾瑪，逐一看著我們。

「女孩們，我們保留墳墓吧。但是那本筆記本必須埋起來。我……這念頭不知怎地

Der große Sommer　　　　380

「在我的心裡生根,我希望我們死後都埋在一起,好嗎?這畢竟是我們的墳墓。」說到這裡,他顯得非常悲傷。儘管如此,我還是覺得這個主意很不錯。

我們穿過墓園。大家都看得出來,約翰正努力地拖著沉重的腳步往前走。艾瑪跟貝蒂從其他墳墓那兒偷來一把小鏟子和一把耙子。約翰在草地上畫了一個四方形。然後我們找到了我們的墳墓。其實現在不過就是一塊草坪。我們輪番上陣開始挖。等我們挖得夠深了,我便慎重地把我們的那本筆記本遞給約翰。他沒有再翻開,便直接把它放進洞裡。

「塵歸塵,土歸土。」他說,「上帝保護我們,讓你不再復活!阿們。」

「阿們!」我們三人一起說。然後我們繼續鏟土,把洞重新掩埋。艾瑪把地面踩平後,我們一起起身。

「我們四個。」她說。此刻一陣沁涼的風向我們吹拂,它穿過了栗樹、椴樹與白楊樹,空氣中突然出現一股秋天的氣息。

「我們四個。」她又說了一次。「假如我們有一天死了,那麼就一起葬在這裡,好嗎?」她看看貝蒂。「因為我們是一夥的。」

---

48 肉塊(Meat Loaf, 1947-2002),美國歌手與演員。

「你們都瘋了。」約翰無情地說,隔了一秒,大家不約而同地笑了起來。解脫了。彷彿貝蒂明天不用飛出去,而約翰也不用在三個小時之後回到療養院去。這個時刻,只因為我們四個聚在一起,所以什麼事情都對了。

回程時我們經過墓園,這時候艾瑪對約翰說:「我們當中不能有人成為一對,也不會有人變老,這樣你懂嗎?」

她牽起他的手,走在前面。貝蒂跟我在後面搖搖晃晃地跟上。天空顯得高遠,一如初秋時節特有的樣子。我們聞見風的氣息,以及泥土與栗樹樹葉的味道,貝蒂走在我的旁邊——突然間,我不由自主地深吸了一口氣,彷彿我已經在水裡待了許久。

「我有個臨別禮物要送妳。」我說。這時,另外兩人已經走遠了。貝蒂停下腳步。

我把我幾乎沒裝什麼東西的書包擺在地上,然後拿出娜娜為我畫的肖像,遞給她。她拆下了包裝的報紙,然後久久地注視它。接著,她看著我,露出了些許笑容。

「跟你一模一樣。她很會捕捉你。」

我們靜靜地走過這座美麗的死者之城。松鼠在路上奔跑。遠方傳來城市的喧囂,讓城市顯得更加遙遠。我們離開墓園的時候,外面的一切生意盎然。我感到自己有點像置身在七點五公尺高的跳水板上。貝蒂站著不動,然後轉向我,用雙手捧住我的臉。

「我還得跟你去河裡游泳。」她說。「在那之前,你得等我。」

Der große Sommer　　382

「好。」我說著,彷彿得到了救贖。「我們會一起跳下去。」

事情現在很清楚了——明天是開學的第二天,但我得翹課,因為我要送貝蒂去機場。我們開始趕路,想追上艾瑪與約翰。然後,我們四人就這樣走進了正要開啟序幕的秋天,以及我們的人生。

此刻太陽已經升起,照在籬笆的邊緣。秋天即將來臨,夏天美麗的一切將在高遠蔚藍的天空下,再度濃縮成一幅幅溫暖而清晰的畫面。我坐在墳墓旁的一張長椅上等待,心中一片平靜。一道纖細的身影走在那條路上,陽光照耀著她,映出身體黑色的輪廓。

「原來你在這裡呀。」貝蒂走到我的面前,這麼說。她身上帶著一個大包包。

我用手指了指。

「裡面是什麼?」

她微笑了,她的微笑就跟以前一模一樣,打從我第一次在跳水臺上看見她,就是這個笑容。

「裡面有毛巾。你要不要跟我一起去下面的河邊玩?」

383　　最好的夏天

最好的夏天
Der große Sommer

作　　者	艾瓦・亞倫茲 Ewald Arenz	
譯　　者	彤雅立 Tong Yali	
責任編輯	許芳菁 Carolyn Hsu	
責任行銷	杜芳琪 Sana Tu	
封面裝幀	朱韻淑 Vina Ju	
版面構成	李明剛 Comlee	
校　　對	黃靖芳 Jing Huang	
	黃莀菩 Bess Huang	
發 行 人	林隆奮 Frank Lin	
社　　長	蘇國林 Green Su	
總 編 輯	葉怡慧 Carol Yeh	
主　　編	鄭世佳 Josephine Cheng	
行銷經理	朱韻淑 Vina Ju	
業務處長	吳宗庭 Tim Wu	
業務專員	鍾依娟 Irina Chung	
	李沛容 Roxy Lee	
	陳曉琪 Angel Chen	
業務秘書	莊皓雯 Gia Chuang	

發行公司　悅知文化　精誠資訊股份有限公司
地　　址　105台北市松山區復興北路99號12樓
專　　線　(02) 2719-8811
傳　　真　(02) 2719-7980
網　　址　http://www.delightpress.com.tw
客服信箱　cs@delightpress.com.tw
ISBN　978-626-7537-06-0
建議售價　新台幣460元
首版一刷　2024年8月

著作權聲明
本書之封面、內文、編排等著作權或其他智慧財產權均歸精誠資訊股份有限公司所有或授權精誠資訊股份有限公司為合法之權利使用人，未經書面授權同意，不得以任何形式轉載、複製、引用於任何平面或電子網路。

商標聲明
書中所引用之商標及產品名稱分屬於其原合法註冊公司所有，使用者未取得書面許可，不得以任何形式予以變更、重製、出版、轉載、散佈或傳播，違者依法追究責任。

版權所有　翻印必究

本書若有缺頁、破損或裝訂錯誤，請寄回更換
Printed in Taiwan

國家圖書館出版品預行編目資料

最好的夏天／艾瓦・亞倫茲作；彤雅立譯 . -- 首版 . -- 臺北市：悅知文化精誠資訊股份有限公司，2024.08
384面；14.8×21公分
譯自：Der große Sommer.
ISBN 978-626-7537-06-0（平裝）

875.57　　　　　　　　　　113010497

Originally published in German under the title "Der große Sommer" © 2021 DuMont Buchverlag, Cologne
Copyright licensed by DuMont Buchverlag GmbH & Co. KG
arranged with Andrew Nurnberg Associates International Limited

建議分類｜翻譯文學